A LÍNGUA
DOS
PÁSSAROS

Stephen Kelman

A LÍNGUA
DOS
PÁSSAROS

Tradução
Antônio E. de Moura Filho

Título original
PIGEON ENGLISH

Copyright do texto © 2011 *by* Stephen Kelman
Copyright das ilustrações © 2011 *by* Holly Macdonald

O excerto de *"you shall above all things be glad a young"* foi reproduzido de *Complete Poems 1904-1962*, *by* E. E. Cummings, organizado por George J. Firmage, por autorização de W. W. Norton & Company. *Copyright* © 1991 *by* the Trustees for the E. E. Cummings Trust and George James Firmage.

O direito moral do autor foi assegurado.

Direitos desta edição reservados à
EDITORA ROCCO LTDA.
Av. Presidente Wilson, 231 – 8º andar
20030-021 – Rio de Janeiro, RJ
Tel.: (21) 3525-2000 – Fax: (21) 3525-2001
rocco@rocco.com.br
www.rocco.com.br

Printed in Brazil/Impresso no Brasil

CIP-Brasil. Catalogação na fonte.
Sindicato Nacional dos Editores de Livros, RJ.

K39L	Kelman, Stephen, 1976-
	A língua dos pássaros/ Stephen Kelman; tradução de Antônio E. de Moura Filho.
	Rio de Janeiro: Rocco, 2012.
	14 x 21 cm
	Tradução de: Pigeon English
	ISBN 978-85-325-2731-8
	1. Romance inglês. I. Moura Filho, Antônio E. de. II. Título.
11-8139	CDD– 823
	CDU– 821.111-3

Para o viajante

"Prefiro aprender a cantar com um pássaro a ensinar dez mil estrelas a como não dançar."

E. E. CUMMINGS

MARÇO

Dava para ver o sangue. Muito mais escuro do que se imagina. No chão, na porta do Chicken Joe's. Loucura total.
Jordan: Te dou um milhão se você tocar nesse troço.
Eu: Ah, você não tem um milhão.
Jordan: Então tá, vai. Um barão.
Vontade de tocar não faltava, mas não dava para se aproximar tanto. Tinha uma faixa atrapalhando:

ISOLAMENTO POLICIAL. NÃO ULTRAPASSE.

Se a gente ultrapassasse, viraria poeira.
Não dava nem para falar com o guarda, que estava todo concentrado caso o assassino voltasse. Vi as algemas pendendo de seu cinto, mas não vi a arma.

A mãe do garoto assassinado tomava conta do sangue. Era evidente que ela queria que o troço ficasse ali. A chuva queria vir e levar tudo, mas ela não deixaria. Nem chorava. Só estava toda dura, cheia de raiva, parecendo até responsável por espantar a chuva. Um pombo procurava comida. Passou bem no meio do sangue. Até o bicho estava triste: dava para ver seus olhos rosa e sem vida.

As flores já estavam murchando. Havia fotos do finado com seu uniforme da escola. Seu suéter era verde.
O meu era azul. Meu uniforme é melhor. O que não é legal é a gravata, que coça demais. Odeio quando elas coçam assim.
No lugar de velas, latas de cerveja, e os amigos do garoto morto escreveram mensagens para ele. Todos diziam que ele era um amigão. Havia alguns erros ortográficos, mas nem liguei. As chuteiras dele, amarradas pelos cadarços, pendiam na cerca. Eram da Nike, seminovas. Com travas de metal e tudo.

Jordan: Vamos passar a mão? Ele não vai mais precisar delas mesmo, ora.

Fingi que não ouvi. Jordan não iria roubar de verdade, até porque eram enormes para ele. Ali penduradas, pareciam vazias demais. Tive vontade de calçá-las, mas nunca caberiam em mim.

Eu só era colega do garoto que morreu. A gente não se via muito porque ele era mais velho e estudava em outra escola. Sabia andar de bicicleta sem tocar no guidão e a gente não queria que ele caísse nunca. Rezei por ele em silêncio. Foi só um pedido de desculpas. Foi tudo que me veio à cabeça. Fiz de conta que, se eu ficasse olhando direto, daria para fazer com que o sangue se mexesse e voltasse à forma de um garoto. E assim ele voltaria a viver. Isso já aconteceu uma vez. Onde eu morava tinha um chefe de uma tribo que trouxe o filho de volta assim. Foi há um tempão, antes de eu nascer. Cara, foi um milagre. Dessa vez não deu certo.

Dei minha bola de borracha para ele. Não preciso mais dela; tenho mais cinco embaixo da cama. Jordan só deu uma pedrinha que ele achou no chão.

Eu: Isso não vale. Tem que ser alguma coisa sua.

Jordan: Cara, eu não tenho nada. Nem sabia que era pra trazer presente.

Dei a Jordan um chiclete de morango para ele dar de presente e daí lhe ensinei a fazer o sinal da cruz. Nós dois nos benzemos. Ficamos calados. Nos sentimos até importantes. Corremos para casa. Ganhei de Jordan facinho, facinho. Passo todo mundo, sou o mais veloz do sexto ano. Eu só queria dar o fora antes que a morte pegasse a gente.

Os prédios daqui são todos bem altos. O meu é tão alto quanto o farol em Jamestown. São três prédios seguidos: Torre Luxemburgo, Torre Estocolmo e Torre Copenhague. Moro no nono andar da Copenhague, que tem 14 andares. Não chega a dar medo, olho pela janela agora e não sinto frio na barriga.

Adoro pegar o elevador; é irado, ainda mais quando estou só. Daí dá para ser um espírito ou um espião. A gente até se esquece do cheiro de mijo, de tão rápido que a gente vai.

Lá embaixo venta muito, parece até um remoinho. Quando a gente está lá, onde o prédio se encontra com o chão e levanta os braços, dá para fazer de conta que é um pássaro. Sentimos o vento tentando nos arrastar para cima, é quase a mesma sensação de voar.

Eu: Estica mais os braços!

Jordan: Mais esticado do que isso, impossível! Ah, isso é muito gay, parei!

Eu: Gay nada! É irado!

Cara, pode acreditar: é a melhor forma de se sentir vivo. É só tomar cuidado para o vento não levar a gente, pois não se sabe onde ele vai nos deixar. Vai que ele joga a gente no mato ou no mar?

Aqui na Inglaterra tem uma porção de palavras diferentes para tudo. É que se o cara esquece uma, tem sempre outra para substituir. Ajuda muito. "Gay", "idiota" ou "babaca" dá no mesmo. "Mijar", "fazer xixi" ou "tirar água do joelho" dá no mesmo ("saudar o chefe" também). O que não falta é palavra que significa pau. No primeiro dia que pisei na escola, sabe o que Connor Green me perguntou logo de cara?

Connor Green: Você tem dado em casa?

Eu: Tenho.

Connor Green: Tem certeza de que tem dado?

Eu: Tenho.

Connor Green: Tem mesmo?

Eu: Acho que sim.

Ele não parava de me perguntar esse troço. Era o tempo todo. Acabei ficando bolado. Baixou uma dúvida, saca? Connor Green rachava de rir. E eu sem entender nada. Daí Manik me explicou que ele estava de sacanagem com a minha cara.

Manik: Ele não tá perguntando se você tem dado de jogo, mas se você é gay. Ele faz isso com todo mundo. Tá te sacaneando.

Dado.
Connor Green: Peguei um otário!
Connor Green e suas brincadeiras. É o maior encrenqueiro. É a primeira coisa que se sabe a seu respeito. Pelo menos não saí mal daquela. Sem dúvida, tenho pênis. A brincadeira perde a graça quando é verdade.

Tem gente que usa a sacada para secar roupa ou encher de plantas. Eu uso a minha para ficar vendo os helicópteros. Dá uma tonteira. Não dá para ficar lá por mais de um minuto, senão a gente vira picolé. Vi X-Fire pichando o nome dele no muro da Torre Estocolmo. Ele não sabia que eu estava vendo. Ele fez tudo bem rápido, mas ficou irado demais. Tenho vontade de escrever meu nome assim bem grande, mas a tinta em spray é muito perigosa, se pega em você, nunca mais sai da pele.
As árvores mais novinhas ficam num cercado. Colocam uma cerca em volta da árvore para impedir que a roubem. É muita doideira. Cara, quem roubaria uma árvore? Quem esfaquearia um garoto só para roubar o Chicken Joe's dele?

Quando mamãe usa o viva-voz, a impressão que dá é que eles estão muito longe. A voz de papai fica com eco, parecendo que ele está preso num submarino no fundo do mar. Faço de conta que ele só tem mais uma hora de oxigênio e que se não for resgatado dentro desse prazo já era. Baixa um desespero em mim. Sou o homem da casa até papai conseguir escapar. Foi ele inclusive que disse isso. É meu dever cuidar de tudo. Contei para ele sobre meu pombo.

Eu: Um pombo entrou pela janela. Lydia amarelou de medo.

Lydia: Ah, até parece! Que mentira!

Eu: É verdade. Ela disse que fica apavorada com as asas do bichinho. Precisei pegar o pombo.

Coloquei um pouco de farinha de trigo na mão, daí o pombo veio e pousou. Ele só estava com fome. Eu o atraí com farinha. Temos que andar bem devagar, senão o pombo se assusta e vai embora.

Lydia: Anda logo! Ele vai bicar alguém!

Eu: Medrosa! Ele só tá querendo sair. Cala a boca, senão vai espantar o bicho.

Senti as patas dele arranharem minha mão, parecendo patas de galinha. Foi bem legal. Ele se tornou meu pombo especial. Olhei bem para ele para lembrar de suas cores, daí o soltei na sacada e ele saiu voando. Nem é preciso matar os bichinhos.

Papai: Bom trabalho.

Pela voz, papai estava sorrindo. Eu me amarro quando sorri assim, pois é sinal de que fiz alguma coisa legal. Não precisei lavar as mãos depois. Meu pombo não tem micróbios. O pessoal vive mandando a gente lavar as mãos. Juro, há tantos germes por aqui que nem dá para acreditar! O povo vive com medo deles. Os germes africanos são os mais perigosos, por isso que Vilis saiu correndo quando tentei falar com ele. O cara acha que pode morrer se inalar meus germes.

Eu nem sabia que tinha trazido os germes comigo. Não dá para sentir, nem ver nem nada. Putz, os germes são o cão! Não estou nem aí se Vilis me odeia, o cara joga sujo e nunca passa a bola para mim.

Agnes adora fazer bolinha de cuspe. Fica tudo na boa porque ela ainda é neném. Por mim, quero mais é que ela cuspa milhares de bolinhas. Quantas quiser e para sempre.
Eu: Oi, Agnes!
Agnes: **O!**
Juro por Deus, quando Agnes diz oi, chega a dar um zumbido nos ouvidos! Mesmo assim, não deixa de ser uma fofura. Quando Agnes diz oi, mamãe chora e ri ao mesmo tempo; não conheço mais ninguém que consiga fazer isso. Agnes não pôde vir com a gente porque mamãe precisa trabalhar o tempo todo. Vovó Ama é quem toma conta dela. É só até papai vender todos os produtos da loja, daí ele vai comprar mais passagens e então vamos todos ficar juntos de novo. Só estamos aqui há dois meses, a gente só começa a se esquecer dos outros depois de um ano. Nem vai chegar a isso.
Eu: Você consegue dizer Harri?
Papai: Ainda não. Tenha paciência com ela.
Eu: O que ela tá fazendo?
Papai: Mais bolinhas de cuspe. Bom, tá na hora de desligar.
Eu: Tá bem. Venham logo. Traga um pouco de Ahomka, porque não consigo achar em lugar nenhum por aqui. Eu te amo.
Papai: Eu tamb...
Foi quando os créditos do cartão acabaram. Odeio quando isso acontece. Acontece o tempo todo, mas ainda assim é sempre um choque. É como à noite, quando estou vendo os helicópteros, daí eles ficam silenciosos e sempre acho que vão se chocar contra mim. Juro, quando os motores recomeçam o ruído, dá o maior alívio!

Vi um morto de verdade. Lá onde eu morava, no mercado em Kaneshie. Uma vendedora de laranjas foi atropelada por um táxi, assim do nada. Fiz de conta que todas as laranjas rolando eram suas lembranças felizes que buscavam uma nova pessoa para se agarrar e assim não se desperdiçarem. Os engraxates tentaram roubar algumas laranjas que não foram esmigalhadas pelos carros, mas papai e outro cara forçaram os moleques a colocar as laranjas de volta na cesta. Os engraxates deviam saber que nunca se deve roubar dos mortos. É dever dos homens de bem ensinar o certo aos que não têm Deus no coração. É preciso ajudar essas pessoas sempre que possível, mesmo quando não querem. Acham que não querem, mas no fundo elas querem. Para ser do bem é preciso cantar todos os hinos sem olhar a letra. Só pastor Taylor e seu Frimpong conseguem, e os dois são bem velhos. Seu Frimpong é tão velho que tem aranhas nas orelhas. Vi com meus próprios olhos as aranhas lá.

Na igreja, a gente fez uma oração especial para o garoto que morreu. Pedimos que sua alma fosse levada até os braços do Senhor e que o Senhor abrandasse o coração dos assassinos para que eles se entregassem. O pastor Taylor passou uma mensagem especial a todas as crianças. Mandou a gente avisar quando visse qualquer pessoa com uma faca.

Lydia estava descascando os inhames para fazer fufu.

Eu: Você está com uma faca! Vou te denunciar!

Lydia: Ah, dá o fora! Quer que eu descasque os inhames com o quê? Uma colher?

Eu: Não, com seu bafo. Parece de dragão.

Lydia: E o seu parece de cão. Lambeu furico de novo?

Nossa brincadeira preferida: ver quem consegue ser mais desaforado. Geralmente ganho. Já marquei mil pontos, enquanto Lydia só ganhou duzentos. A gente só brinca assim quando mamãe não consegue escutar. Enfiei o garfo em mim mesmo. Foi só no meu braço. Queria ver se doía muito e quanto tempo os furos durariam. Diria para todo o mundo que os furos eram marcas mágicas de nascença e que significavam que eu tinha o poder de ler a mente dos outros. Só que deu um minuto e os furos sumiram. E ainda por cima doeu muito.

Eu: Como será a sensação de levar uma facada de verdade? Será que o cara vê estrelas?

Lydia: Quer descobrir?

Eu: Ou será que vê fogo? Aposto como o cara vê fogo.

Meu Mustang tem fogo. Tenho quatro carros: um Mustang, um Fusca, um Lexus e um jipe Suzuki. O Mustang é o melhor, é muito maneiro. É azul, com fogo na capota, e o fogo tem forma de asas. Não tem nem um arranhãozinho porque nunca bato com ele, só olho. Ainda consigo ver o fogo quando fecho os olhos. Morrer deve ser assim, só que o fogo perde a beleza porque queima de verdade.

O pai de Manik me ensinou a dar o nó na gravata. Era meu primeiro dia na nova escola. Escondi a gravata na mochila e ia dizer que a haviam roubado. Mas quando cheguei lá, me assustei. Todo mundo estava de gravata. O pai de Manik estava lá com ele. Era tudo ideia dele.

O pai de Manik o leva para a escola todo santo dia. Caminha com ele até lá para protegê-lo dos ladrões. É que uma vez roubaram os tênis de Manik. Foi um dos caras da gangue da Dell Farm. Depois que viram que não cabiam em ninguém, penduraram os tênis numa árvore. Gordo que é, Manik não conseguiu subir na árvore para pegar os tênis de volta.

O pai de Manik: Quero ver tentarem de novo. Dessa vez a história vai ser outra, cambada de safados.

O pai de Manik é de dar medo. Está sempre zangado. Entende de esgrima. Juro, quero morrer amigo do Manik! O pai dele colocou minha gravata e deu o nó e me ensinou a tirar sem desfazê-lo. A gente cria uma folga bem grande que dê para passar a cabeça e daí é só tirar. Assim não precisa dar o nó todo dia. Até que dá certo. Agora não vou mais precisar passar a vida toda dando nó na gravata. Ganhei da desgraçada!

Na minha escola não tem nenhum hino. Na outra escola, a melhor parte era quando Kofi Allotey inventava a letra:

Kofi Allotey: *Perante o trono de nosso Pai*
Derramamos nossas preces ardentes
Por favor, não me queime no fogão
Nem me empurre da escada.

Juro, ele apanhou tanto que a gente chegou a chamar de Kofi Palmatória!

No início, eu e Lydia passávamos o recreio juntos. Agora, cada um fica com seus amigos. Quando a gente se esbarra, o acordo é fingir que não se conhece. O primeiro que disser "oi" perde. No recreio, só brinco de homem-bomba ou de zumbi. Homem-bomba é quando o cara corre na direção de outro e se choca contra ele com toda força. Se o outro cara cair, você ganha cem pontos. Se os dois permanecerem de pé, só rolam dez pontos. Tem sempre um que fica de olho porque é proibido brincar de homem-bomba. Se a professora pegar, é castigo na certa.

A brincadeira de zumbi é simples: basta imitar um zumbi. Quanto melhor a imitação, mais pontos.

Quando a gente não está brincando, estamos trocando coisas. O que mais se troca são figurinhas de futebol e doces, mas pode rolar qualquer troca que alguém tiver interesse. Chevon Brown e Saleem Khan trocaram relógios. O de Saleem Khan marca a hora na lua, mas o de Chevon Brown é mais robusto e feito de titânio de verdade. Tanto um quanto o outro são muito irados. Os dois ficaram contentes com a troca até Saleem Khan cismar de querer o relógio de volta.

Saleem Khan: Mudei de ideia, só isso.

Chevon Brown: Mas a gente fez o acordo, cara! Com aperto de mãos e tudo.

Saleem Khan: Só que eu cruzei os dedos, né.

Chevon Brown: Bichinha. Vai levar dois socos.

Saleem Khan: Ah, não, cara. Só um.

Chevon Brown: Então vai ser na cabeça.

Saleem Khan: No ombro, no ombro.

Chevon Brown: Forte.

Chevon Brown deu um baita soco em Saleem Khan e uma chave de braço. Culpado foi ele que mudou de ideia, amarelão. Ficou com medo da mãe zangar.

Ainda não tenho relógio, nem preciso. O sinal avisa para onde ir e tem um relógio na sala de aula. Fora da escola, ninguém precisa saber que horas são: o estômago se encarrega de avisar que chegou a hora do rango. A gente só volta para casa quando não aguenta mais de fome, assim não tem como se esquecer.

Eu era o garoto defunto. X-Fire estava ensinando a gente a esfaquear. Ele não usou uma faca de verdade, só os dedos. Mesmo assim, o troço pareceu bem afiado. X-Fire diz que, quando se esfaqueia alguém, tem que ser bem rápido, porque quem está com a faca também sente.

X-Fire: Quando a faca entra, dá pra sentir onde perfurou. É nojento quando perfura um osso ou coisa assim, cara. O negócio é tentar acertar um ponto macio, tipo a barriga, pra que a faca entre na boa, e daí em diante não se sente nada. Cara, a primeira vez que furei um cara foi a pior. As tripas vieram todas pra fora. Troço nojento. Eu ainda não sabia direito onde enfiar, daí fui muito pra baixo. Por isso agora miro o lado, perto do pneuzinho. Não tem tripa nenhuma saltando fora.

Dizzy: A primeira vez que furei alguém, a lâmina emperrou. Pegou numa costela, sei lá. Foi f* tirar a desgraçada de lá. Eu fiquei tipo "Ah, desgraçado, devolve minha faca!".

Clipz: Pior que é. A gente só quer furar e sumir dali. Sem criar caso.

Killa não entrou no papo. Ficou calado. Vai ver nunca esfaqueou alguém. Ou então já esfaqueou tantos que enjoou. Deve ser por isso que se chama Killa.

Eu era o defunto porque X-Fire me escolheu. Eu só precisava ficar parado. X-Fire não gostou quando me mexi. Ficou me puxando. Eu me senti mal, mas tive de ficar ali, prestando atenção. Eu até queria prestar atenção. Foi igual à primeira vez que provei sopa de ervilha: achei uma bosta, mas tive de comer tudo porque é pecado desperdiçar comida.

Mesmo depois que ele foi embora, fiquei sentindo aqueles dedos nas costelas. Que doideira. X-Fire tem bafo de cigarro e leite achocolatado. Nem me assustou.

Todo sábado é dia de mercado. Como é ao ar livre, só falto congelar de frio, esperando mamãe pagar as compras; é preciso manter a boca bem fechada para os dentes não fugirem. Só vale mesmo a pena por causa das coisas maneiras que se vê por lá, tipo um carrinho de controle remoto ou uma espada de samurai. (É de madeira, mas mesmo assim assusta. Se eu pudesse, comprava uma dessa para colocar os invasores para correr.)

A minha preferida é a loja de doces. Lá a gente encontra tudo quanto é tipo de bala de gelatina. Tenho planos de provar todas as que existem. Até agora, já provei mais ou menos a metade. Há balas em milhares de formatos diferentes. Existe uma bala mastigável para todas as coisas que existem no mundo. Juro por Deus, é verdade. Tem bala de garrafa de Coca-Cola, de minhoca, de milk-shake, de ursinho, de crocodilo, de ovo frito, de chupeta, de dentes caninos, de cereja, de perereca e de outros milhares de formatos. As de garrafa de Coca-Cola são as melhores.

Só não gosto dos bebês de gelatina. São cruéis. Mamãe já viu um bebê morto na vida real. Ela vê bebê morto todo dia no trabalho. Não compro os bebês de gelatina para que ela não se lembre.

Mamãe vasculhou o mercado inteiro à procura de uma tela contra pombos. Fiquei rezando para ela não achar nenhuma.

Eu: Pô, não é justo. Só porque Lydia tem medo de pombo!

Lydia: Sai fora! Não tenho medo coisa nenhuma!

Mamãe: Não é bom ter pombos voando pela casa o tempo todo. São sujos, vão emporcalhar todos os cantos.

Eu: Só foi uma vez. Ele estava com fome, só isso.

Mamãe: Nem venha com essa cara de cão abandonado, Harrison, não vou discutir com você.

Tem gente que protege a sacada com uma tela que impede os pombos de entrarem. Discordo completamente desse negócio, os bichos não fazem mal a ninguém. Quero que meu pombo volte. Até escondi um pouco de farinha de fufu na gaveta especialmente para ele. Não quero comer o bicho, quero domesticá-lo para andar com ele no ombro. Acabou que minhas preces foram atendidas: lá no mercado não tem tela contra pombos. Cara, que alívio!

Eu: Deixa comigo. Se ele voltar, vou mandá-lo procurar outra casa.

Mamãe: Pare de colocar comida pra ele. Não vá achando que não vi a farinha espalhada na sacada, que não sou boba.

Eu: Pode deixar!

Odeio quando mamãe lê minha mente! De hoje em diante, vou esperar ela pegar no sono. Fiz de conta que não vi quando Jordan roubou o telefone da velhinha. Não queria que mamãe achasse que eu concordava com aquilo; ela já odeia Jordan porque ele cospe na escada. Eu estava na barraca de roupas do Noddy. Vi tudo enquanto mamãe pagava a minha camisa do Chelsea. Na verdade foram X-Fire e Dizzy que pegaram o telefone da mulher. Os caras têm muita manha: esperaram até ela começar a conversar, e então esbarraram na coitada para derrubar o telefone. Ficou parecendo um acidente. O telefone caiu no chão, aí Jordan apareceu do nada, pegou o aparelho e saiu correndo. Ele se enfiou na multidão e desapareceu num segundo. Era como se ele fosse um fantasma, simplesmente sumiu. A mulher procurou o telefone, mas era tarde demais: não pôde fazer nada. Foi uma fuga de mestre. Jordan não ganha nada para ajudar os caras, só uns cigarros ou uma semana de liberdade, sem que tentem matá-lo. Que troca idiota. Comigo seria diferente: eu iria querer dez paus toda vez.

Minha camisa nova do Chelsea é meio áspera demais. Pô, precisei proteger os mamilos com esparadrapo para não ficar arranhando. Mesmo assim, é irada! O garoto que morreu também se amarrava no Chelsea. Ele tinha uma camisa maneiríssima, com a logo da Samsung, e até o uniforme completo. Tomara que no céu tenha rede decente nas traves para que o cara não precise sair correndo para pegar a bola toda vez que fizer um gol.

Tem uma porrada de cachorro por aqui. Juro, o número de cachorros é quase igual ao de pessoas. A maioria é pitbull, e eles são tão assustadores que servem de arma no caso de faltar munição para o revólver. Harvey é o pior de todos. É o cachorro de X-Fire. Ele ensinou o bicho a morder os balanços da pracinha, e daí o cão fica mais assustador ainda. O cachorro se pendura pelos dentes e sai rodopiando pelo ar que nem um helicóptero maluco. Sempre que vejo Harvey se aproximar, prendo a respiração para ele não sentir o cheiro do meu medo.

Asbo é o meu favorito, é engraçado e amigo. A primeira vez que a gente se cruzou foi assim: eu estava jogando uma pelada com o Dean Griffin no campinho quando de repente pintou um cachorro e pegou nossa bola. Era Asbo. Corremos atrás dele, tentando pegá-lo, mas o danado era muito rápido. Estava a fim de brincar. Só furou a bola sem querer. Agora sobrou só minha bola de plástico. Ela sempre sai voando porque é muito leve. Que vergonha. Não vai demorar para eu arranjar uma bola de verdade; será de couro e não sairá voando.

Sabia que cachorro espirra? Juro, é sério. Vi com meus próprios olhos. Asbo deu um espirrão. De cara tomei um susto. Ninguém desconfiou. Ele deu uns cem espirros. Depois do primeiro, não conseguiu mais parar, parecia uma metralhadora. Um espirro levava a outro. Até o Asbo ficou espantado. O coitado passou horas nessa.

Terry Maloqueiro: Ele é alérgico a cerveja, né não?

Terry Maloqueiro colocou cerveja na mão e deu para Asbo beber, mas o bicho não quis saber do troço. Fez uma cara triste e virou a cabeça para o outro lado, e foi aí que começou a sessão de espirro. As bolhas subiram pelo focinho.

Esse nome – Terry Maloqueiro – é porque ele maloca tudo que vê pela frente. É só outro jeito de chamar o cara de ladrão.

Toda vez que a gente se esbarra, ele está carregando a última coisa roubada. Ele maloca principalmente DVDs e celulares, que são molinhos de roubar. Sai perguntando quem está a fim de comprar; não quer nem saber se a gente é criança e não tem a menor condição de comprar.

Terry Maloqueiro: Quer comprar? São de cobre do bom. Valem uma nota preta.

Dean: O que a gente vai fazer com um monte de canos de cobre?

Terry Maloqueiro: Sei lá. Pode vender.

Dean: Ah, então venda você.

Terry Maloqueiro: É isso que tô tentando fazer, ué!

Dean: Cara, por que não tenta vender pra alguém que queira a parada?

Terry Maloqueiro: Tudo bem, sem estresse, rapaz. Só perguntei.

Não tinha ninguém estressado ali! Juro, Terry Maloqueiro tem miolo mole. É porque ele toma cerveja no café da manhã.

Adoro usar o banheiro depois que mamãe passa água sanitária no vaso. A água sanitária faz a maior espuma, daí fica parecendo que estou mijando numa nuvem. Seguro firme a maior mijada para esse momento. Ninguém pode dar descarga na espuma antes de eu despejar minha mijada especial. Faço de conta que sou Deus descarregando a bexiga em sua nuvem preferida. Já vi uma nuvem por cima. Foi quando a gente estava no avião. A gente estava acima das nuvens. Sabe o que tem lá? Mais céu, só isso. Juro, sério mesmo. É céu que não acaba mais. O paraíso só vem depois.

Mamãe: Só vemos o paraíso quando estamos preparados. Por isso Deus o esconde com o céu.

Eu: Mas existe mesmo o paraíso em algum lugar lá por cima, né?

Mamãe: Claro que sim!

Eu queria ver naquela hora. Queria ver o que meu avô Solomon estava fazendo.

Eu: Aposto como ele tá jogando pedra, papel e tesoura com Jesus.
Lydia: Aposto que ele tá trapaceando.
Eu: É ruim, hein! Não tem nem como trapacear, pô.
Lydia: Para de besteira!
Vovô Solomon diz que a tesoura ganha da pedra porque no final a pedra está tão cansada das furadas que se desmancha toda. Quem diz que pedra ganha da tesoura é um preguiçoso que não quer esperar até o fim. É a única coisa que me lembro de ouvir vovô dizer, porque ele morreu quando eu ainda era neném. Mas ainda é verdade. Quem diz que isso é trapacear não passa de um trouxa.
Lydia achou que o avião fosse cair. Foi no segundo voo, do Cairo para a Inglaterra. A gente se sentou bem perto da asa. Dava para ver a asa balançar. Nem tive medo. Se um avião cair, é melhor que a gente esteja na asa, que é o ponto mais forte. Até papai disse isso. O balanço é normal.
Eu: Dá só uma olhada! Tá balançando mais ainda! Vai se soltar!
Lydia: Ai, para!
Mamãe: Harrison! Vamos parando com esse falatório. Aperte o cinto.
Não caímos nem nada. Rezei antes de sair do chão.

Quando voltei da escola, havia uns guardas do lado de fora dos prédios. Havia dois carros de polícia e uma porrada de guardas vasculhando o mato e as latas de lixo como se tivessem perdido alguma coisa especial. Um dos guardas era mulher. Juro, que doideira! Ela inclusive queria ser homem. Estava usando o mesmo uniforme dos caras e tudo. Fazia umas perguntas para as crianças; só podia entrar em casa quem já tivesse sido entrevistado. Foi sinistro. Acho uma boa ideia essa história de policial mulher. Elas só conversam com a gente, sem esse negócio de dar porrada o tempo todo.
Um bebum: A senhora quer me mostrar como as algemas funcionam? Aprontei, dona. Acho que preciso levar uns tapinhas.

A policial: Olha o respeito!
A policial nos fez umas perguntas sobre o menino que morreu. Quis saber se a gente sabia onde ele estava naquele dia, e se tinha alguém atrás dele. Perguntou se a gente viu alguma coisa esquisita. Dissemos que não. A gente estava por fora. A gente até que queria, mas não sabia de nada e não podia ajudar.
Dean: Vocês têm alguma pista?
Eu: Ela não é da carrocinha!
Dean: Pistas criminais, otário!
A policial: Estamos trabalhando nisso.
Dean: Se a gente ficar sabendo de alguma coisa, mandamos um torpedo pra senhora. Me diz aí seu número.
A policial: Atrevido.
Daí os guardas tiveram de ir embora. Harvey tentava arrancar com os dentes o espelho da porta de uma das viaturas. X-Fire estava botando pilha nele. Killa e Dizzy também, só botando pilha. Só se desgrudaram depois que os guardas pegaram o spray de ácido e foram borrifar na cara de Harvey. Quando o troço é usado em gente, só faz cegar, mas em cachorros a parada mata em cinco segundos.
Eu: Vi onde mataram o garoto. Ficou sangue por todos os lados.
Dean: Pô, que pena que não vi.
Lydia: Não quero ver nada.
Eu: Quer sim. Você tá chateada só porque não viu. Parecia um rio, cara. Se bobear, dava até pra nadar.
Lydia: Vai te catar!
Tive até vontade de me jogar lá feito um peixe. Se conseguisse segurar a respiração por muito tempo, dava para mergulhar até o fundo, e, se eu voltasse ainda vivo, seria como se o menino morto ainda estivesse aqui. Ele poderia ser meu ar ou a luz que eu veria quando abrisse os olhos de novo. Segurei a respiração e tentei sentir meu sangue circulando. Nem deu para sentir. Se eu soubesse que meu sangue ia acabar em cinco minutos, preencheria esse tempo com todas as minhas coisas preferidas. Comeria muito arroz chinês, daria uma mijada

na nuvem e faria Agnes rir da careta que faço entortando os olhos e tocando o nariz com a língua. Se pelo menos a gente soubesse, se preparava. É a maior sacanagem não saber.

Paradiddle é só um estilo de rufar na bateria. É minha palavra preferida hoje. A gente toca bateria na aula de música. Rufo é quando se bate na bateria bem depressa com duas baquetas e se faz um som bem comprido. Eu me amarro no *paradiddle* porque o nome é igualzinho ao som produzido. Juro, é a maior sacação.
O tambor grandão que fica na parte de baixo (o bumbo) tem um pedal. A pessoa toca com o pé mesmo. É irado. A maioria dos caras bate nos tambores muito forte, parecendo até que vai quebrar tudo. Para eles é só um jogo. Só bato com força para produzir um som legal. Mostrei a Poppy Morgan como mexer o pé para que o bumbo mantenha o mesmo padrão. Fica mais fácil quando se conta mentalmente. A gente sempre conta até quatro. Daí mete o pé no pedal no um. Assim:

1 2 3 4
1 2 3 4

E fica repetindo até começar a encher o saco. Ou então o cara mete o pé no pedal no um e no três para acelerar o ritmo:

1 2 **3** 4
1 2 **3** 4

Mas esse último é meio rápido demais, deixa o cara maluco, tipo como se ele fosse cair. Quando eu estava mostrando a Poppy Morgan como tocar o bumbo, sem querer cheirei o cabelo dela. Tinha cheiro de mel. O cabelo de Poppy Morgan é amarelo como o sol. Quando sorri para mim, sinto um frio na barriga, nem sei por quê.

Só dá para ver o estacionamento e as latas de lixo da sacada. Não dá para ver o rio porque as árvores o escondem. Dá para ver uma porrada de casas. É casa atrás de casa, tipo uma porção de cobras e apartamentos menores onde moram os velhinhos e os mongoloides (mongoloide é como a mãe de Jordan chama o povo com um parafuso a menos. Tem gente que nasceu assim e tem gente que ficou assim porque bebeu muita cerveja. Tem alguns que parecem gente de verdade, mas não sabem fazer conta de somar nem conversar direito).
   Mamãe e Lydia estavam roncando feito duas porcas loucas. Vesti o casaco e peguei um pouco de farinha. Era bem tarde. Os helicópteros estavam à caça de ladrões de novo. O barulho vinha de longe. O vento gelado mordia meus ossos como um cão louco. As árvores atrás dos prédios balançavam, mas o rio estava calmo. Papai, Agnes e vovó Ama estavam todos sonhando comigo, me viam como se eu estivesse na TV. O pombo sentia que eu o aguardava, eu tinha certeza de que ele voltaria nesta noite.
   Esperei o vento passar e aí coloquei um monte bem grande de farinha no corrimão. Espalhei bem para que o pombo conseguisse ver a quilômetros de distância. Que saco! O vento logo voltou e levou tudo! Agora o jeito era rezar para o pombo sentir o cheiro do meu plano e voltar. Eu me amarro naquelas patinhas alaranjadas e no jeito que eles mexem a cabeça quando andam, parecendo que estão ouvindo uma música invisível.
   Adoro morar no nono andar, porque é possível olhar para baixo e, se você não se esticar muito para fora, ninguém lá embaixo consegue ver que você está ali. Eu ia cuspir, mas aí vi um homem perto das latas de lixo e engoli o cuspe. Ele estava ajoelhado no chão perto da lata específica para vidros. Enfiava a mão por baixo como se tivesse deixado alguma coisa cair lá. Não deu para ver a cara dele, estava escondida com o capuz.
   Eu: Vai ver é o ladrão! Anda, helicóptero! O cara tá ali, ó! Aponta a luz lá pra baixo! (Na verdade, não disse isso, mas pensei).

Ele tirou alguma coisa debaixo da lata. Era um embrulho. Checou a área toda e abriu o negócio. Vi alguma coisa brilhar por baixo. Só vi por um segundo, mas só podia ser uma faca. É a única coisa que consigo imaginar brilhante e pontuda daquele jeito. Ele a embrulhou de novo e enfiou na calça, e então saiu correndo rapidinho na direção do rio. Foi engraçado. Os helicópteros nem viram o cara. Não o seguiram nem nada; estavam muito lá no alto. Ele corre muito engraçado, feito uma garota, com os cotovelos para fora. Aposto que sou mais rápido do que ele.

Eu queria continuar de olho, caso acontecesse mais alguma coisa estranha, só que estava louco para mijar. Esperei o quanto pude. Não sei por que o pombo não veio. Está achando que vai ser morto, mas não vai nada. Só quero ter alguma coisa viva para alimentar e ensinar uns truques.

Vi quando o sol nasceu e quando o garoto foi para a escola. Começo todo santo dia com o sabor dos sonhos dele na boca. O sabor dos sonhos de todos vocês. Daqui de cima vocês parecem tão inocentes, tão ocupados. O jeito com que se reúnem em volta de um objeto curioso, ou saem voando para fugir de um intruso. Nós somos mais parecidos do que vocês imaginam. Mas tem tanto assim.
 Este sou eu, a nove andares do chão, trepado no parapeito de uma janela, tranquilamente degustando o resto do último milhete que comi. Este sou eu sentindo pena de vocês; que droga o fato de suas vidas serem tão curtas e de que nada nunca é justo. Eu não conhecia o garoto que morreu; ele não era meu. Mas conheço muito bem o que é a dor de uma mãe, sei como o troço gruda como aquelas amoras borrachudas que crescem na beira das estradas. Foi mal. Desculpa aí. Agora cuidado com a cabeça, eu preciso. Pronto, lá se foi. Não acerte o mensageiro.

 Toda vez que alguém fecha a porta com força, meu apartamento estremece todo. Dá até para sentir. É alguém fechar a porta que todo mundo sente. É bizarro, parece que a galera toda mora na mesma casa. Dá para fazer de conta que é um terremoto. O professor Tomlin disse que um terremoto só rola nas partes do mundo onde as rochas sentem muitas cócegas. O pessoal rachou de rir. O professor Tomlin é muito engraçado. As piadas dele são melhores até do que as de Connor Green.
 Só não curto quando a gritaria fica alta demais. Que nervoso que me dá! Parece que chegaram uns invasores para matar a gente. Quando a gritaria se aproxima, aumento o som da TV para disfarçar.
 Se os invasores aparecerem, é meu dever expulsar todos eles. É para isso que serve o homem da casa. A gente sempre deixa a porta trancada a chave e com o pega-ladrão para

impedir a entrada deles. Se isso acontecer, a gente tem que enfiar o garfo nos invasores (não pode ser uma faca, porque daí vira assassinato. Com o garfo, é só autodefesa). Vou defender a Lydia me colocando na frente dela. E se mamãe estiver em casa, vou fazer o mesmo com ela. Enquanto eu luto contra os invasores, Lydia ou mamãe vai chamar a polícia. Vou tentar acertar o olho, que é a parte mais molenga. No máximo só vai cegar os caras. Daí, quando não conseguirem enxergar nada, vou sair empurrando todos eles para fora e enfiar a cambada no elevador. O elevador é seguro.

Isso só se os invasores aparecerem. Talvez isso nunca aconteça.

Pelo olho mágico da porta, vi que eram só Miquita e Chanelle. Destranquei tudo para elas entrarem.

Miquita: Gente, isso tudo é pra se proteger?

Lydia: Manda elas entrarem, Harrison.

Eu: Não me chama assim que você não é minha mãe.

Juro, Lydia sempre banca a mandona quando as amigas estão por perto. Ela não para de se gabar e de me mandar ir para o quarto e fazer o dever de casa. Não estou a fim de ir para o quarto. Ela só quer que eu vá para poder ficar assistindo a Hollyoaks, que elas acham o máximo. São só umas pessoas se beijando o tempo todo. Há vezes que mostra até garoto beijando outro! Sério mesmo, juro por Deus! É nojento.

Eu: Vou contar para mamãe que você ficou vendo esse povo se beijando. É nojento.

Então Lydia fecha a porta na minha cara. Espera até eu me aproximar bastante, daí bate a porta. Maldade. Antes ela não fazia isso. Agora é o tempo todo, só para as amiguinhas idiotas rirem de mim.

Eu: Me deixa entrar!

Lydia: Miquita não quer. Você fica beliscando a bunda dela.

Eu: Deixa de história. Eu não faço isso.

Que mentira. Nunca belisquei a bunda de Miquita. Prefiro enfiar os dedos num formigueiro. Miquita e Chanelle são desmioladas; estão sempre se gabando de todos os garotos que elas deram chupão (isto é, beijaram com força). Miquita usa batom de cereja. Tem mesmo gosto de cereja. Não tira o troço da boca. Ela diz que quer estar sempre doce e gostosinha para quando me beijar.

Eu: Você nunca vai me beijar. Saio batido.

Miquita: Pra onde? Não tem pra onde correr. Não tenha medo por me amar tanto.

Eu: Mas não te amo mesmo! Quero mais é que você caia num buraco!

Miquita podia até ser bonita, se ficasse de boca fechada. Ela se sentou na minha mão, e daí senti um calor no corpo todo. Foi sem querer, não tentei passar a mão no traseiro dela. Ah, e depois ela também se gaba demais. Não para de sacanear nossa TV só porque é de madeira e muito velha. Compramos essa TV na loja do câncer, era de uma pessoa que morreu. A imagem não aparece logo de imediato. A gente tem que esperar aquecer. Quando a imagem aparece, é meio escura e só depois vêm as cores. A parada leva horas. A gente pode até ligar a TV e ir dar uma mijada até a imagem aparecer. Já testei e dá certo.

Miquita não vai ao velório do menino. Ela não o conhecia.

Miquita: Pra que ir lá, cara? Todo velório é igual, né não?

Eu: É só por respeito.

Miquita: Mas eu não respeito o morto. Ele morreu porque quis. Quem mandou ficar enfrentando os outros? Quem não quer se queimar não brinca com fogo, né não?

Eu: Você não sabe de nada. Nem estava lá. Ele não enfrentou ninguém. O assassino só queria pegar o Chicken Joe's dele.

Miquita: Ah, que se dane. Você não sabe de nada, você é só um pirralho.

Eu: Nem você. Juro, você é muito idiota.

Miquita: *"Juro, juro! Juro por Deus!"* Você parece um cachorrinho tagarela. Some da minha frente agora, você está me irritando.

Eu: É você que está me irritando, boca de peixe.

Saí batido antes de ficar muito puto. Se um dia Miquita me der um chupão, mato a desgraçada. Ela é nojenta, tem as mãos gordas.

As portas do shopping se abrem com mágica. Nem é preciso tocar nelas. Tem uma placa bem grande com todas as regras:

PROIBIDO ENTRAR COM BEBIDA ALCOÓLICA.
PROIBIDO ENTRAR DE BICICLETA.
PROIBIDO ENTRAR COM CÃES.
PROIBIDO ENTRAR COM SKATE.
PROIBIDO FUMAR.
PROIBIDO JOGAR BOLA.

No final da lista, alguém escreveu uma regra nova, a caneta:

PROIBIDA A ENTRADA DE MOCREIAS.

Mocreia é uma garota que quer ter um bebê com você. Dean Griffin me contou essa parada.

Dean: Toda vez que você beija uma mocreia, ela tem um bebê. Sem sacanagem, é só olhar pra uma por muito tempo pra doida embarrigar. As mocreias são do mal, cara. Fique longe delas.

Não quero nem chegar perto. São todas sarnentas e fedem a cigarro. Os bebês fedem a cigarro também. Fizemos de conta que as mocreias iam pegar a gente. Eram zumbis e estavam atrás de nós, daí era preciso fugir. Quem fosse beijado por uma virava um zumbi mocreio. Foi hilário. A gente escapava por pouco.

Dean é meu segundo melhor amigo. É meu melhor amigo da escola, e Jordan é meu melhor amigo fora da escola. Foi Dean quem me mandou esconder o dinheiro da janta na meia para os ladrões não acharem. Depois que ele começou a fazer isso, nunca mais foi roubado.

Experimentei, mas aquilo criou o maior volume. Fiquei andando esquisito. Deixo a grana da janta no bolso mesmo. Ninguém vai me roubar porque nunca mexi com os caras.

Eu: Você acha que o garoto teve culpa de ter sido esfaqueado? Foi o que a amiga da minha irmã disse. Não acredito nela. Acho que é bem capaz dela ser mocreia. Acha que vão pegar o assassino?

Dean: Não conta com isso não, cara. Os guardinhas daqui são uns incompetentes. O certo seria chamar o CSI. Esses, sim, resolveriam o caso rapidinho.

Eu: Que negócio é esse de CSI?

Dean: São tipo os melhores detetives dos Estados Unidos. Os caras conhecem os melhores truques e conseguem descobrir pistas que ninguém nunca suspeitou. Não é só na TV, é de verdade mesmo. Uma vez vi um caso de uma gangue que saía dando porrada no pessoal, tipo com taco de beisebol. Os caras enfiavam o cacete na cabeça do povo.

Eu: Por quê?

Dean: Sei lá, só de sacanagem mesmo. E não tinha testemunha nem nada, mas aí o CSI usou um programa de computador especial que diz o tipo de tênis que o cara tem só pelas marcas da sola, saca? Daí compararam as pegadas na cara do defunto com as pegadas do assassino. Foi assim que prenderam o filho da mãe. Muito sagaz.

Eu: Sagaz mesmo. Deviam fazer isso aqui. Era capaz da gente achar as pegadas.

Dean: Talvez, mas nossa tecnologia é tosca, né? Nem temos os equipamentos certos. Cara, cuidado!

Terry Maloqueiro quase se chocou contra a gente. Estava correndo feito um doido. Nem viu a gente. Estava com um tabuleiro de frango embaixo do braço, coisa bem pesada. O tabuleiro escorregou e uns frangos caíram. Ele nem parou, continuou correndo. Estava com os olhos esbugalhados, todo assustado. Maior comédia. Tivemos que pular fora do caminho.

Açougueiro: Volte aqui, seu filho da p*#!

O açougueiro tentou correr atrás, mas ele era muito gordo. Acabou desistindo. Os outros bebuns esperavam nas escadas da biblioteca. Pegaram os frangos e cada um saiu correndo para um lado. Até o Asbo saiu correndo. Estava achando que era um jogo. Latia feito louco. Até torcemos para que os caras fugissem. Juro, foi muito comédia. Dean disse que seria legal passarmos por esse caminho todo dia. Isso virou uma nova regra.

Nem sei dizer onde estão os frangos de verdade. Quando o povo aqui os compra, eles já vêm mortos e depenados. Doideira. Sinto falta das carinhas. Os olhinhos mortos eram muito maneiros, parecia que estavam sonhando com o tempo em que se divertiam correndo sob sol, bicando a cabeça um do outro.

Frango: Bic bic bic bic!
Outro frango: Vai bicar pra lá!

Quando morre um bebê, é preciso dar um nome para ele, senão o coitado não entra no céu. Às vezes os pais ficam tão tristes que nem conseguem pensar num nome. Daí minha mãe dá um nome para os pobrezinhos. Geralmente ela tira os nomes da Bíblia. Quando a mãe do bebê não acredita na Bíblia, minha mãe tira o nome do jornal. Hoje morreu um bebê. Foi gravidez ectópica.

Mamãe: É quando o bebê cresce fora do útero. Não se pode fazer nada pra ajudar. Às vezes eles se perdem.

Mamãe precisou dar um nome ao bebê morto. Uma mulher no jornal se chamava Katy, daí ela usou esse nome. A mãe do bebê achou legal. Ela se amarrou.

Eu: Quando outro bebê morrer, a senhora pode chamar de Harrison. A mãe vai se amarrar.

Mamãe: Não posso, meu filho. Dá azar.

Eu: Como assim?

Mamãe: Ah, Harrison é seu nome. Não quero que mais ninguém se chame assim.

O nome serve para Jesus te encontrar. Senão, Jesus não vai saber quem ele está procurando e daí o defunto fica flutuando no espaço para sempre. Já pensou que terrível? Ainda mais se o morto cair dentro do sol, vai virar churrasquinho humano.

Ainda bem que os bebês mortos crescem no céu. Juro, que alívio! Eu odiaria ter de continuar bebê para sempre. Já pensou, nunca aprender a ler nem a falar? A pessoa fica uma inútil. Nem me lembro como é ser bebê. Eu dormia quase o tempo todo. Maior chatice. Se fosse assim para sempre, eu pirava.

Lá perto das latas de lixo devem ter pegadas que provavelmente ficam lá quando a gente pisa nas poças. Antes de ir para a escola, dei uma olhada, mas não tinha nenhuma. Vai ver o assassino estava usando um tênis especial, com a sola toda plana, ou quem sabe ele não tenha pisado com tanta firmeza a ponto de deixar a marca. Sempre piso bem forte, pois é assim que a gente deixa as melhores formas. Às vezes aproveitamos o intervalo para pular poça, ainda mais quando está chovendo e não dá para brincar de homem-bomba porque tem uma porrada de professores na área. Pulei uma enorme e virei estátua, para ver se o pombo faria cocô em mim, mas passou direto. Não deu para ver se era o meu pombo, pois estava muito longe. Na Inglaterra, cocô de pássaro dá sorte. Ninguém duvida disso.

Eu: Mesmo quando cai na cabeça?

Connor Green: Não importa onde caia, o importante é bater em você. Pode ser em qualquer parte.

Eu: E se cair no olho? E se cair na boca e a gente engolir a caca?

Connor Green: Continua sendo sorte. Merda é sempre sorte. Todo mundo sabe.

Vilis: Então o Harri deve ter muita sorte, porque fede a bosta.

Juro, fiquei pau da vida, que nem um doido quando ele disse isso. Queria acabar com a raça dele, mas havia muitos professores por perto. Tive de segurar a onda.

Dean: Quem te chamou no papo, otário? Vá plantar batata com sua mãe.

Connor Green: Vá f* uma vaca.

Vilis disse alguma coisa na língua dele e saiu correndo, passando bem em cima da poça e estragando a brincadeira. Da próxima vez que ele disser alguma gracinha para mim, vai levar um chute no saco.

Eu gostaria que meu caixão fosse no formato de um avião. O do garoto que morreu era normal, a única coisa bacana era o escudo do Chelsea. Mesmo assim, era um caixão maneiro. Todos os parentes estavam muito tristes. A situação ali estava bem sinistra, ainda mais porque chovia e todo mundo vestia preto. Ninguém cantava.

Mamãe: Deus o tenha.

Mamãe passou o tempo todo apertando a gente – eu e Lydia. Não tínhamos como pedir para ela parar. Dançar, então, nem pensar, pois ninguém mais estava dançando e ainda por cima estava tudo escorregadio por causa da chuva. Não deixaram a gente entrar na igreja, porque não conhecíamos assim tão bem o menino defunto. Esperamos do lado de fora. Era tanta gente na frente que não deu para ver muita coisa. Vi o operador de câmera da TV. A repórter toda hora parava para arrumar o cabelo. Demorou um século para fazer a reportagem. Que saco! Queria que ela calasse a boca para conseguir escutar o que os alto-falantes diziam.

Eu: Que músicas será que vão tocar?

Um garoto maior: Dizzee Rascal! Tomara que toquem *Suk My Dick*.

Outro garoto maior: Esse sabe das coisas!

A repórter: Vocês poderiam fazer o favor de não soltar palavrões? Estamos filmando aqui. Obrigada.

Garoto maior: Pega aqui, vadia!

Ele fingiu que agarrava o pinto e apontou para a dona. Ela nem viu, pois já tinha se virado. Ele só estava se exibindo. Nem falou tão alto a ponto da mulher escutar.

Outro garoto maior: Ai!

Lá onde eu morava, algumas pessoas tinham um caixão no formato de coisas de verdade. Era o que elas mais curtiam enquanto estavam vivas. Se a defunta, por exemplo, tivesse passado a vida costurando, o caixão era no formato de uma máquina de costura. Se o cara gostasse de cerveja, o caixão era no formato de uma garrafa. Vi tudo quanto foi formato de caixão. O caixão indica o que o defunto mais amava. Teve um que era um táxi. O defunto era Joseph, o taxista. Compareci a esse velório. Fui levar as garrafas no Samson's Kabin e, na volta, uma das donas que estavam no velório me puxou e começou a dançar comigo. Foi irado! A galera toda estava feliz. Todo mundo começou a dançar também. Cheguei a me esquecer de que alguém tinha morrido.

Eu: Pô, esse caixão devia ter a forma de chuteira. Seria melhor ainda.

Mamãe: Harrison, quieto! Olha o respeito, menino!

Eu: Foi mal!

Eu gostaria de ter um caixão no formato de um avião, porque nunca vi nenhum assim. O meu seria o primeiro.

Não sobrou um pingo de sangue do menino defunto, a chuva levou tudo. Foi inevitável mesmo. Eu queria ver o corpo, ainda mais os olhos. Queria ver se estavam como os dos frangos e os sonhos que eles deixavam transparecer. Só que o caixão já estava fechado antes mesmo de eu conseguir chegar perto.

Consegui sair de perto da mamãe e da Lydia, que nem perceberam nada. Dean estava me esperando no estacionamento. Éramos espiões. Ficamos de olho no povo, à procura de atividades suspeitas. É aí que as pessoas agem de mansinho, porque têm o que esconder. Dean aprendeu isso assistindo a programas sobre detetives de verdade.

Dean: Às vezes o assassino volta e dá um pulinho no velório, querendo passar bem na cara dos policias, só de desaforo. Como se dissesse "Aí, otários, vocês não me pegam!". É como se ele mostrasse o dedo pros caras. Só que ele não quer ser pego, porque não é bobo. Fique de olho nos coroas de capuz.

Eu: Ué, mas todo mundo tá de capuz, com esse aguaceiro caindo.

Era verdade. Era tanta gente de capuz que parecia uma porrada de barcos no mar. Esse pessoal estava todo nos fundos, o povo mais para a frente, que amava mesmo o menino morto, estava com guarda-chuva. Será que abrir guarda-chuva dentro da igreja dá o dobro de azar? É bem capaz. Capaz até do cara cair durinho na hora. Bom, pelo menos era meio caminho andado, já podia rolar o velório ali mesmo antes das moscas atacarem.

Dean: Beleza, e qual era a cor do capuz do seu coroa? Não, esquece. A essa altura ele já se desfez do casaco. Pense, pense.

Eu: Já sei! Vamos cumprimentar todo mundo e quem não apertar as mãos deve estar escondendo alguma coisa. Quem se recusaria a apertar as mãos num velório? É só a gente se dirigir ao pessoal, dizer "minhas complacências" e ver quem sai de fininho.

Dean: É "condolências", não "complacências".

Eu: Tanto faz. A gente diz que sente muito. Vem comigo!

A gente se espremeu por entre povo até chegar aos fundos, onde o pessoal protegia a cabeça com capuz, fumava e se escondia para não aparecer na TV. Fingimos que éramos mestres de cerimônias oficiais: saímos cumprimentando todo mundo e dizendo "sinto muito". A maioria apertou as mãos e disse que também sentia muito. Sabiam que era coisa séria e que deviam mostrar respeito. Foi bem rápido e tranquilo.

Eu e Dean: Sinto muito.

Encapuzado: Sinto muito.

Eu e Dean: Sinto muito.

Outro encapuzado: Sinto muito.

Alguns eram negros, outros, brancos. Alguns até jogaram o cigarro fora antes de apertar as mãos, como se fosse a única coisa decente a ser feita naquelas circunstâncias. Só uns gatos pingados não cumprimentaram.

Eu e Dean: Sinto muito.

Dez ou onze encapuzados: Estão de brincadeira?

Eu: Não. São condolências.
Dean: Algum problema com isso?
Dez ou onze encapuzados: Vão se f*, seus filhos da p*.
A gente chegou a achar que ele era suspeito, mas era o açougueiro: gordo demais para ser o assassino. Ele é grosso mesmo. Depois disso a gente teve que dar uma parada, porque estavam trazendo o caixão para fora de novo. Quase derrubaram a parada. É que um dos carregadores estava embriagado e quase caiu. O pessoal ficou tenso, mas voltou ao normal rapidinho. Quase rolou uma confusão no final. Killa chegou de bicicleta. Não conseguiu passar por todos os carros no estacionamento. Veio todo desengonçado, tentando passar entre os carros e quase foi atropelado pelo carro fúnebre. O carro parou bem a tempo de evitar a tragédia. Killa derrapou na chuva e caiu da bicicleta.
Cara do funeral: Olha por onde anda, moleque!
Achei que fosse rolar porrada ou que pelo menos Killa fosse mostrar o dedo para o cara, mas só montou de novo na bicicleta e saiu batido. Voltou a estremecer quando passou pelos fundos do carro onde estava o caixão. Nas flores do caixão havia os dizeres: Para Sempre Filho. Mas parecia que o Para Sempre já tinha terminado. Alguém roubou o Para Sempre quando matou o defunto. Isso está errado. Crianças não deveriam morrer, só os velhos. Fiquei até preocupado com isso, pensando que podia ser o próximo. Cuspi o resto do meu chiclete Hubba Bubba de maçã atômica antes que eu engolisse sem querer e minhas tripas ficassem todas grudadas.

As escadas do refeitório pertencem à Gangue da Dell Farm. Ninguém mais pode se sentar ali. É o melhor ponto de toda a escola. Ficam embaixo do telhado, daí não se molham quando chove. Além do mais, dá para ver a escola toda de lá e aí não tem como o inimigo atacar de surpresa. Só os caras do último ano podem chegar perto e, mesmo assim, tem que ser a convite do X-Fire.

Quem se sentar nas escadas sem permissão leva soco. Mesmo que tenha espaço para todo mundo, pode esquecer, quem domina a área é a Gangue da Dell Farm. Os caras ganharam a propriedade do ponto numa guerra. Agora as escadas são deles para sempre.

A gangue se chama assim em homenagem à Fazenda Dell. X-Fire é o líder porque é quem manda melhor no basquete e na briga. Ninguém discorda disso. Ele é quem furou o maior número de gente. Roubou minha mochila. Eu só estava passando. Nem desconfiei de nada.

Dizzy: Joga no telhado, cara!

X-Fire: Você quer a mochila?

Eu: Quero.

X-Fire: E vai fazer o quê pra pegar?

O pessoal todo só ficou vendo. Desisti de tentar recuperar a mochila. Eu sabia que nunca alcançaria, porque ele tem os braços muito compridos. Eu diria aos professores que uma águia veio e me roubou.

X-Fire: Você é de que país?

Eu: Sou de Gana.

Dizzy: Os guardas de lá têm armas? Têm, não têm?

Clipz: As casas de lá são feitas de cocô de vaca, né? Eu já vi.

X-Fire: Deixa de ser babaca. O cara é gente boa. O negócio é o seguinte: se fizer um serviço pra mim, te devolvo a mochila.

Eu: Não preciso de serviço. Só passo a chave nas portas e carrego as coisas pesadas.

Killa: Do que ele tá falando? Você é uma figura, cara.

Dizzy: Se entrar no grupo, a gente te ensina as coisas. E ainda te defende.

X-Fire consegue jogar a bola de basquete bem longe. Sempre faz cesta. Não consigo fazer porque nem aguento o peso da bola. Acho que colocam pedra lá dentro para trapacear. Eu só jogo a bola e passo para Chevon ou para Brayden. Quando eu estiver no último ano, meus músculos vão estar tão grandes quanto os de X-Fire. Já sou o mais rápido. Posso ser o mais forte também.

Acabou que X-Fire me devolveu a mochila. Mega-alívio.
X-Fire: Na boa, Gana. Se você se meter em alguma merda, me procura, falou?
Eu não queria me meter em merda nenhuma, só queria pegar meu lanche antes que Manik roubasse tudo. É proibido comer com os dedos. A gente tem que usar o garfo, senão as mulheres do refeitório nos expulsam. Às vezes ainda uso os dedos, mas só para ajeitar o montinho no garfo. Ninguém pode impedir, pois isso aqui é um país livre.

Uma dona que mora nos prédios dos mongoloides dirige um carro-cadeira. É só uma cadeira de rodas. A pessoa se senta e dirige que nem um carro, só que, em vez de volante, as mãos controlam umas barras. Queria muito dirigir uma dessas qualquer dia. O problema é que a cadeira é muito lerda.

A dona estava indo para as lojas. Eu, para casa. De uma hora para a outra, apareceu um bando de pirralhinhos. Nem desconfiei de nada. Saíram correndo do beco e pularam na traseira da cadeira. Vi com meus próprios olhos. Juro, foi hilário. Seguraram firme até chegar lá nas lojas.

A dona não conhecia nenhum deles. Tentou afastar os pentelhos, mas eles não deram ouvidos.

Dona do carro-cadeira: Que brincadeira é essa? Saiam daí!

Mas eles não estavam nem aí. Quando chegaram, saltaram e saíram correndo. Nem agradeceram pela carona! Foi a coisa mais hilária que já vi.

A culpa é da própria dona. Nem doente ela é. Consegue conversar e tudo. Só precisa do carro-cadeira porque é gorda demais para andar.

Dona do carro-cadeira: Tá olhando o quê? Por que não afastou os pivetes?

Não respondi nada. Nem queria carona. Prefiro correr: além de mais rápido, não vem com bofetão de brinde.

Eu não tenho uma gota de chuva preferida. São todas boas. São todas as melhores. Pelo menos essa é a minha opinião.

Sempre olho para o céu quando chove. É irado. Dá um pouco de medo, pois a chuva é tão grande e rápida que você acha que vai cair nos olhos. Só que se a gente fechar os olhos perde a graça. Tento acompanhar toda a trajetória de uma gota, da nuvem até o chão. Juro, é impossível. Só dá para ver mesmo a chuva. Não dá para acompanhar uma gota sozinha. A agitação é muito grande e todas as outras gotas acabam atrapalhando.

A melhor parte é correr na chuva. Quando a gente corre com a cara virada para o céu, rola a sensação de estar voando. O cara é que decide se fica com os olhos abertos ou fechados. Gosto das duas coisas. Se quiser, dá para abrir a boca. A chuva tem o mesmo gosto da água da torneira, só que morna. Às vezes tem um gosto metálico.

Antes de começar a correr, procure uma parte vazia do mundo, com nada no caminho. Sem árvores, prédios, outras pessoas. Assim, a gente não bate em nada. Tente correr em linha reta. Então corra com toda rapidez que puder. No início, dá um medo de bater em alguma coisa, mas não vale amarelar. Corra. É molinho. A chuva no rosto e o vento dão a impressão de que se está correndo super-rápido. É muito refrescante. Dediquei minha corrida na chuva ao menino que morreu. Foi um presente melhor do que uma dessas bolinhas que quicam. Fiquei com os olhos fechados o tempo todo e não caí nem nada.

Uma vez eu e Lydia estávamos no elevador quando o troço quebrou. Parou por mais ou menos uma hora. Nem foi assustador. Lydia gritava que nem doida. Para evitar que ela endoidasse de vez, tive que brincar de pedra, papel e tesoura. Mais uma vez, salvei o dia.

Lydia: Fala sério! Eu não gritei coisa nenhuma!

Eu: Gritou, sim. Ficou dizendo: "Faz alguma coisa, faz alguma coisa! Odeio ficar presa!"

Lydia: Ah, cala a boca, Harrison! Mentira dele, gente.

Estávamos mostrando nosso elevador à tia Sonia. Tia Sonia diz que onde ela mora só tem escada, nada de elevador. Sacanagem.

Eu: A gente só sente um frio na barriga no início. A senhora não vai se sentir mal.

Lydia: Ah, se liga! Ela já viu um elevador antes. Ela esteve nos Estados Unidos, onde eles sobem até cem andares.

Eu: Ah, vá! Até parece.

Tia Sonia: É verdade. Inclusive dá um estalo nos ouvidos, como nos aviões.

Eu: Que máximo!

Tia Sonia já viajou muito. Conheceu uma porrada de gente famosa. Uma vez, ela arrumou a cama do Will Smith (ele atuou no filme *Eu sou a lenda*). Os famosos não ficam no quarto enquanto ela arruma a cama, eles esperam do lado de fora. Às vezes dão gorjeta. Certa vez deram vinte dólares à tia Sonia. Teve um dia que um cara do hotel deu cem dólares só para ela dar uns amassos nele. Ela não aceitou, porque o cara era muito feio. Mamãe ficou pau da vida quando tia Sonia contou esse negócio. Ela odeia ouvir essas coisas.

Mamãe: Sonia, olha as crianças!

Eu e Lydia: Ah, a gente não liga!
Da próxima vez que tia Sonia for aos Estados Unidos, vai trazer Fruit Loops. É o cereal mais doce do mundo. Vou comer no café da manhã pelo resto da vida.
Mamãe: Nossa, mal chegou e já está planejando a volta?
Tia Sonia: Já faz seis meses.
Mamãe: E já está com os pés coçando?
Tia Sonia: Não estou pensando nos pés.
Mamãe olhou para as partes rachadas e pretas dos dedos de tia Sonia. A gente tinha que fingir que não sabia de nada e que estava tudo normal. Minha palavra preferida hoje é sarará. Mamãe e tia Sonia estavam amassando os tomates para o molho. Disputavam para ver quem era a mais rápida. Juro que me senti feliz por não ser um tomate!
Mamãe: Daí ela perguntou pra Janete: "Há outras parteiras aí?" Então Janete perguntou por quê. Ela disse que é o primeiro bebê e perguntou se eu sou boa mesmo. Disse que não queria gente sarará recém-saída do barco.
Tia Sonia: Sarará? Essa é nova.
Mamãe: Juro por Deus. Respondi que não cheguei de barco, mas de avião. Eles têm aviões agora lá de onde vim. Acho que eu deveria ter ficado calada. Tive de pedir desculpas.
Tia Sonia: Que é isso, gente? Você teve que se desculpar? Ah, se fosse comigo, ela ia ouvir. Eu diria que estava jogando uma maldição juju e que o bebê nasceria com duas cabeças. Com certeza ela acreditaria.
Mamãe: Não se pode dizer uma coisa dessas. Não é profissional.
Tia Sonia: Sarará. Não posso esquecer dessa.
Eu: O que é sarará?
Mamãe parou de amassar os tomates. Desejei que os coitados fugissem enquanto dava. Salvem-se enquanto há tempo!
Mamãe: É como chamam os novatos no hospital. Às vezes, quando a pessoa é nova na área, a paciente não confia nela. Quer dizer novato.

Eu: Ué, mas por que sarará? Não entendo.
Mamãe: Não sei. Agora vê se não perturba.
Tia Sonia: É por causa do barulho que as enfermeiras fazem quando arrastam os sapatos no chão. Quando estão novos, fazem um barulho tipo "sa-ra-rá", é isso.
Eu: Por que seus sapatos não fazem esse som aqui?
Mamãe: Só faz quando o chão é brilhante.
Que doideira. Podia ser verdade. Da próxima vez que eu ganhar um sapato novo, vou ver se isso acontece mesmo. Os corredores dos prédios têm o chão bem brilhante. Com certeza vão fazer um barulhão.
Agora vai ser a nossa vez de passar na casa da tia Sonia. Ela mora em Tottenham, a gente tem que pegar o metrô. Connor Green diz que os guardas do metrô andam com metralhadoras e que, se você correr, eles atiram. Vou ter que me controlar para não correr. É só até chegar do outro lado.

Jordan não estuda. Foi excluído da escola porque chutou uma professora. Excluído quer dizer expulso. Não acreditei de cara, mas até a mãe dele disse que era verdade. Ela acha absurdo. A mãe de Jordan fuma cigarro preto. O papel tem sabor de alcaçuz. Jordan é mais leve do que eu, porque a mãe dele é branca. Estou dizendo, a parada por aqui é toda louca!
Jordan: Minha mãe tá tentando me colocar noutra escola, mas ninguém quer me aceitar, né? Tô nem aí, cara, escola é um saco mesmo.
Eu: E o que você fica fazendo?
Jordan: Jogando no Xbox. Assistindo ao DVD.
Eu: Sua mãe pede pra você fazer alguma coisa?
Jordan: Claro que não! Por quê? A sua pede?
Eu: Às vezes.
Jordan: Que gay.
Eu: Só pede pra eu fazer coisa de homem. Tipo trancar as portas, ficar de olho nos invasores, coisa assim.
Jordan: Que gay.

Fizemos a saudação do tubo de lixo (é um tubo especial onde se joga lixo. É todo de metal por dentro e fede que nem o cacete; vai dar lá no quinto dos infernos). É obrigatório fazer a saudação toda vez para dar sorte, é uma tradição. É só enfiar a cabeça lá dentro e gritar:
Eu e Jordan: **Merda!**
Faz um eco irado. Mas é melhor não enfiar a cabeça muito para dentro, senão o troço suga a gente. Jordan pulou nas minhas costas e tentou me empurrar tubo abaixo, mas consegui me virar bem a tempo. Depois tive que segurar a porta do elevador enquanto Jordan dava uma bela cusparada em todos os botões. Quando ele saiu, dona Guimba entrou. Esperamos até as portas se fecharem. Aí ouvimos quando ela apertou o botão cuspido. Ela não sabia da cusparada.
Dona Guimba: Ai, maldição!
Ela disse "maldição"! Foi hilário. Só depois foi que amarelei. Dona Guimba matou o marido, fez uma torta com ele e depois comeu tudo. Todo mundo sabe dessa história. Por isso ela está sempre com os olhos esbugalhados e cheios de lágrimas: de tanta carne humana que comeu.
Jordan: Maldição, maldição! Bastarda!
Eu: Bastarda!
Bastarda é simplesmente uma pessoa que não tem pai. O pai da dona Guimba morreu tem uns cem anos, por isso nem chega a ser mentira.
Merda é a mesma coisa que cocô.

Tanya Sturridge faltou à aula de educação artística, daí veio Poppy e se sentou no lugar dela. Ficou bem perto de mim. Passou a aula toda ali, não saiu nem nada. Meu sangue ferveu. Não consegui me concentrar, querendo ver o que Poppy estava fazendo. Estava pintando as unhas. A maluca usou a tinta das aulas para pintar as unhas. Não tirei os olhos dela. Foi incontrolável.
Ela pintou uma unha de rosa, a outra de verde, a outra de rosa de novo, meio que seguindo um padrão. Levou um tempão.

Tomou o maior cuidado e não errou nadica. Foi super-relaxante, chegou a me dar sono só de ficar olhando. Usei o cabelo da Poppy para o meu amarelo. A professora Fraser diz que a gente pode buscar inspiração em qualquer lugar: ou no mundo ou em nosso interior. Achei a minha no cabelo da Poppy. Só que não contei para ela, para não estragar tudo.

Em teoria das cores a gente aprende a usar cores diferentes para representar estados de espírito diferentes ou para contar uma história. As cores refletem como você se sentiu por dentro. Não é preciso uma forma, pode ser apenas cores. Não precisa parecer com nada. A minha pintura é verde, amarelo e vermelho. O amarelo é a luz do sol e o cabelo da Poppy. O verde é do dia em que Agnes estava engatinhando na grama do parquinho, viu um grilo e tentou pegá-lo. Foi hilário. Você perdeu a cara que ela fez quando o grilo pulou, ela ficou toda surpresa. Por essa ela não esperava mesmo. Quando ele pousou, ela tentou pegá-lo de novo. Não desistiu: insistiu mais e mais. Acabou que peguei o grilo para ela. Ela apertou a perninha dele. Apertou com muita força no início e quase arrancou a perninha do bicho, mas depois ficou segurando ele com todo carinho. Os dedinhos dela são minúsculos, mas gordinhos ao mesmo tempo. É o que eu mais gosto nela. Só os bebês conseguem ser pequenos e gordinhos ao mesmo tempo. Sorte a deles.

O vermelho é o sangue do menino que morreu. Como não consegui um vermelho tão escuro, misturei com um pouquinho de preto; fui misturando um tiquinho de cada vez. Mesmo assim, não ficou igual à cor que tenho na cabeça. Não consegui recriar. Juro, foi um saco.

Professora Fraser: Se você não parar por aí, vai acabar furando o papel!

Acabei desistindo. Fiquei com os olhos embaçados e Poppy só me olhando, como se me achasse um debiloide. Foi aí que me toquei que era hora de parar.

Os avisos estão por toda parte. Servem para te ajudar. São muito engraçados. A cerca bem grande em volta da escola tem umas pontas sinistras no alto, que é para não deixar os ladrões entrarem. Tem uma placa na cerca:

NÃO SUBA.
PERIGO DE
LESÃO GRAVE

Juro, é hilário. Tem uma porrada de placas espalhadas pela escola mandando desligar o celular:

DESLIGUE O CELULAR
OU FICARÁ SEM ELE!

Connor Green: É que todos os professores são robôs e o sinal dos celulares estraga os circuitos deles, né não?
Nathan Boyd: Devia ter uma placa grudada em você: Não fale com esse garoto. Perigo de ouvir baboseira.
Connor Green: Ah, vá se f*.

Encontramos outra placa doida perto do rio:

> **ATENÇÃO**
> O AGRIÃO ENCONTRADO
> NESTE RIO NÃO É PRÓPRIO
> PARA CONSUMO HUMANO

A gente se amarra nessa placa. É a nossa preferida.
Eu: Aí, vamos desafiar o Nathan Boyd a comer esse agrião.
Dean: Mandou bem. É ruim de ele comer, hein!
O rio fica atrás das árvores. Está sempre muito escuro. É pequeno demais para se nadar nele e a água é ácida. Se você cair ali, sai com a pele toda queimada. Tem uma plataforma que passa por cima do cano de cocô, onde dá para dois se sentarem. Você se senta lá e fica vendo passar tudo quanto é troço no rio. Geralmente são só gravetos, latas ou papel. O primeiro a avistar uma cabeça humana ganha um milhão de pontos.
   A gente estava à procura da faca que o assassino usou para matar o garoto. Chama-se arma do crime. Quando a avistarmos, vamos tirá-la do rio e levar direto à polícia.
Eu: Fica esperto. Pode estar em qualquer lugar.
Dean: Positivo e operante. Estou alerta, capitão.
   Agora somos detetives de verdade. É uma missão pessoal. Uma vez, o garoto que morreu mandou uns cretinos me deixarem em paz quando eles estavam me zoando por eu estar com uma calça pescando siri (quando a calça é muito curta). Eu nem pedi, ele que decidiu me dar uma força assim, do nada. Depois fiquei querendo ser amigo dele, só que o mataram antes disso acontecer. É por isso que tenho de ajudá-lo agora: ele foi meu amigo, mesmo sem saber. Foi meu primeiro amigo que morreu assassinado e dói demais para esquecer.

É capaz da arma do crime estar cheia de digitais e de sangue. Se a gente conseguisse encontrá-la, poderíamos identificar o assassino, foi o que Dean disse. Ele já viu todos os programas.

Dean: E se a gente ajudar a pegar o assassino, vão nos dar uma recompensa, certo?

Eu: Quanto?

Dean: Não sei. Mil pratas. Talvez até mais.

Poxa vida, mil pratas! É muita grana. Se eu recebesse isso tudo, compraria uma passagem para o papai, para Agnes e para vovó Ama, e, se sobrasse alguma coisa, compraria uma bola de couro que não sai voando.

Eu: Continue de olho. Com certeza ele veio nessa direção.

Dean: Cara, tem certeza de que era uma faca?

Eu: Tenho! Era desse tamanho, ó!

Mostrei o tamanhão da faca com as mãos.

Dean: Positivo, chefe. (É assim que os detetives falam. É regra.)

Se o assassino jogou a faca no rio, a essa altura já deve ter parado no mar. Pode ser tarde demais. Juro, eu estava uma pilha. Não queria que o desgraçado se safasse dessa. Ficamos calados de novo para procurar melhor.

Nem peixe tem nesse rio. Fiquei até triste. Era para ter peixe, mesmo que não fosse dos saborosos. Não sobrou nem patinho por aqui. Os pirralhos mataram os bichos com uma chave de fenda. Esmagaram os filhotes. Não vimos a arma do crime. Só vimos uma roda de bicicleta toda enferrujada e empenada. Da próxima vez a gente vai trazer lanterna e luvas para poder fuçar no meio do mato mais denso.

ABRIL

A lavanderia é uma loja só para máquinas de lavar. Fica embaixo da Torre Luxemburgo. As máquinas não são de ninguém, mas funcionam para todo mundo que mora nos prédios. A gente tem que pagar para que elas funcionem. Cada máquina é tão grande que cabe uma pessoa dentro. Um dia vou experimentar. Vou dormir dentro de uma delas. Taí uma de minhas maiores ambições.

Você pode usar qualquer máquina, não precisa ser sempre a mesma. Minha preferida é a que fica perto da janela, onde alguém escreveu um poema:

> *No giro dessa máquina vão minhas cuecas,*
> *Rodam, rodam e não entendo necas.*
> *Elas giram e fico tonto como um macaco,*
> *Para depois servirem de ninho pro meu saco.*

A gente faz de conta que não vê, senão mamãe não vai mais deixar a gente usar essa máquina.

A lavagem leva um tempão. Eu e Lydia passamos o tempo criando jogo. Olhamos as roupas girando nas máquinas dos outros. Quem avista uma calcinha ganha cem pontos. Um sutiã garante mil pontos. A coisa tem que rolar na surdina para que mamãe não descubra a brincadeira. A gente anuncia bem baixinho.

Eu: Calcinha!
Lydia: Onde?
Eu: Lá, olha! Uma calcinha branca, ó!
Lydia: É a mesma!
Eu: Nada disso, a outra tinha florzinhas. Essa aí é lisa, tá vendo? Cem pontos pra mim!
Lydia: Roubalheira!

Uma vez vi duas botas de caubói. Cor-de-rosa. A mulher estava lavando o troço na máquina! Fantástico. Ganhei um milhão de pontos. Depois dessa, a Lydia nunca mais ganha de mim. Ninguém nunca mais vai ver uma bota de caubói cor-de-rosa na vida.

Altaf é todo caladão. Ninguém o conhece direito. Ninguém fica de papo com somalianos porque eles são todos piratas. Todo mundo sabe disso. Se você conversar com eles, pode deixar escapar alguma pista de onde guarda seu tesouro, e daí, quando vai ver, sua esposa aparece estrangulada e os caras estão prestes a te jogar aos tubarões. Eu e Altaf não temos que ir para a aula de religião. Mamãe não quer que me ensinem nada sobre falsos deuses, ela diz que é perda de tempo. A mãe de Altaf acha o mesmo. Em vez de aulas de religião, vamos à biblioteca. A biblioteca é para estudar, mas a gente quase sempre só lê livro mesmo. Fui eu o primeiro a puxar papo. Só queria saber a opinião de Altaf. Ele preferiria ser humano ou robô?

Eu: Acho melhor ser humano porque você pode comer todas as coisas gostosas. Robô não come nada, nem precisa de comida.

Altaf: É, mas ser robô é melhor porque ninguém consegue te matar.

Eu: É verdade.

No final, nós dois decidimos que era melhor ser robô.

Altaf vai desenhar carros quando crescer. Você precisa ver os desenhos dele. Maneiríssimos. Ele só desenha carro e coisa doida. Ele desenhou um 4x4 com uma arma atrás.

Altaf: É pros inimigos não conseguirem te pegar. É uma arma especial que nunca fica sem bala. E todas as janelas e a lataria são blindadas também. Pode passar até um tanque por cima que não vai conseguir esmagar o carro.

Eu: Irado! Se fizerem um carro assim, compro um!

Não acredito que Altaf seja pirata. Pô, o cara nem sabe nadar! Tem medo de água mesmo usando boia nos braços.

Mamãe não curte os programas de TV. Diz que tem muito papo furado. Ela só gosta mesmo do noticiário. Todo dia anunciam que alguém morreu. Quase sempre é criança. Às vezes a criança foi esfaqueada, que nem o garoto morto, e às vezes morreu com tiro ou atropelada. Uma vez uma menininha foi comida por um cachorro. Mostraram uma foto do cão, que se parecia muito com Harvey. Vai ver a menininha puxou o rabo dele. Os cachorros só atacam gente que faz maldade com eles. Alguém deveria ter ensinado para ela nunca puxar o rabo de um cão, eles não gostam. Ninguém ensinou e por isso ela está morta.

Mamãe gosta mais quando é morte de criança. É quando ela reza com mais força. Ela reza com toda força e te aperta até você achar que vai estourar. Os adultos se amarram em notícias ruins, que dão a eles um motivo especial para rezar. Por isso só tem notícia triste. Ainda não encontraram o assassino do garoto.

Apresentador: A polícia ainda está buscando testemunhas.
Eu: Como a senhora acha que é o assassino?
Mamãe: Não sei. Pode ser qualquer pessoa.
Eu: A senhora acha que ele é branco ou negro?
Mamãe: Não sei.
Eu: Aposto que é um dos drogados do bar.
Mamãe: De onde tirou essa ideia, menino? Lydia, por que você fica dizendo essas coisas pra ele?
Lydia: Como assim? Eu não disse nada pra ele!

Um assassino é o mesmo em todo o mundo, os caras nunca mudam. Têm olhinhos pequenos e fumam. Às vezes eles têm dentes de ouro e teias de aranha no pescoço. Olhos vermelhos. Não param de cuspir e conseguem sangue nas sombras. O bar deve estar cheio de assassinos, mas a gente só vai procurar quem matou o garoto defunto, que é o único que a gente conhecia. Se a gente pegar o safado, vai ser como resgatar o Para Sempre. Seria como se tudo ainda funcionasse do jeito que era para ser. Vou esperar Dean para ele ir comigo e me fazer companhia. Os detetives só trabalham em duplas. É mais seguro.

Se um cachorro te atacar, a melhor forma de fazê-lo parar é enfiando o dedo no furico dele. Tem um interruptor secreto no furico do cão que, quando a gente toca, o bicho abre a boca automaticamente e solta o que estava mordendo. Connor Green foi quem contou esse negócio. Depois que contou isso, todo mundo chamou Connor Green de tarado porque ele sai por aí enfiando o dedo em furico de cachorro.

Kyle Barnes: Que tarado!

Brayden Campbell: Estuprador de cachorro!

Nathan Boyd consegue pôr três balas duras na boca de uma só vez. Todo mundo sabe que, se você engolir uma, morre, mas ele não está nem aí. Nathan Boyd não tem medo de nada. Estamos sempre tentando inventar um desafio maior para ele. Tem que ser sempre maior que antes.

Kyle Barnes: Aí, você vai ter que correr pela escola toda gritando "saco peludo".

Eu: Vai ter que jogar a caneta de alguém pela janela.

Connor Green: Vai ter que lamber aquela colher de crack.

Tinha uma colher na grama próxima ao portão principal. Estava toda torta e queimada. A colher mais nojenta do mundo.

Connor Green: Vai ter que colocá-la todinha na boca e chupar.

Nathan Boyd: É ruim que vou chupar esse troço, hein! Tá cheia de crack.

Kyle Barnes: Amarelou!

Nathan Boyd: Vá se f*. Posso limpar primeiro?

Connor Green: Não. Tem que chupar assim mesmo.

Nathan Boyd: Ah, chupa você! Já tá acostumado a chupar pau mesmo, ué!

Kyle Barnes: Ah, deixa de amarelar, mané. Não vale pedir pra gente te desafiar e depois cair fora.

Eu: Foi você mesmo que pediu.

Nathan Boyd: Ah, então que se f*.

Nathan lambeu a colher. Deu uma bela lambida e depois a jogou fora. Pensei que ele fosse vomitar, mas não vomitou.

Kyle Barnes: Ah, isso aí tá mais pra uma lambidinha do que pra uma chupada, hein!

Nathan Boyd: Então chupa você.

Ninguém mais chuparia a colher. Ninguém mais nem ao menos tocaria nela de novo. Nathan Boyd é o cara mais corajoso do sexto ano e ponto final. Só que nem mesmo Nathan Boyd se atreveria a disparar o alarme contra incêndio. Quando o alarme dispara, os bombeiros vêm para apagar o fogo. Mesmo que não tenha fogo de verdade, eles têm que checar. Quando é alarme falso e eles descobrem quem foi o engraçadinho, levam o cara para a prisão. É crime disparar o alarme quando não tem incêndio, pois enquanto os bombeiros estão checando, pode ser que role um incêndio de verdade em outro lugar e alguém morra.

X-Fire: Tem certeza de que tá preparado? Não precisa fazer se não tiver coragem.

Se eu fizesse parte da Gangue da Dell Farm, Vilis não poderia mais me sacanear. Se eu quisesse trocar meus tênis, a outra pessoa teria que obedecer e não teria essa história de destroca. Dei minha sobremesa para Manik. Saí primeiro. Havia umas pessoas na biblioteca, mas o corredor estava vazio.

X-Fire: É só quebrar o vidro, pô! Moleza. É só plástico.

Eu: E se não quebrar logo de cara?

Dizzy: Ué, é só continuar batendo até quebrar. Precisamos saber se você é bom mesmo.

X-Fire: Estamos juntos, cara. Se vier alguém, aviso.

É melhor usar a lateral da mão do que os nós dos dedos. Só posso correr depois que o alarme soar. Rolou o maior silêncio. Senti o coração disparar que nem um tambor maluco e um gosto de metal na boca. Passaram algumas pessoas por mim. Tive de esperar até elas desaparecerem. Depressa, depressa, depressa! Eu estava com vontade de mijar, mas não dava tempo.

X-Fire e Dizzy estavam esperando na porta.

X-Fire: Vambora! Deixa de ser mole!

Dei um soco no alarme. Usei toda a força, mas nada de o vidro quebrar. Só fez minha mão ficar dolorida. Tentei apertar o vidro com o polegar, mas não adiantou nada. Eu queria um martelo. Queria correr. Quando olhei para pedir ajuda, X-Fire e Dizzy tinham ido embora, só ouvi a risadinha dos dois lá longe.

Dizzy: Moleque cagão!

Fiquei pau da vida. Soquei o vidro de novo. Nada. Me faltava coragem. Agora o jeito era sumir dali antes que alguém me visse. Desci a escada. As pernas pareciam de borracha. Pensei que eu fosse me arrebentar, mas segui em frente. Desci toda a escadaria, passei embaixo da ponte e fui até o bloco de Humanas. Cheguei ao banheiro. São e salvo. Maior frio na barriga. Acho que agora os caras da Gangue da Dell Farm são meus inimigos. É o que acontece quando o cara não consegue realizar a missão. Que droga, minhas mãos são moles para tudo!

O sr. Frimpong é quem canta mais alto na igreja, mesmo sendo o mais velho. Sempre canta com mais gás do que todos nós. Quer que a voz dele seja a primeira a ser ouvida por Deus. Chega a ser injusto. E se ele cantar tão alto a ponto de impedir Deus de escutar a voz de outra pessoa? Daí o sr. Frimpong vai receber todas as graças também. Imagina só, que sacanagem. Ele fica todo suado, porque está sempre de gravata e com a camisa toda abotoada.
Lydia: Vai ver ele usa gravata até no banho.
Eu: Olha o respeito!
Lydia: Cala a boca, pirralho!
O sr. Frimpong suou tanto que chegou a cair. Dormiu e tudo. As tias brigaram para ver quem chegava primeiro para ajudá-lo. O pastor Taylor teve de dar um tapa na cara do sr. Frimpong para acordá-lo. Quando ele acordou, as tias louvaram a Deus. Mas acho que foi Deus mesmo que pôs ele para dormir. Provavelmente enjoou da cantoria dele, de tão alta que é.
É por isso que colocam grades nas janelas. Não é para impedir que os bandidos joguem pedras, é para evitar que as janelas se quebrem com a cantoria do sr. Frimpong.
Fizemos outra oração para a mãe do garoto que morreu e uma para os policiais, pedindo a Deus que dê a eles sabedoria para que peguem o assassino.
Eu: O que é sabedoria?
Pastor Taylor: Significa inteligência. É um maravilhoso dom que Deus nos deu.
Meu professor de ciências, sr. Tomlin, é talvez a pessoa mais sábia que conheço. Ele sabe fazer uma pilha com um limão. Sem sacanagem, ele fez mesmo: é só colocar a moeda num lado do limão e o prego no outro. O ácido no suco do

limão é elétrico. A moeda e o prego são condutores. Condutores dão vida à eletricidade. Quando conectamos quatro limões juntos, eles geraram força suficiente para ligar a luz. Foi muito maneiro! Todo mundo vibrou. Se o sr. Tomlin trabalhasse para a polícia, eles pegariam o assassino rapidinho.

    Rezei pedindo sabedoria para fazer as perguntas certas. Como Dean não acredita nisso, rezei por nós dois.

    Dean: Dá pra rezar e pedir pra não chutarem nossa cabeça?

    Eu: Relaxa, vai dar tudo certo. Eles não vão matar a gente hoje. Estão muito ocupados bebendo todas.

    Era muito perigoso, mas entrevistar os suspeitos faz parte do serviço. Se for para ter medo o tempo todo, melhor nem trabalhar como detetive. Melhor entregar o distintivo e ir para casa. O bar cheirava a cerveja até a alma, dava para sentir o cheiro até do lado de fora. Tentamos não respirar para não ficarmos bêbados (Dean diz que o álcool interfere no julgamento). Qualquer um que entrasse ou saísse podia ser o assassino. Todos olharam para a gente feito vampiros famintos. Ficamos na porta. O lance é manter um pé na calçada para garantir a segurança.

    Dean: O que a gente tá procurando exatamente?

    Eu: Não sei. Acho que ele era negro, mas não tenho certeza. Só vi a mão quando ele se abaixou pra pegar a faca. Podia ser uma luva. Eu estava muito longe.

    Dean: Então vamos começar pelos negros. Olha esse aí.

    Eu: Não, é alto demais. Nosso homem era mais baixo.

    Dean: Positivo e operante. Bom, e esse aí?

    Tinha um cara perto da máquina de frutas. (Não sai fruta nenhuma do troço, é só um jogo que tem no bar. Você põe dinheiro na máquina e isso faz todas as luzes piscarem.) Ele não tinha nenhuma teia de aranha, mas estava com um brinco e os olhos pareciam mortais, como se ele estivesse a fim de destruir todo mundo. Estava chacoalhando a máquina para fazer as luzes piscarem e falando palavrões. Todo assassino tem pavio curto.

Eu: Pode ser. O que a gente deve perguntar pra ele? Você já fez isso?
Dean: Deixa de besteira. Não dá pra sair perguntando assim na lata. Precisamos armar alguma pra ver se ele cai. Perguntar se ele conhecia a vítima e observar como ele reage com os olhos. Se ele desviar o olhar, quer dizer que tem culpa no cartório.
Eu: Aí você pergunta e dou cobertura.
Dean: Eu não. A ideia foi sua, pergunta você.
Eu: Eu é que não vou entrar aí. Vou esperar ele sair.
Dean: Sabia que você ia fazer isso. Cara, não vou ficar aqui o dia todo esperando.
Eu: Então vai lá e pergunta pra ele.
Dean: Já vou, peraí. Vamos só ver primeiro o que ele vai fazer. Não deixe ele perceber que você tá de olho. O ideal é que ele aja com naturalidade.

Fomos para trás das portas e olhamos pelo vidro. O assassino saiu da máquina de frutas e comprou outra cerveja. Alguns caras bebiam, outros passavam mensagem de texto, outros não tiravam os olhos dos peitos da atendente do bar, embora ela fosse coroa e tivesse cara de espantalho. O cheiro de cerveja não parava de entrar em nosso nariz; a gente já estava doidão. Dean já não aguentava mais, parecia que tinha sarna. Quando o suspeito saiu, a gente segurou a onda para não sair correndo de medo. Não se pode mostrar medo, os caras sentem cheiro de medo feito uma vespa.

Suspeito: E aí, meninos! Procurando alguém?
Dean: Estamos esperando meu pai.
Suspeito: Não é bom vocês ficarem aqui fora. O que não falta nessa área é imbecil.

Tudo mentira. Ele estava tentando se livrar da gente antes de entregar o jogo. Acendeu um cigarro: maior bandeira!

Eu: Você conhecia o garoto que morreu?
Suspeito: Quê?
Dean: O garoto que levou uma facada. Ele era primo dele.
Suspeito: Não conhecia, não.

Eu: Você sabe quem matou ele?

Suspeito: Quem me dera! Essas p* de crianças... deviam ser afogadas ao nascer.

Dean: Como sabe que foi uma criança que matou o garoto?

Suspeito: É sempre uma criança, né? Acho bom vocês ficarem longe dessa merda, meninos. Sejam espertos, tá bem?

Eu: Nós somos.

A fumaça do cigarro vinha em nossos olhos. Era outro truque para cegar a gente e impedir que outras pistas pudessem ser percebidas. Estou dizendo: esses caras são muito espertos. No final, a gente teve que desistir.

Dean: Nunca vão dizer nada pra gente. Assim que sacarem que estamos interrogando, eles vão dar um fora na gente. Não vamos chegar a lugar nenhum fazendo perguntas; temos que descobrir sozinhos mesmo.

Eu: Como?

Dean: Vigilância e provas. É o único jeito. Estilo CSI, digitais, DNA e o cacete. Essas coisas não mentem.

Fiz cara de quem pensava, como se eu soubesse do que ele estava falando. Dean é o cabeça porque ele já viu todos os episódios. Tomei um banho para me livrar da inhaca de cerveja antes que mamãe chegasse em casa. Ela diz que um homem cheirando a cerveja é sinal de confusão.

O problema é que a violência surgiu em sua vida de maneira muito fácil. Sempre gerou um grande prazer. Lembra da primeira vez em que pisou numa formiga e, com um jeito infantil, paralisou o movimento e transformou o presente em passado? Não foi uma epifania doce e doentia? Quanto poder em seus pés, na ponta dos dedos, quanta tentação! Seria um enorme ato de caridade abrir mão de todas essas coisas boas. Você precisaria ser algo maior do que apenas mais uma criação de um deus desprezível.

Kyle Barnes enfiou o compasso na perna de Manik. Manik gritou que nem uma menina, embora nem tenha sangrado nem nada. O pessoal caiu na gargalhada.

Manik: Por que você fez isso, cara?

Kyle Barnes: Porque eu queria que você fizesse isso que você fez.

Kyle Barnes espetou Manik de novo. Manik soltou outro gritinho. Parecia um porco guinchando. Era como se o compasso fosse um garfo e Kyle Barnes estivesse vendo se a carne já estava no ponto. Juro, foi hilário. Kyle Barnes se amarra quando vem um professor substituto. Quase nunca o cara dá aula, só fica lendo jornal. É quando Kyle Barnes aproveita para atacar alguém com o compasso. Ninguém quer levar uma furada, mas é proibido se levantar da carteira. É muito difícil. Já levei umas três furadas. Não dói muito, mas pega a gente desprevenido. Nunca sangra.

A melhor arma seria um guarda-chuva secretamente envenenado. Você acha que é só um guarda-chuva, mas na verdade ele dispara balas envenenadas pela ponta. Estávamos conversando sobre quais seriam as melhores armas.

Para Kyle Barnes, a melhor seria uma AK-47.

Para Dean, um soco-inglês com pontas bem longas.

Para Chevon Brown, a melhor é um arco e flecha. Mas

o cara tem que ser muito forte para usá-lo, porque o troço é pesadão. As flechas são chamadas de dardos. São maiores que a gente.
 Brayden Campbell: Você não conseguiria atirar com um arco. Nem aguentaria levantar o bagulho!
 Chevon Brown: Vá se f*, cara. Você não conseguiria atirar nem com uma AK-47, que o coice deceparia sua cabeça.
 Brayden Campbell: É ruim, hein! Eu faria com uma só mão.
 Eu e Dean: P* nenhuma.
 Eu e Dean: Peguei no verde!
 Dissemos "Peguei no verde" bem na hora. A maldição perdeu o efeito.
 Agora já estou por dentro de quase todas as regras. São mais de cem. Algumas servem para a gente ficar longe do perigo. Outras só servem para os professores nos controlarem.
 Algumas servem para mostrar aos seus amigos de que lado você está. Se você seguir esses regulamentos, eles sacam que podem confiar em você e daí o aceitam no grupo. Uma regra é a seguinte: se você e um amigo disserem a mesma coisa ao mesmo tempo, têm que dizer "peguei no verde", senão rola uma maldição. Se você não disser, passa o dia seguinte se cagando todo.

ALGUMAS REGRAS QUE APRENDI NA NOVA ESCOLA
É proibido correr nas escadas.
É proibido cantar em aula.
Sempre levante a mão antes de fazer uma pergunta.
Não engula o chiclete. Ele pode grudar no intestino e levá-lo à morte.
Pular em poças é sinal de retardo mental (não concordo com isso).
Dar volta na poça significa que você é menina.
O último a entrar fecha a porta.
O primeiro a responder a pergunta ama a professora.
Quando uma garota olha para você três vezes seguidas, é sinal de que está apaixonada.
Se você retribuir os olhares, está apaixonado por ela.

Quem reclamou foi quem soltou.
Quem negou foi quem mandou.
Quem sentiu primeiro é dono do cheiro.
Quem ficou emburrado suspirou com o rabo.
Quem não riu é quem explodiu.
Quem criou confusão é dono da explosão.
Quem fez a declaração soltou o rojão.
Quem camufla soltou a bufa.
Quem fica de tromba é quem soltou a bomba.
(Todos esses se referem ao pum.)

Se você olhar o lado de trás de um espelho, verá o demônio.
Não tome a sopa. As copeiras mijaram nela.
Não empreste a caneta para Ross Kelly. Ele cutuca o rabo com ela.
Mantenha-se à esquerda (em todos os lugares). É proibido manter-se à direita.
As escadas da biblioteca são seguras.
Se o cara usar anel no dedo mindinho, é gay.
Se a garota usar tornozeleira, é lésbica (ou seja, se esfrega com outras garotas).

Há outras, mas agora não me lembro. "Uma ova" significa que você não acredita. É o mesmo que chamar o outro de mentiroso.

X-Fire não queria deixar a gente passar. Eles estavam esperando do lado de fora da cantina. Estavam todos impedindo nossa passagem e não arredavam o pé. Não dava para saber se era sacanagem ou se a coisa era séria mesmo.
Dizzy: E aí, cagões?
Clipz: Tô sabendo que você não passou no primeiro teste. Que vergonha, cara!
Eu queria ser uma bomba. Queria explodir e derrubar todos eles. Foi o que senti. Fiquei esperando que ele risse, mas nada: ficou todo sério, como se estivesse falando sério mesmo. Como se fôssemos inimigos.

X-Fire: Pode deixar, Gana. Vou inventar outro teste mais fácil pra você. Você vai se dar bem, vai ver só. E aí, ruivo, o que me conta?

Dean ficou duro. Senti frio na barriga.

Dean: Nada.

Dizzy: Não mente pra gente, cara. O que tem aí no bolso? Mostra aí.

Não podíamos nos mexer. Ele tinha que mostrar a parada, senão a gente nunca conseguiria passar. Sacanagem.

Dean: Tenho uma nota de um. Eu preciso dela.

Dizzy: Bem, que pena, né?

Ele tomou a grana de Dean. Não tinha nada que pudesse ser feito para impedir aquilo. Ele ficou bem triste, dava para perceber. Deveria ter colocado de volta na meia depois da janta. Pena que eu não tinha uma libra. É que mamãe só me dá a grana certinha, nem mais um centavo.

Dean: Ah, que m*, cara.

Dizzy: Vai encarar, maluco? Te encho de porrada.

No final eles deixaram a gente passar. Senti pena de Dean, por ter perdido a grana, mas não contive minha admiração. Pô, seria irado ter controle sobre os caras. Se eu fosse peixe grande, todos os peixinhos se cagariam de medo de mim. Iam sair da frente e deixariam todo o mar e toda a comida para mim. Eu só deixaria meus peixinhos prediletos ali, só me servindo, tipo quando o peixe-piloto come todas as sujeirinhas da pele do tubarão para evitar que as guelras dele se entupam (li essa parada no meu livro *Criaturas das profundezas*, que comprei por dez centavos no mercado).

Eu: Só porque sou negro. Se você fosse negro, eles te deixariam entrar na gangue também.

Dean: Não quero entrar em nenhuma gangue idiota. Tudo que eles fazem é roubar o pessoal. Não se misture com eles, cara. São uns idiotas.

Eu: Eu só tava fingindo pra eles não caírem de pau na gente.

Dean: Eu odeio esses caras.

Eu: Eu também.

Alguém deixou um colchão velho na grama. Já tinha uma porrada de molequinhos brincando nele. Mandamos todos saltarem fora.

Dean: Cai fora, senão todo mundo leva porrada!

Deixamos os menores vendo. Dei mais ou menos dez cambalhotas. Dean, umas cinco. Era quase tão bom quanto um trampolim de verdade. Pulei bem alto. Fui o único a quase conseguir um salto duplo. Alguns dos pirralhinhos menores aplaudiram. Foi irado! Passamos horas lá. Até esquecemos da fome. Só queríamos saltar cada vez mais alto.

Íamos ser os donos do colchão. Íamos cobrar cinquenta centavos dos molequinhos para poderem pular. Foi ideia do Dean.

Dean: Só que vamos precisar de umas regras. Apenas duas pessoas de cada vez e tem que tirar o sapato.

A gente ia ganhar um milhão. Aí veio Terry Maloqueiro com Asbo, que mijou bem em cima do colchão. Perdeu a graça.

Eu: Asbo, seu porco! A gente tava usando o colchão!

Terry Maloqueiro: Foi mal, galera! Cachorro é cachorro, né?

Fiz o telhado bem forte para a loja do papai. Ele ficou amarradão. Disse que ia durar mais tempo do que nós dois juntos. Vai manter tudo seco quando chover, e papai vai ficar na boa, protegido do calor quando fizer sol. Preparamos o telhado com poliuretano e madeira. Papai fez a estrutura de madeira e daí pusemos o poliuretano em cima. Eu que preguei. Ele só me ajudou a pôr o primeiro. Fiz todo o resto sozinho. Foi moleza. Quando chove, faz um barulho do cão. A chuva parece até mais forte. Você se sente mais seguro embaixo do poliuretano. Você se sente forte porque fez aquilo sozinho.

Levamos muitas horas para construir o telhado. Quando terminamos, a loja ficou mais bacana do que antes. Eu e papai bebemos uma garrafa inteira de cerveja para comemorar. Papai bebeu a maior parte, mas tomei um pouco. Não fiquei bêbado, foi muito legal, os arrotos saíram meio que queimando. Mamãe, Lydia, Agnes e vovó Ama vieram todas para estrear a nova loja. Elas se amarraram tanto quanto a gente. Ficou todo mundo com um sorriso de uma orelha à outra.

Mamãe: Você fez tudo sozinho? Menino esperto.
Eu: Papai deu uma força.
Vovó Ama: Ele trabalhou direitinho?
Eu: É meio preguiçoso, sabe...
Papai: Sai fora!
Eu: Tô brincando.
    Penduramos uma lanterna no teto para deixar a loja aberta à noite. A lanterna foi a parte mais legal para Agnes. Os bebês se amarram em coisas penduradas ou que balançam. Ficam tentando alcançar, mesmo quando está quente. Ela chorou quando queimou os dedinhos na lanterna. Chupei todos eles para sarar. Ninguém faz essa parada melhor do que eu. É que meu cuspe tem poder de cura.
    Papai faz as melhores coisas do mundo. As cadeiras dele são sempre as mais macias e suas mesas são tão fortes que dá para ficar de pé nelas. Ele as faz com bambu. Mesmo quando as gavetas são de madeira, o corpo é de bambu. Não tem material melhor, pois o bambu, além de resistente, é superleve. É fácil cortar com um facão ou com uma serra. É preciso serrar com cuidado para sair retinho. É preciso imaginar que tudo que se faz é o melhor.
    Papai: Quem consegue serrar um bambu retinho, consegue serrar uma perna. É a mesma coisa. É um bom exercício. Faça de conta que o bambu é a perna de alguém. Você tem que cortar com a máxima precisão pra que o corte cicatrize direito.
    Eu: Mas eu não quero cortar a perna de ninguém.
    Papai: Pode precisar um dia. Médico nenhum escolhe paciente. Os pacientes contam com você.
    Isso foi há um tempão, quando eu ainda queria ser médico. Serrei com o maior cuidado. Fiz de conta que era real, cheguei a tentar não machucar. A lâmina terminava de atravessar o bambu por inteiro e então ele caía. Eu até tentava ampará-lo: achava que fosse uma perna.
    Papai: Agora rapidinho, coloque-o no gelo! Podemos dá-lo pra outra pessoa.

Eu: Mas a perna está ruim.

Papai: O que é ruim pra um pode servir pra outros. Nós o daremos a um caçador do mato. Ele nem vai notar a diferença.

Juro, foi muito hilário.

Não sei por que mamãe tem que trabalhar de noite também. Sacanagem. Por que os bebês não nascem só de dia?
Mamãe: Eles nascem quando bem querem. Você nasceu à noite. Esperou as estrelas aparecerem.
Lydia: E era noite de lua cheia. Por isso que você é miolo-mole.
Eu: Sou nada!
Eu queria que mamãe ficasse em casa para Miquita parar de vir aqui o tempo todo. Só a deixei entrar depois que ela prometeu não me dar um chupão.
Miquita: Tá certo, tá certo. Prometo. Por que você está bancando o durão?
Eu: Para de encher o saco!
Miquita: Não seja assim, docinho. Desculpa.
Abri o pega-ladrão e destranquei a porta. Estava com o espremedor de batatas escondido atrás das costas, caso eu precisasse correr atrás da desgramada.
Miquita e Lydia estão experimentando as fantasias para o carnaval. As duas vão sair de papagaio. A única diferença são as penas. A fantasia é basicamente um collant. A primeira vez que Lydia vestiu pareceu uma galinha depenada. As penas que ela usou nem são de verdade, são lá do Dance Club. Algumas são rosa. Nunca vi papagaio dessa cor.
Lydia: É, mas existe sim. Eu já vi um.
Eu: O que você viu foi um flamingo. Não existe papagaio rosa, tô dizendo.
Miquita: Mas existe língua rosa, olha.
Miquita mostrou a língua para mim e fez um círculo no ar com ela, feito uma minhocona nojenta. Cara, que nojo!
Toda garota que tem piercing na língua é assanhada. Todo mundo sabe disso.

Miquita não parava de me mostrar os passos de dança. Eu não queria olhar. Ela ficou balançando o traseiro na minha cara. Que saco, não tive outra saída. Fui para o quarto e liguei o CD Player (comprei por cinco paus na mão do relojoeiro do mercado). As músicas do Ofori Amponsah são perfeitas para abafar a voz chata de Miquita.

Miquita: Aonde você tá indo, Harri? Vai amaciar os lábios pra mim? Quer minha manteiga de cacau emprestada?

Eu: Não, muito obrigado, Cara de Porca! Prefiro beijar meu próprio traseiro.

Juro, Miquita ficou ridícula com a fantasia. Os peitos pareciam que iam pular e me comer de tão juntinhos que estavam. Cheguei a achar que seria melhor que não existissem peitos, porque daí a gente não ficaria com vontade de apertá-los o tempo todo.

Só precisei sair do quarto para ir ao banheiro, pois já não aguentava mais segurar. Miquita ia entrando. Ela deu uma bolsa Nisa para Lydia. As duas estavam olhando dentro da bolsa como se tivesse um tesouro lá dentro. Quando me viu, ela tentou esconder o troço, mas já era tarde demais. As duas fizeram uma cara como se eu tivesse desvendado um segredo especial. Então Miquita deu o fora. Lydia enfiou a bolsa no saco preto de roupa suja. Tirou a cabeça lá de dentro e começou a olhar em volta, como se buscasse algum inimigo.

Lydia: Fique aí que já volto.

Eu: Tá indo na lavanderia? Eu vou também! Vou ganhar de você no jogo do lava-roupa de novo.

Lydia: Tarde demais!

Lydia bateu a porta na minha cara. Eu não ia engolir esse desaforo. Contei até dez e abri a porta bem devagar. Vi o elevador se fechando. Bem de fininho, segui a danada até a lavanderia. Eu me escondi no canto onde ainda dava para ver através da janela.

Não tinha mais ninguém na área. Lydia só tirou as coisas da bolsa Nisa e as colocou na minha máquina preferida. E aí aconteceu uma coisa esquisita: ela tirou a água sanitária de mamãe do saco de roupa suja e espremeu tudinho na máquina, sobre as coisas que ela enfiou lá. Foi super-rápida, parecendo estar numa missão. As mãos trabalharam tão depressa que foi difícil enfiar o dinheiro logo de cara. É preciso apertar o botão com bastante força, senão a máquina devolve a grana e a pessoa tem que começar tudo de novo. Ela só acertou na quinta tentativa. Então, quando a máquina começou a bater, ela pegou o saco preto e saiu batida, levando toda a roupa suja de volta. Quase trombou comigo na saída.

Lydia: Ué, por que você me seguiu, garoto? Te mandei ficar em casa.

Eu: O que tinha na bolsa?

Lydia: Nada!

Eu: Eu vi!

Lydia: Tô nem aí! Então diga o que tinha lá.

Eu: Ah, umas coisas idiotas.

Lydia: Deixa de ser bobo, você nem sabe. São só algumas peças que sobraram da fantasia. Não estavam legais porque sujamos de tinta.

Sempre que Lydia mente, faz cara de brava. (Eu sempre sorrio quando tento mentir. Não consigo segurar. Começo a sorrir e pronto. É arriscado e depois passo mal.) Vi as coisas que estavam na bolsa e não eram de fantasia nenhuma; não eram da cor certa e o material não era brilhoso. Eram roupas de garoto. Deu para ver o capuz e o rinoceronte do logotipo da Ecko. Tinha muito vermelho. Era escuro demais para ser tinta e claro demais para ser molho de pimenta. Senti um frio na barriga.

X-Fire vinha chegando com Harvey. Quando Lydia o viu, ficou quieta. Harvey puxou a guia e lambeu os lábios, feito um lobo faminto. Com a mão para trás, preparei o dedo caso precisasse enfiar no furico dele. Hoje você não me come, cão desgraçado! Não sabe o que te espera!

X-Fire: Alguém te viu?

Lydia: Não.

X-Fire: Melhor dar o fora, Gana. Ele tá com fome, sacou?

Harvey remexia e farejava a área, como se o ar fosse feito de carne. Eu e Lydia saímos batidos antes que ele enlouquecesse.

Eu: Mamãe vai bem te dar uma coça quando souber que você usou toda a água sanitária.

Lydia: Vou dizer que foi você. Não sou eu que preciso descarregar a bexiga numa nuvem o tempo todo.

Eu: Nem eu!

Não faço isso o tempo todo coisa nenhuma. Eu só queria ver como Deus se sentia.

Os melhores tênis do mundo são os Nike Air Max. São os mais irados de todos.
Em segundo lugar estão os Adidas. Ou, se você torce para o Chelsea, eles vêm em primeiro, pois todo o uniforme do time é da Adidas.
Em terceiro lugar estão os Reebok, e em quarto, os Puma. A Puma patrocina o Gana. Ninguém acredita em mim, mas é verdade. Os K-Swiss também são maneiros. Os K-Swiss poderiam até vir em primeiro lugar, se fossem mais conhecidos.
Meus tênis são da Sports. São todo brancos. Comprei na loja de Noddy no mercado. Eles são bem rápidos. Todo mundo acha que meus tênis são uma porcaria, mas é tudo inveja, porque são os mais rápidos de todos.
Connor Green sempre culpa os tênis quando chuta a bola para fora. A culpa nunca é dele, sempre dos tênis.
Galera: **Fora!**
Connor Green: Não posso fazer nada, cara! São os tênis! Não é pra jogar bola, só pra correr! Pelo menos não são uma porcaria como os Sports do Harri!
Eu: Cala a boca! Pelo menos consigo correr mais do que uma lesma!
Ninguém passava a bola para mim. Eu achava que eles me odiavam. Mas depois descobri que eu usava o comando errado. Em vez de dizer "passa pra mim", você tem que dizer "essa é minha". Tirando isso, as regras são iguais às que a gente usava lá onde eu morava. Vilis continua se recusando a passar a bola para mim, mas não ligo. Lá de onde ele vem (Letônia), eles queimam os negros com piche para asfaltar as estradas. Todo mundo sabe disso. Nem quero receber bola nenhuma dele, pode ficar com ela. Ainda fecho os olhos para cabecear. É incontrolável. Sempre acho que vai machucar.

Vilis: Você é muito gay!
Eu: Sai fora, Casa de Batata! (É que ele mora numa casa feita de batatas.)

Na aula de matemática apareceu uma vespa para me visitar. Sobrevoou minha mesa por várias horas. Eu estava perto de Poppy, que quase chorou. Ficou achando que a vespa iria picá-la.
Poppy: Quando eu era bebê, uma vespa me picou. Agora sou alérgica.
Eu: Relaxa, ela só está de visita. Não vou deixar que ela pique você.
Tentei acalmar Poppy, mas não funcionou. Ela queria que eu esmigalhasse a vespa, mas só a deixei pousar no meu caderno e então a soltei pela janela. Dean abriu a janela e eu soltei a vespa. A galera toda aplaudiu. Poppy ficou aliviada. Consegui acalmá-la.
Poppy: Obrigada, Harri.
Eu: De nada. Foi mamão com açúcar! (A gente diz isso quando alguma coisa foi fácil.)
Só amei uma garota antes. Foi lá onde eu morava. Ela se chamava Abena, e era amiga de Lydia. Meu amor só durou um dia. Ela é muito burrinha. Achava que se dormisse com lascas de sabonete no rosto acordaria branca no dia seguinte. Ela chegou a tentar. Queria ser branca por um dia. Achava que se fosse branca conseguiria os diamantes como a moça no filme americano.
Abena é apaixonada por diamantes. Nunca viu nenhum.
Colocou as lasquinhas de sabonete na cara, feito tinta. Não funcionou: amanheceu ainda pretinha. Só fez a pele descascar. A gente a chamou de Cara Descascada. Ela ficou pau da vida.
A galera: Cara Descascada, Cara Descascada!
Ela disse que estava de brincadeira, mas na verdade queria mesmo que funcionasse. Abena é muito burra. Que bom que ela não veio com a gente. Ela tem os olhos muito pequenos e grita quando a gente joga cacau nela, como se fossem bombas ou coisa assim. Acabou enchendo o saco, e daí parei de amá-la.

É possível usar os computadores do Clube do Computador para fazer o dever de casa, mandar e-mail ou navegar na internet. Só não se pode mais usar as salas de bate-papo, porque o pessoal ficava perguntando a cor da calcinha que as garotas estavam usando. Agora bloquearam as salas de bate-papo. Ainda podemos usar as mensagens instantâneas.
Eu: Vai, pergunta. Pergunta a cor da calcinha dela.
Lydia: Pra que você quer saber? Ainda está apaixonado por ela?
Eu: É ruim, hein! Ela é burra! Eu estava de sacanagem.
Lydia e Abena só batem papo sobre a Inglaterra e os garotos. Abena só conta coisa chata. Só fala de mais um apagão, ou então:
Lydia: Acharam os gêmeos.
Eu: Caramba! Estão vivos?
Lydia: Peraí. Não consigo digitar tão depressa.
Os gêmeos se perderam antes de a gente vir para cá. Ficou todo mundo preocupado. Sempre matam os gêmeos. O pessoal do norte acredita que gêmeos são amaldiçoados pelo diabo, daí os matam antes que o juju pegue eles.
Lydia: Só acharam os esqueletos. Estavam de mãos dadas.
Eu: Deus os tenha.
A gente precisava ficar triste por um minuto. Consegui imaginar os ossos. Fiz de conta que uma cobra saía do buraco do olho. Eu quis sentir tristeza, mas não ficou natural. Não conseguia parar de pensar nos lábios de Poppy Morgan. São show de bola e nem de longe são tão gordos quanto os de Miquita. Quando Poppy fala comigo, não tiro os olhos daqueles lábios que parecem mágicos, pois me enfeitiçam e me deixam com sono. Se eu tivesse que dar um chupão em alguém, seria em Poppy Morgan. Decidi isso hoje.
Eu: Podemos ir agora? Tô morrendo de fome!
Lydia: **Já vai!**
Eu: **Não precisa gritar comigo!**
Juro, agora Lydia deu para gritar comigo. Nem sei como aconteceu. A Inglaterra deixa todo mundo doido. Acho que é

porque há carros demais. Quando íamos ao mercado em Kaneshie, a fumaça dos carros e dos táxis deixava a gente tonta, eram centenas de carros. Aqui, são milhares. Uma vez atravessei a rua atrás de um ônibus e a fumaça veio bem na minha cara. Juro por Deus, passei dois dias com vontade de vomitar. Também me irritei com todo mundo. Talvez seja por isso. De hoje em diante, vou respirar fundo e prender a respiração.

A libra tem uma aparência meio idiota. A rainha está engraçada, como se nem estivesse levando tudo a sério. Parece que estava tentando não sorrir quando tiraram a foto, como se alguém tivesse contado uma piada engraçada e ela estivesse tentando segurar a risada. Mamãe sempre fica séria quando paga o Julius. Vi uma vez quando ela deixou a porta da cozinha aberta. Ela mexe as mãos bem depressa, como se não quisesse sujar os dedos com o dinheiro. Julius observava todo atento. Mesmo depois que mamãe terminou, ele contou a grana de novo. Não acredita que mamãe saiba contar direito, mas ela sabe sim.

Mamãe: Está tudo aí.

Julius: Só um minuto.

Ele lambe os dedos antes de contar o dinheiro. As mãos dele dão medo, são enormes, e os anéis são superpesados. Ele terminou de contar e prendeu o dinheiro num clipe de papel especial, feito de prata. Já tinha muita grana lá. Juro, Julius tem mais grana que o presidente. Ele dirige um Mercedes-Benz. É irado. É o mesmo carro que vou comprar quando crescer, os assentos são os mais macios e cabe todo mundo atrás sem ninguém se acotovelar. Entrei no carro quando Julius levou a gente ao apartamento novo.

Eu e Lydia inventamos uma nova brincadeira: toda vez que passava uma pessoa branca, a gente tinha de dizer **obruni!** bem alto. Valia um ponto para cada vez que se dissesse isso.

Saí ganhando, porque olho melhor e porque sou mais rápido no gatilho. Vimos quase a mesma quantidade de brancos e negros. Juro, nunca vi tantos na vida. Maior doideira, cara. Eu me amarrei.

Lydia: Ob...
Eu: **Obruni!** Muito lerda.
Lydia: Não é justo, aquele era meu! Eu vi primeiro!
Eu: Mas falei primeiro. Mais um ponto pra mim!
Juro, quando vi os prédios pela primeira vez, fiquei até tonto. Tentamos adivinhar em qual deles a gente iria morar. Lydia chutou o do meio, e eu, o da ponta lá mais adiante. Acertei.
Depois tentamos adivinhar o andar em que a gente ficaria. Lydia chutou o sétimo, porque sete é seu número da sorte. Chutei o último andar, que é o mais legal. Nós dois nos demos mal. Ficamos no nono andar.
Eu: Acho que a porta é azul.
Lydia: Acho que é verde.
Erramos de novo. A porta era marrom. São todas marrons. Fiquei encarregado de testar tudo. Ganhei a tarefa porque pedi primeiro. Bobeou, dançou. Primeiro, testei as luzes. Todas se acenderam na hora. Daí eu disse:
Eu: As luzes estão funcionando!
Depois testei todas as torneiras. Tudo OK. Nem precisávamos passar horas esperando: a água saía assim que abríamos as torneiras. Testei as da cozinha e depois as do banheiro. Então eu disse:
Eu: A água está funcionando!
Daí testei o chão, para ver se tinha alguma parte solta ou algum buraco. Para isso, saí pulando em todos os cantos. Para ir mais rápido, dancei um pouquinho. Então eu disse:
Eu: Tá tudo bem com o chão!
Depois chequei todo o teto, vendo se tinha algum furo para a chuva não entrar. Só precisei olhar para cima. Foi moleza.
Eu: Tudo certo com o teto!
Lydia: Ah, cala a boca! Tô com dor de cabeça!
Aí saí vendo os móveis e outras coisas. Fui procurando e, sempre que encontrava, dizia:
Eu: Tem sofá!
Eu: Tem mesa!
Eu: Tem cama!

Eu: Tem outra cama!
Eu: Tem uma geladeira!
Eu: Tem um fogão!
Cada coisa que eu ia encontrando, por menor que fosse, anunciava. Abri todos os armários e as gavetas e disse o que tinha dentro:
Eu: Tem facas!
Eu: Tem garfos!
Eu: Tem colheres!
Lydia: Vou te enfiar a mão, garoto! Cala a boca!
Eu: Tem pratos!
Eu: Tem tigelas!
Eu: Tem um espremedor!
Juro, tinha tanta coisa nova que cheguei a ficar com a vista turva. Não desconfiava que fosse ver tanta coisa nova num só dia. Até esqueci que papai não estava lá. Só fui lembrar de noite, quando mamãe roncou. Quando papai está presente, ele a vira de lado feito uma salsicha gigante para ela parar de roncar. (Mamãe diz que não ronca, mas, se ela está dormindo, como pode saber?)
O tapete do meu quarto não cobria todo o chão. Ainda dá para ver a madeira. Levantei o tapete, procurando dinheiro. Alguém escreveu uma saudação no chão:

Foda-se

Acho que não foi para mim. Ninguém sabia que eu estava chegando.

Não sei para que é o dinheiro. Não é do aluguel, porque mamãe conseguiu o apartamento na Ideal Lettings. Não sei o que Julius faz, só sei que ele nos levou de carro até nosso novo apartamento e que é apaixonado pela tia Sonia. Não para de dar uns tapinhas no traseiro dela. Pior que ela deixa, mesmo na vez em que quase se esborrachou no chão ao passar pela porta. Os adultos são bobos mesmo. Gostam até quando dói.
Tia Sonia: Tchau, crianças!
Julius: Vamos nessa! (Tapinha no traseiro.)

Tia Sonia: Ai!

Então mamãe fez cara feia e amassou os tomates como se tentasse matá-los. Disse que não posso comprar um anel igual ao do Julius porque isso é coisa de malandro.

Eu: Ah, não é só de malandro. O presidente também usa.

Mamãe: Até parece! Só malandro mesmo. Agora pode parar com essa cara de cão abandonado pra mim, mocinho.

Se eu tivesse um anel daquele, todo mundo pensaria que sou o Garoto de Ferro. Se eles viessem me dar um sacode, eu ia meter soco só com a mão do anel. É tão pesado que deixaria os caras tontinhos até a metade da semana seguinte.

Acordei juntamente com o garoto, passei direto pelo tumulto e pelos galhos. Observamos as atividades do vento, e então mais tarde sonhamos juntos. Sonhamos um dentro do outro. Passamos nossas mensagens de boa vontade, mandaram-nos seus pedidos e os repassamos, por conchas marinhas ou por lanchas de corrida. Vivemos e respiramos dentro dos limites de nossos encargos; tentamos ajudá-los quando a ponte entre eles e seu deus está bloqueada.

Uma árvore caiu no campo. Deve ter acontecido de noite. Choveu muito e ventou bastante ontem à noite, vi tudo com meu pombo. Ele saiu voando quando fui abrir a janela, mas eu sabia que era ele.

Eu: Até mais tarde, pombo! Vê se não some!

A árvore despencou. Caiu em cima de uma casa. Não atravessou o telhado, parou nele. Deu para ver as raízes e tudo. Subi mais ou menos até a metade dela. É mais fácil quando a árvore já caiu: é só andar nela. Chega a ser mole demais. Alguns molequinhos menores tentavam, mas não conseguiam ir tão longe. Eu os ensinaria, mas quem se atrasa para a chamada acaba com o nome na lista negra. Se seu nome for parar lá três vezes, você pega detenção e o professor tem a permissão de te estuprar (é o mesmo que socar, só que pior).

Vi um ninho de passarinho na árvore. Maior tristeza. Todos os passarinhos caíram quando a árvore veio abaixo. Devem ter morrido. A árvore tinha esmigalhado todos eles, com certeza.

Eu: Na saída da escola, vou subir até o topo e ver o ninho. Se tiver ainda algum passarinho, vou adotá-lo.

Lydia: Até parece! Você não sabe cuidar deles.

Eu: É mole. É só dar minhoca até que eles fiquem fortes pra voar de novo.

Os filhotinhos só comem minhoca. Não conseguem diferenciar minhoca verdadeira das balas em formato de minhoca.

É só até crescerem o bastante para voarem sozinhos. Eu adoro todos os pássaros, não apenas os pombos. Adoro todos eles.

Se você for policial e tiver alguém doido para esvaziar a bexiga, você tem que deixar o cara mijar no seu chapéu. Foi Connor Green que disse.

Eu: Ah, qual é! Não acredito!
Connor Green: Juro por Deus.
Dean: É verdade, cara.
Eu: E um soldado? Podemos mijar no quepe de um soldado?
Dean: Não sei. Acho que não.
Eu: E um bombeiro?
Connor Green: Não, acho que é só com policial.
Eu: Vocês estão me sacaneando.
Connor: Então vai lá e pergunta pra ele.
Eu: Pergunta você.
Seu McLeod: Shh! Silêncio aí!

Era uma assembleia especial. O policial falava sobre o garoto que morreu e que, se a gente soubesse de alguma coisa, não era para ter medo de contar. Não prenderiam quem contasse. O policial não vai deixar isso acontecer.

Policial: Vocês podem evitar que essa pessoa faça o mesmo com outros. Precisamos trabalhar juntos para detê-lo. Então, se puderem nos ajudar, falem com seus pais, professores, ou liguem para o número no cartaz, e manteremos em sigilo tudo o que vocês disserem.

Era difícil saber se podíamos confiar nele, porque ele era gordo demais. Sei lá, senti um troço esquisito. Um policial gordo é um mentiroso, pois nem consegue correr atrás de bandido nenhum. Alguém lá na fileira de trás gritou "porco", só que disfarçou como se fosse uma tosse. O policial nem sacou a brincadeira. Não tem boas habilidades de detetive.

Dean: Ele e nada são a mesma coisa, cara. A gente faz o serviço melhor que ele. Ele provavelmente trabalha num escritório. Aposto como passa o dia todo sentado comendo miojo.

Eu: É ruim de ele pegar o assassino, hein!

Ninguém acreditava que o assassino fosse criança. Era muita doideira. Olhamos em volta para todos os rostos para ver se alguém tinha olhos de assassino. Era muito difícil. Todo mundo parecia normal. Não podia ser nenhum deles ali.

Eu: Viu alguém?

Dean: Não. E você?

Charmaine de Freitas tem olhos de porco, mas é só o estilo dela. Não são vermelhos.

Eu: Garotas não são assassinas, são?

Dean: Às vezes, sim. Só que geralmente empurram o cara da escada ou usam veneno. Não é comum saírem por aí esfaqueando, elas não fazem essas coisas. Acho que não vamos encontrar o assassino aqui. Alguém já deve ter ficado sabendo de alguma coisa.

Eu: De volta à estaca zero. (Isso significa que a gente tem que começar tudo de novo.)

Connor Green: O guarda de trânsito é outro. Você pode mijar no chapéu dele.

Dean: É mesmo, eu sabia que estava me esquecendo de um.

Eu ia falar com o policial, mas tive de continuar disfarçado. Se os amigos do assassino vissem a gente junto, sacariam na hora que estou trabalhando no caso. E se você dedurar, eles enfiam sua cabeça na privada e dão descarga. Acabou que a gente só pediu ao guarda para experimentar as algemas. Ele não deixou, para a gente não usar um no outro. (Tinha razão. Iríamos colocá-las em Anthony Spiner e prender o safado no muro gradeado, mas ele percebeu e saiu correndo antes que pudéssemos alcançá-lo.)

Cicatriz é um negócio que fica melhor em gente branca. As minhas não davam para ver muito bem, porque minha pele é bem escura. Ainda assim, eram iradas. Você só precisava ver bem de perto.

Eu as desenhei na Cidadania. Era para fazermos o teste, mas já tínhamos acabado (eles só perguntam o que acontece na Inglaterra, tipo de que lado da pista se dirige e qual o tipo mais seguro de carne para se comer). Só usei a canetinha de ponta de feltro; não usei o marcador porque o cheiro deixa a gente doidão. É fácil desenhar uma cicatriz. É só fazer uma linha cruzada por outras linhas menores, assim:

𝗛𝗛

A linha maior é o corte e as menores são os pontos. É assim que se desenha uma cicatriz. É a aparência da maioria das cicatrizes, até as de um zumbi.

Connor Green desenha as dele assim:

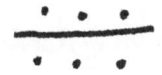

. . .
———
. . .

A linha maior ainda é o corte. Os pontinhos são as marcas dos furinhos onde ficaram os pontos. Os pontos foram retirados. Os pontinhos são onde a agulha furou.

Prefiro meu jeito de desenhar. Acho melhor, só isso.

Connor fez de conta que as cicatrizes dele foram causadas combatendo um exterminador. Fiz de conta que as minhas foram de uma briga com o sasabonsam.

Connor Green: Que p* é essa?

Eu: É um tipo de vampiro. Ele mora nas árvores. Devora quem se embrenhar pela floresta.

Connor Green: Sinistro.

Perto da minha escola tem uma floresta, a gente passa por ela sempre que tem de correr uma volta pelo campo. As maçãs que dão nas árvores são venenosas, é proibido comê-las. Juro, todas as árvores frutíferas por aqui são venenosas ou nojentas. Até os cogumelos são sujos demais para se comer. Teve um dia que Connor Green comeu um e dormiu por três dias. Quando acordou, não lembrava o próprio nome, nem a marca preferida de biscoito, e teve que aprender tudo de novo. Sacanagem. Para que se ter uma árvore frutífera quando não se pode comer as frutas? Que cilada.

Eu nem sequer podia subir na árvore. Quando cheguei lá, era tarde demais, os serradores estavam cortando os galhos e os colocando na caçamba do caminhão. Usavam uma serra elétrica. Todo mundo precisou se afastar. Foi muito chato. Eu odiava os serradores. Eram do mal, dava para sacar. Parecia que estavam torturando as árvores. Tinha um pirralhinho vendo a cena comigo. Ele estava amarradão. Arregalou os olhos. Quis até que decepassem os galhos.

Quando os serradores chegaram ao galho onde estava o ninho de passarinho, desligaram as serras e um deles subiu e retirou o ninho. Ele colocou na capota do caminhão e me deixou olhar lá dentro.

Estava vazio. Não tinha nem ovinho. Não tinha nada.

Pirralhinho: Eu sabia que não tinha mais nada. Um gato deve ter comido tudo.

Juro, me deu vontade de acabar com a raça dele ali mesmo. A raiva surgiu do nada e me deixou com os olhos vermelhos de ódio. Gato nenhum comeu nada. Eles eram só filhotinhos.

Eu: Que gato comeu que nada! Seu burro!

Empurrei o pirralhinho. Ele caiu na lama. Por essa ele não esperava. Depois que se levantou, saiu correndo. Foi irado. Eu quis até que ele chorasse, pois bem que merecia.

Eu queria levar um galho de recordação da árvore. Eu ia plantá-lo para ver se a árvore ressuscitava, mas os serradores não deixaram. Achavam que eram os donos da árvore.

Serrador: Desculpa, amigo. Precisamos dele.

Eu: Pra quê?

Serrador: São regras. Sinto muito.

Cambada de burros. A árvore não é deles, é de todo mundo. Só deixei que eles levassem porque estavam com serra elétrica e tudo. Foi muito louco ver o buraco que ficou no lugar onde estava a árvore. Fiquei supertriste, nem sei por quê.

Fita adesiva serve para um monte de coisas na vida de um detetive. Serve para pegar digitais e cabelo. Pode ser usada para montar armadilhas. Fixar as anotações para que elas não saiam voando. Se o cara tiver bastante fita, consegue até pegar os criminosos, formando um tipo de teia de aranha. Só que é preciso toda fita adesiva do mundo para pegar um adulto.

Primeiro, testamos com nossas digitais. Funcionou direitinho. Deu para ver todas as linhas bem fininhas. Cada pessoa tem a sua e nenhuma é igual.

Dean: Irado! Eu não disse que funcionava?

Voltamos ao rio. Checamos todas as superfícies para descobrir se o assassino tinha deixado digitais enquanto se desfazia da arma do crime. Primeiro checaríamos a cena do crime, mas Chicken Joe colocou a gente para correr, achando que roubaríamos as flores novas que a mãe do garoto que morreu plantou nas cercas. Já roubaram as garrafas de cerveja; provavelmente foi Terry Maloqueiro.

Chicken Joe: Caiam fora, seus malucos! Tenham o mínimo de respeito!

Eu e Dean: A gente respeita, a gente respeita! Só estamos ajudando!

Chicken Joe: Sumam daqui antes que eu chame a polícia!

Dean: Seu frango tá passado! Já deu até bicho!

Por isso que a gente estava checando o rio. As digitais só ficam em superfícies tipo metal e plástico. Não ficam nas folhas das plantas nem no mato. Para adiantar o serviço, a gente se separou. Bastava grudar um pedaço de fita adesiva em todas as superfícies que o assassino pudesse ter tocado. Se tivesse alguma digital, era sinal de que o assassino tinha passado por lá.

Dean: Mais tarde a gente pega uma amostra da cena do crime. Se as digitais onde assassinaram o garoto baterem com

as digitais onde esconderam a faca, significa que a pessoa que você viu era o assassino.
Dean tentou achar alguma coisa no poste. Nada.
Vasculhei o caminho, mas a calçada não é legal para digitais. Só por via das dúvidas, Dean verificou uma folha bem grande. Juro, perto do rio existem umas folhas maiores do que eu. Parece uma selva. Não foi à toa que o assassino pegou esse caminho: é o esconderijo perfeito.
Dean: Até o ano passado havia umas papoulas aqui. Tiveram que arrancar tudo, porque a galera tava fumando a parada. Eu mesmo fumei um cigarrinho de papoula. Cara, foi a maior doideira.
Eu: O que aconteceu?
Dean: Ah, só bateu um cansaço. A cabeça fica toda esquisita, como se você estivesse bem longe. Só fumei as sementes. Misturadas com tabaco. Acho que quem fuma no duro usa uma porção grande, mas só usei umas sementinhas de nada.
Fiquei vigiando enquanto Dean coletava as amostras. Ele pegou um pouco de lama da beira do rio. Nós dois examinamos o troço com todo cuidado, mas não achamos qualquer traço de sangue. Depois invertemos e Dean ficou de olho enquanto eu procurava pegadas, igualzinho fazem no CSI. Fiz tudo com todo cuidado. Foi muito legal procurar provas. Deu a sensação de que não existia mais nada e de que era uma missão importante e só eu poderia solucionar o caso.
Dean: Tá vendo alguma coisa?
Eu: Não.
Dean: Vai ver ele apagou os rastros. Além disso, andou chovendo. É bem provável que a chuva tenha destruído todas as provas. Agora o jeito é encontrar mais algumas pistas.
Eu: O que você vai comprar com a metade da recompensa?
Dean: Provavelmente um Playstation 3. Uma bicicleta nova e mais uma porrada de rojões.
Eu: Eu também.
Não existe melhor parceiro para um detetive do que o Dean, pois ele tem todas as manhas. Nem me importo que ele tenha

cabelo laranja. É por isso que ele é tão inteligente (a melhor característica de um detetive).

Juro por Deus, no início achei que fosse sonho. Nem pareceu de verdade nem nada. Achei que embaixo do chão tivesse apenas lama, ossos e os bichos que vivem por lá. Cara, quando vi os túneis, um monte de luz e gente, quase não acreditei. Tinha até um cara tocando violino. Um cara de cabelo comprido, com um rabo de cavalo. Achei estranho porque ele é homem, saca? Juro, aquilo tudo ali foi sinistro. Você já andou de metrô? Cara, tem assim um milhão de pessoas andando depressa para todos os lados. O povo não fala com você, só sai empurrando com os cotovelos para poder passar. As escadas que dão lá embaixo se movem sozinhas, que nem as do aeroporto. Dá para fazer de conta que são os dentes de sasabonsam tentando comer você. Para ninguém sair deslizando pelos corrimões, bloqueiam as laterais até lá embaixo. Que chato! Juro, no dia que eu encontrar uma escada rolante sem esse bloqueio, vou deslizar até lá embaixo! É minha nova ambição.

Senti vontade de sair correndo pela estação, mas tinha muita gente na frente. Daí decidi fazer eco. Gritei o mais alto que pude e o eco durou horas:

Eu: Estamos no **metrôoooooooooooo**!

Foi sinistro! Todo mundo pulou de susto. Deu para ouvir meu eco do outro lado do mundo. Fiz de conta que papai, Agnes e vovó Ama escutaram. Fiz de conta que eles responderam:

Papai, Agnes e vovó Ama: Estamos te ouvindo! Tomara que você goste!

Quando o trem chega, a gente sente um cheiro estranho. Parece um pum. Quente e fedido. É muito nojento quando o troço é lançado assim na cara.

Eu: Isso é um peido.

Lydia: Ah, fala sério! Não é nada.

Eu: É, sim. São os peidos de todo mundo que está no

trem. Foram parar todos na sua cara. Agora você está com cara de pum.

Quando o trem chega, é o maior empurra-empurra. O povo fica louco para entrar. Fica todo mundo com medo de não ter lugar. Quanta idiotice! Tem espaço para todo mundo! O trem é tão comprido quanto o túnel! Quando o trem partiu, me deu um frio na barriga igualzinho a quando peguei o avião. Quase caí. Foi um tal de gente se batendo, uma coisa sinistra.

Eu queria que mamãe ficasse em pé com a gente, só que ela prefere ficar sentada. Ela se sentou ao lado de uma senhora com cabelo rosa. Muito maneiro!

Tia Sonia mora num lugar parecido com o bairro da gente. Nem pareceu assim tão distante. Há prédios e tudo, só que os meus são mais altos. Os de lá são iguais aos prédios dos mongoloides. Tia Sonia mora numa casa, que fica numa fileira enorme de casas, todas iguais. A única diferença é que cada porta é de uma cor e alguns jardins são cimentados.

Tem gente que deixa o carro no jardim. O carro fica bem perto da janela. Dá a impressão de que o carro quer entrar, mas ninguém aparece para atendê-lo. Fiz de conta que o carro era um cachorro. Ele foi ao jardim para fazer xixi e agora queria entrar de novo, mas ninguém o ouvia. Juro, foi muito engraçado. Fiquei até com pena dele.

No início, achei que a tia Sonia tivesse uma casa grande, mas na verdade são dois apartamentos no interior. O da tia Sonia fica embaixo e em cima tem outro apartamento. Tia Sonia tem uma TV enorme. É bem fininha e fica pendurada na parede, feito um quadro. Tudo lá dentro parece novinho. Tia Sonia tem até uma árvore dentro de um pote. É pequenininha. Não gostei. Fiquei bolado, porque um dia a árvore vai crescer e bater no teto. Daí vai morrer.

Eu: O que vai acontecer quando ela crescer?

Tia Sonia: Não vai crescer. Ela fica assim o tempo todo. É um tipo especial de árvore que nunca cresce.

É como um bebê que morre ainda bebê. É sacanagem fazer uma árvore dessas. Se eu fosse a árvore, gritaria o tempo todo até que alguém viesse me tirar dali.

Tia Sonia fez kenkey e peixe. Comi tanto que pensei que a barriga fosse estourar. Tomei até uma xícara de chá com dois cubos de açúcar. Tia Sonia derrubou a colher no chão. Fez o maior estalo. Ela ficou de cara feia.

Eu: É por causa dos seus dedos?

Mamãe: Harrison!

Tia Sonia: Tudo bem. Eles não são mais crianças e devem saber.

Lydia: Quero saber. Vocês sempre escondem uns segredos da gente.

Mamãe: Lydia!

É verdade mesmo: mamãe é cheia de segredos. Achei os bilhetes de loteria dela enquanto procurava chocolate na gaveta secreta. Mamãe sempre diz que loteria é coisa de gente boba, que é a mesma coisa que jogar dinheiro fora.

Tia Sonia: Que mal faz? Não quero mentir pra eles.

Mamãe respirou bem fundo. Sinal de que desistiu de tentar. Continuou lavando os pratos bem depressa, como se corresse contra o tempo. Adoro quando tia Sonia ganha. Ela conta muitas histórias maneiras. São até verdadeiras.

Tia Sonia queimou os dedos no fogão. É a forma mais fácil.

Tia Sonia: Não é nada de mais. É só deixar os dedos sobre o fogão até que toda a pele tenha se queimado.

Eu e Lydia: Doeu?

Tia Sonia: Olha, na primeira vez levei um susto danado. Subiu aquele cheiro de pele queimada. Você tem que tirar logo os dedos antes que eles se grudem pra sempre. Foi a única vez que chorei.

Eu me senti mal só de pensar. Mas me amarrei na história.

Tia Sonia: Na verdade, a gente mal sente qualquer coisa. É mais fácil quando se está de porre. Como a maioria das coisas.

Mamãe: Não fale isso pra eles.

Lydia: A senhora tem alguma sensação esquisita nos dedos?

Eles são esquisitos. A ponta dos dedos de tia Sonia é toda preta e brilhante. Pelo jeito, dói. Parecem dedos de zumbi.

Tia Sonia: Às vezes sim. Não sinto mais a proximidade das coisas.

Lydia: Tipo o quê?

Testamos os dedos de tia Sonia. Demos um monte de coisas diferentes para ela tocar e dizer se conseguia sentir ou não. Tentamos o controle remoto da TV. Ela mal conseguia mexer no volume.

Tia Sonia: Os botões são muito pequenos.

Ela não estava mentindo. Lydia pediu para ela passar os dedos na estampa de sua blusa. São só estrelinhas na manga. Tia Sonia fez uma cara toda concentrada. Não estava funcionando, pelo visto.

Mamãe: Agora chega. Deixem a tia Sonia em paz. Ela não é um bicho no zoológico.

Lydia: Gente do céu, não sei como a senhora conseguiu fazer isso. Eu jamais conseguiria.

Tia Sonia: Você faz o que tem que fazer.

Mamãe: Você não tinha que fazer isso.

Tia Sonia: Na época eu achava que sim. É nisso que sua mãe e eu nunca vamos concordar.

Mamãe: Não é só nisso que discordamos.

Tia Sonia: Mas você ainda me ama, não é mesmo?

Tia Sonia queimou os dedos para apagar as digitais. Agora ela não tem nenhuma. Se a polícia pegá-la, não vai poder prendê-la. As digitais dizem quem a pessoa é. Quem não tem digitais não é ninguém. Então eles não sabem de onde a pessoa é e não podem mandá-la de volta. Os caras têm de deixar você ficar.

Tia Sonia: Optei pelo método mais fácil. Há gente que faz com um isqueiro ou com uma lâmina, o que leva horas sem fim. Acaba logo com o sofrimento, gente! Foi o que fiz.

Toda vez que as digitais reaparecem, ela tem que queimar tudo de novo. Cara, que sinistro. Tia Sonia diz que vai parar de se queimar depois que encontrar o lugar perfeito. Quando

puder ficar nesse lugar para sempre, sem que ninguém estrague as coisas nem a mande de volta. Só então ela vai deixar as digitais nos dedos para sempre.
Eu: Ah, pode ser aqui.
Tia Sonia: Pode mesmo. Vamos ver.
Eu: Tomara que sim, porque daí a gente pode passar aqui no Natal. Se eu ganhar um Playstation, a gente pode jogar na TV grandona. Deve ser muito irado.
Tia Sonia não fez nada errado. Nunca matou ninguém nem roubou nada. Só curte ir a lugares diferentes. Curte ver as coisas diferentes em cada canto. Há países que não deixam negro nenhum entrar. O cara tem que entrar escondido. Depois que entra, tem que agir naturalmente, como todo mundo. Tia Sonia age assim. Ela vai trabalhar e faz compras. Janta e vai ao parque. O de Nova York se chama Central Park. É tão grande que cabem cem parquinhos de crianças e tem até uma pista de patinação no gelo.
Eu: Quem cai no gelo tem que dobrar os dedos pra não ficar sem eles. Foi minha amiga Poppy que me contou.
Tia Sonia: Harrison tem namorada?
Eu: Não! E é o mesmo com os bombeiros: quando não conseguem enxergar por causa da fumaça, têm que sair tateando. Por isso eles sempre usam o lado de fora das mãos. Se usarem o lado de dentro e tocarem num fio, os dedos automaticamente se agarram nele e o cara é eletrocutado.
Tia Sonia: É mesmo?
Eu: Com certeza!
Juro, sou louco para patinar no gelo. Seria capaz até de queimar as digitais para ir lá. Acho que usaria o fogão, que é mais rapidinho. Não chega a ser crime. Eu ia pagar pelos patins como todo mundo. Tia Sonia me deu uma bola de futebol de couro. Lydia ganhou um CD do Tinchy Stryder. Tia Sonia sempre adivinha o que os outros querem muito. Ela consegue ler pensamentos.
Tivemos de ir embora quando Julius voltou. Chegou com o taco de beisebol, mas sem bola nenhuma, daí não deu para jogarmos nada. Julius chama o taco de Tira-teima. Sempre

volta do trabalho com ele. Dá uns tapinhas no taco e conversa com ele com todo carinho, como se o troço fosse um cachorro. Dá para fazer de conta que todos aqueles arranhões nele são das brigas com outro cachorro.

Julius: Ele hoje trabalhou pra cacete. Dê um banhinho nele, tá?

Tia Sonia levou o taco para a cozinha e o lavou. Ela também teve de fazer de conta que era um cachorro. Só não se pode perguntar por quê, pois Julius fica com dor de cabeça quando fazemos perguntas demais. Temos que deixá-lo tomar seu sossega-leão em paz.

Julius: Quer um pouco, Harri?

Eu: Não, valeu!

Julius: Os únicos amigos de que um homem precisa são seu taco e uma bebidinha. Com um você consegue o que quer, e com o outro você se esquece de como conseguiu. Um dia você vai me entender. Comporte-se enquanto pode, tá? Continue assim como você é.

Eu: Tá bom.

Voltando para casa de metrô, vi uma senhora de bigode. Assim de cara pensei que fosse só uma sujeirinha, mas, quando olhei de novo, era pelo mesmo. Não era tão grosso quanto o do sr. Carroll, mas era visível. Senti vontade de rir, mas segurei a onda.

Não vimos nenhum barbeiro ambulante de bicicleta. Acho que não tem nenhum por aqui. Kwadwo era meu barbeiro preferido lá onde eu morava. A bicicleta dele tinha até rádio e ele sempre avisava antes de usar a navalha no pescoço, para dar tempo de o cara se preparar. Mas nada de barbeiro de bicicleta, daí tivemos que ir a uma barbearia. O barbeiro se chamava Mario. Vive de cara amarrada. Virava minha cabeça sem um mínimo de cuidado. Era muito rápido. E tinha os dedos muito cabeludos. Nem conversou comigo. Odeia cortar cabelo, pode?
Dean: Ele só trabalha nessa parada pra vender cabelo pra China. Lá os caras fazem roupa com esse troço, né não?
Primeiro perguntei a mamãe se eu podia fazer trancinhas.
Mamãe: Pra quê? Pra ficar com cara de bandido?
Eu: Não, é que eu curto, pô. É superestiloso.
Lydia: Ele só tá querendo fazer trancinha porque o Marcus Johnson tem também.
Eu: Nem vem! Não é nada disso.
Mamãe: Quem é Marcus Johnson, gente?
Lydia: É um garoto do primeiro ano. Ele se acha o garoto de ferro. Pega os meninos mais novos pra sacanear e eles caem direitinho. Nossa, que tristeza. Ele próprio se chama de X-Fire.
Eu: Não é nada X-Fire, sua tonta. É Crossfire. Quando ele pinta no muro é que escreve X-Fire.
Lydia: Ah, que se dane! Ainda acho uma tristeza.
Eu: Não é nada. Pelo menos ninguém fica dando ordens pra ele o tempo todo, tipo você me mandando matar percevejo. Por que não mata sozinha? Vê se eles vêm em cima de mim!
Lydia: Que é isso! Só foi uma vez, gente. Tá me chamando de suja?
Eu: Um percevejo entrou bem no seu nariz enquanto você dormia. Vi com meus próprios olhos. A essa altura ele já deve

ter construído uma casinha no seu cérebro e tudo. Já deve ter feito um jardim e instalado TV a cabo. Vai morar aí dentro pra sempre.
Lydia: Nada a ver!
Mamãe: Para de atormentar sua irmã! E depois também tem uma coisa: você nem tem cabelo suficiente pra fazer trancinha. Faz um corte curtinho. E nem vem com essa carinha de cão abandonado pra mim!
Só rolou um corte curtinho. Mario nem sabia o que era isso.
Mario: Como assim? Máquina um ou dois?
Ele chamou o troço de número dois! Juro por Deus! Nunca ouvi nada tão hilário! Mario é muito miolo mole. Cara, a partir de hoje vou deixar o cabelo crescer bastante até dar para fazer trancinhas, não quero nem saber o que mamãe vai dizer. Daí vou ter coragem de cumprir minha missão e eles vão me aceitar no grupo.
Número dois também quer dizer cocô. Pois é, eu também não acreditei nessa palhaçada!

Saindo do meu prédio, você atravessa o túnel, passa pela escolinha primária e algumas outras casas, até chegar ao gramado. É bem grande. Há duas traves de futebol sem rede e um parquinho com balanços, um gira-gira e outras coisinhas. Há um navio pirata e uma porção de troços com mola: um jipe numa mola, uma moto numa mola e duas joaninhas. Você se senta e eles ficam balançando para cima e para baixo. Não vou mais neles porque são gays. Todo mundo acha isso. São só para os bebezinhos. Os balanços estão sempre quebrados por causa das mordidas de cachorro.
O melhor de todos é o trepa-trepa, mas ninguém consegue usar porque o troço pertence à Gangue da Dell Farm. Eles não saem de lá. Pô, os caras nem brincam, só ficam lá fumando e mexendo com quem passa. Depois que eles vão embora, o troço fede a cigarro e tem uma porrada de caco de vidro espalhado. Nem perco mais meu tempo indo lá. Só vou quando me convidarem, mas, se me oferecerem cigarro, vou agradecer

e dizer que estou tentando parar por ordens médicas (é o melhor jeito de se safar de qualquer parada).

Há uma placa perto do parquinho:

DIGA NÃO A ESTRANHOS

Pô, a placa nem menciona qual é a pergunta. Você só tem que dizer "não" a qualquer pergunta que te fizerem.

Eu: E se alguém me perguntar onde fica o hospital? E se estiverem precisando de ajuda?

Jordan: Larga de ser gay, mané! Nunca precisam de ajuda. Só querem meter você numa van e comer teu rabo, cara.

Que doideira! Nunca ninguém pediu para me sexuar antes. Na maioria das vezes o pessoal precisa de ajuda. Da próxima vez vou primeiro perguntar ao estranho o que ele está querendo. Se ele der uma boa resposta, daí tudo bem. Nem vai tentar me sexuar nem nada. Jordan é só miolo mole.

Jordan: Qual é, meu irmão! Se liga! Continue procurando.

Até agora só encontrei uma garrafa de cerveja. Jordan tinha três. Eu nem me esforcei muito para achar. Sério, eu estava mesmo era procurando a arma do crime. Se não estiver perto do rio, pode estar aqui. Há sempre uma porrada de agulhas para injeção espalhadas pelo parquinho. O pessoal nem se dá ao trabalho de enterrar os troços. Pode haver uma faca também. Tudo depende da esperteza do assassino. Se for inteligente, ele jogou a arma no mar ou enterrou bem fundo no chão. Se na hora do vamos ver ele estava chapado ou encachaçado, pode ter jogado em qualquer lugar.

Existe um buraco no parquinho onde ficava o twister. Jordan ateou fogo nele. Já faz muito tempo isso, antes de eu chegar aqui. A área onde ficava o brinquedo é toda preta e queimada como se um raio houvesse caído ali. Jordan não para de contar as maldades que já aprontou:

AS PIORES MALDADES QUE JORDAN APRONTOU:
Ateou fogo no twister.
Tomou uma garrafa inteira de vodca (é como o sossega-leão).
Furou os pneus da viatura policial.
Pôs rojões na lata de lixo.
Chutou a professora.
Jogou um gato dentro do cano de lixo.
Roubou um brinquedo do supermercado.
Furou umas pessoas.
Xingou um adulto.
Quebrou as garrafas de cerveja.

As mãos de Jordan em meu pescoço estavam me fazendo tossir. Olhei para o céu, procurando meu pombo para vir e dar uma cagada na cabeça dele, mas nada. Os pombos passaram voando e nenhum parou. Eu só dei o braço a torcer para não morrer de tanto tossir.
Jordan: Agora é sua vez, malandro. Eu é que sempre faço tudo. Se você não fizer, é um bunda-mole.
Eu: Vou fazer, cara! Vou fazer!
Eu só queria ir para casa, mas tinha de esperar a Lydia voltar do Dance Club. Era bom eu ter uma chave para mim. Não me importa se ela está no oitavo ano, é a maior sacanagem ela ter uma chave e eu não. Ainda sou o homem da casa, pô.
Jordan: Eu vou primeiro. Não feche os olhos, fique de olho no pessoal. Vamos quebrar essa p* toda.
Tínhamos de quebrar tudo. Não poderíamos parar, nem mesmo se aparecesse um adulto. A gente tinha que continuar até não sobrar mais nada. Só assim eu conseguiria marcar todos os pontos. Jordan foi primeiro. Fiquei esperando até a última. Se você quebrar só a última, não é crime nem nada.

Jordan se amarra em quebrar garrafas. Os olhos chegam a brilhar e se arregalar. Ele jogou a primeira garrafa bem alto. Quando bateu no chão, espatifou-se em um milhão de pedaços. Dava medo, mas ao mesmo tempo era muito irado. Ele atirou outra e mais outra. Todas se espatifaram pelo caminho todo. Dava vontade de correr, mas não era permitido nem se mexer. Ele até atirou uma de costas. Foi a melhor de todas. Daí chegou minha vez.

Jordan: Joga bem alto pra se espatifar legal.

Eu: A gente vai ter que recolher os cacos?

Jordan: Larga de ser gay. A prefeitura faz isso, é trabalho dela. Quebra logo essa m*, moleque.

Imitei o estilo de Jordan. Atirei a garrafa bem alto para cair atrás de mim. Ela se esmigalhou toda na calçada. Foi irado! Fiquei maluco! Não apareceu ninguém mandando a gente parar nem nada. O pessoal ficou com tanto medo que nem dedurou a gente.

Eu: Quantos pontos com essa?

Jordan: Dez.

Eu: É ruim, hein! Sacanagem! Você disse que valia cem pontos!

Jordan: Ué, maluco! Você fechou os olhos. Só ganha dez pontos. Devia parar de tanta bunda-molice.

Como eu disse, Jordan é encrenqueiro. Quem pisa no calo dele acaba com o pescoço mais torcido ainda. Quando vi Lydia chegando, tive vontade de sair correndo. Cara, ela salvou o dia. Ainda estava vestida com a fantasia de papagaio. Ela adora o troço, não está nem aí.

Jordan: Sua irmã é muito idiota, cara. Tá achando que é uma galinha.

Eu: Que galinha, cara? É um papagaio.

Eu só dei um soco no braço dela, caso Jordan ainda estivesse de olho na gente.

Lydia: Ai! Por que você fez isso?

Eu: Desculpa aí! Foi sem querer!

Vocês fazem de tudo para nos afastar. Bloqueiam nossos pontos preferidos de pouso com arame e pontas. Atiram em nós com rifles calibre 22 até os limites da lei, envenenam-nos com estricnina, cobrem os parapeitos das janelas com papel pega-mosca e nos assistem de camarote, enquanto tentamos nos desgrudar, divertindo-se à nossa custa. Quanta falta de dignidade. Sinto-me estúpido. O certo a fazer é engolir em seco e fingir que está tudo bem, que se trata apenas da cadeia alimentar atuando na ordem correta, eu abaixo de vocês, vocês acima de mim, tão somente as regras do jogo.
O que mata é que vocês acham que fazem as regras. Eu sempre caio nessa. Tomara que essa coisa não seja tóxica.

Os vulcões são apenas montanhas com fogo dentro. O fogo vem de rios subterrâneos. Só entram em erupção quando o deus do vulcão está zangado. Pelo menos é o que o pessoal antigo pensava.

Sr. Carroll: É isso mesmo, Harrison, era o que se pensava.

Eu: Mas o inferno fica mesmo lá embaixo, né, sr. Carroll?

Sr.f Carroll: Eis uma teoria interessante. Não há como negar que aquilo lá é quente como o inferno.

Ficou todo mundo rindo de mim. O pessoal daqui não acredita em inferno. Juro, eles não sabem a surpresa que vão ter! Vão tostar que nem torrada humana!

Antigamente achavam que um deus do fogo morasse dentro do vulcão. O tal deus só parava de lançar fogo quando o povo lançava uma virgem no vulcão para o deus comer. Acreditavam que existia um deus diferente para tudo. Achavam que existia um deus do céu, um deus da árvore, um deus do vulcão e um deus do mar. Todos os deuses deles viviam zangados. Se não alimentassem os deuses, acabariam destruídos. O deus do mar mandaria uma enchente; o do céu mandaria raios sobre todo mundo; o deus da árvore cairia sobre a casa do povo.

Se não fossem alimentados com virgens, os deuses destruiriam tudo. Juro, a galera de antigamente era muito burra, cara. Uma virgem é uma moça que ainda não se casou. São valiosas porque são raras de se encontrar. Só os deuses podem comê-las. As mulheres casadas davam dor de barriga nos deuses. É o que todo mundo diz.

Durante a chamada da tarde, Poppy me deu uma carta. Eu só podia abri-la quando chegasse em casa e não podia mostrar para mais ninguém. Dei uma olhada para saber se tinha alguém olhando. Fui para o meu quarto, fechei a porta e parei bem ali atrás para ninguém invadir. Pô, me deu o maior frio na barriga quando vi a parada:

Você gosta de mim?

Sim ☐

Não ☐

Eu só precisava marcar a resposta. Tinha que devolver a carta para Poppy depois do feriado. Não sei o que vai acontecer quando eu devolver. Juro, tomara que eu tenha marcado a resposta certa!

MAIO

Hoje foi carnaval. Lá no gramado. Chovia muito, mas ninguém faltou. Todos os guarda-chuvas tinham estampas de marcas de cigarro. Os dançarinos dançaram assim mesmo. As penas brilhavam tanto que parecia que fazia sol. Tinha uma senhora branca fantasiada de pavão. Toda a maquiagem escorria pela cara. Parecia até um cãozinho triste. Foi hilário. A chuva continuava a cair e nada de ela parar de sorrir! Toda hora cuspia chuva. Ela continuou firme e forte.

Tocavam djembês. Não dava para ficar parado! Até os brancos e os velhinhos dançavam. A garota do prédio dos mongoloides estava perto de mim. Dançou feito um bebê. Quase não se mexia. Era toda dura. Só dava para sacar que ela estava dançando se você olhasse para os pés dela. Ela, na maior timidez, batia o pé todo duro no chão. É a única dança que ela conhece.

Deu pena. Senti vontade de ensiná-la a dançar pra valer, mas estava sem tempo, iria perder toda a diversão. Fingi que a dancinha dela era boa e que era só o estilo da coitada.

Tinha uns caras trepados numas varas. Sabe aquelas varas que os caras sobem para ficar mais alto? Que medo! O chão estava todo escorregadio e achei que eles fossem acabar se esborrachando. Rezei baixinho para não caírem. Alguns dos caras de vara faziam malabarismo também. Malabarismo é quando você joga e pega a bola, só que são três bolas ao mesmo tempo e você não pode deixar nenhuma cair. Juro, foi irado!

Eu: Agnes ia se amarrar neles! Eu bem que podia aprender malabarismo pra quando ela chegar. Onde vendem bolas de malabarismo?

Mamãe: Ué, é só usar essas bolinhas de tênis.

Eu: A senhora compra pra mim? Preciso de três.

Mamãe: Vamos ver.

Terry Maloqueiro roubou um pacote de salsichas de cachorro-quente da mesa da rifa e ninguém tentou pegar o safado. Ele chama as salsichas de cachorro-quente de Pau do Scooby Doo.

Terry Maloqueiro: São pro Asbo. Ele adora, né, molecão?

Quando Asbo se aproximou de mim, mamãe se assustou. Tive que salvar o dia.

Eu: Tá tudo bem, ele não morde. É um cachorro maneiro, olha só.

Asbo se deitou de costas para que eu coçasse sua barriga. Ele adora. Ele tem até umbigo, que parece uma bunda pequenininha. Daí chegou a hora do Dance Club. Estavam todos vestidos de papagaio. Lydia não se lembrava de sorrir. Ficou concentrada demais tentando não errar os passos.

Eu e mamãe: Vamos, Lydia! Sorria pra gente!

Ela arrebentou. Acertou todos os passos. Fiquei torcendo para Miquita se esborrachar no chão, mas quem caiu foi outra garota. Ela escorregou e caiu de bunda. As outras continuaram a dançar até o fim. Só deram uma bronca na garota depois que terminaram. Daí todos disseram que ela se mijou toda por causa da mancha molhada que ficou na bunda. Tudo mentira. Eles sabiam o que tinha acontecido de verdade porque viram muito bem. Só que é mais engraçado dizer que a pessoa se mijou. É mais engraçado do que cair de bunda. Não tem quem discorde.

Crianças menores: Mijona! Mijona!

Garota: Ah, vão se f*!

Ganhei um binóculo na rifa. Juro, foi a maior sorte. É desses que se usa no exército. É de plástico, mas funciona direitinho. Através das lentes, dei uma olhada no mundo inteiro. Ficou tudo mais próximo. As antenas de TV por assinatura nos prédios, a cruz da igreja de verdade e o buraco de bala no poste quebrado. Olhei os telhados para ver se encontrava a arma do crime, mas não vi nada. Meu pombo estava sentado no telhado do Centro Jubilee. Quando me viu, piscou para mim e daí saiu voando; era rápido demais para acompanhá-lo com o binóculo. Fiquei tonto de olhar para ele, daí tive que desistir.

A Gangue da Dell Farm estava toda lá, mas ninguém falou comigo. Minha missão pode esperar. No carnaval ninguém trabalha. É a melhor parte do carnaval: todo mundo se esquece do trabalho por um dia e só se diverte. Tomara que Killa fique com Miquita, para ela parar de encher meu saco. Ele estava tentando queimá-la com um isqueiro. Ela tentou fugir, mas ele a puxou de volta. Ela estava até rindo, como se curtisse a parada. Que doideira. As garotas são muito burras. Ele só parou quando o camburão da polícia passou. Ficou todo duro e fechou a cara. Vi com o binóculo. A galera toda escondeu a cabeça no capuz e congelou feito estátua. O risinho parou na hora. Então todos deram o fora. Os bebuns jogaram latas no camburão quando passou por eles. O camburão parou. Os bebuns ficaram assustados, achando que o policial fosse sair e prendê-los. Ficaram todos quietinhos. Daí o camburão seguiu em frente, e os cachaceiros começaram a gritar e a aplaudir como se tivessem vencido a guerra. Juro, foi muito hilário. Essa história de binóculo é muito útil para aproximar as coisas.

Lydia passou o dia inteiro vestida de papagaio. Fez até uma musiquinha de papagaio para Agnes, que se amarrou, soltando uma risadinha que parecia uma onda no mar: quando batia na gente, dava vontade de rir também. Ninguém conseguia parar de rir, de tão hilário. Agnes já consegue dizer Harris. Consegue dizer o nome de todos nós. Mamãe, papai, Lydia e vovó. Sabe até dizer o próprio nome. Pedimos a ela para dizer todos eles. Ela disse todos bem alto e umas cem vezes. Juro, foi muito hilário!
Mamãe tentou fazê-la dizer Harrison, só que ela não estava a fim. Só disse Harri. Mamãe não ficou chateada nem nada, só sorria de uma orelha à outra.
Agnes: **Harri!**
Mamãe: Isso mesmo! Muito bem, minha querida!
Eu: Cuidado com meus ouvidos! Assim minhas orelhas vão cair!
Agnes: **Harri!**

Harri é o seu preferido. Era o nome que ela curtia mais, dava para ver. Quando os créditos do cartão telefônico acabaram, ela ainda gritava:

Agnes: **Harri! Ha...**

Tomara que Agnes aprenda logo todas as palavras para eu poder lhe contar minhas melhores histórias. A primeira que vou contar vai ser a do cara da perna falsa. Ele estava no meu avião. Ele tinha uma perna falsa feita de madeira. Tinha até um pé com sapato e tudo. Antes de dormir, o cara tirou a perna e deu para a esposa segurar. A mulher dormiu segurando aquilo como se fosse um bebê. Muito engraçado. Foi uma cena maneira. Fiz de conta que a perna era um bebê e a mulher, a mãe.

Se sua perna cai quando você está vivo, ela cresce de novo quando você chega ao céu. Juro, Agnes vai se amarrar nessa história!

Hoje não rolou igreja por causa do vidro quebrado e dos palavrões. O sr. Frimpong quase chorou. De todos nós, ele é quem mais curte a igreja. Mamãe o abraçou bem forte para acalmá-lo. Achamos que os ossos do cara fossem virar pó ali mesmo.

Sr. Frimpong: Minha gente, isso não faz sentido. É uma falta de respeito com tudo.

Tipo assim, no início eu até que estava contente com a história, pois estou meio de saco cheio dos cânticos da igreja. São sempre os mesmos e Kofi Allotey não está lá para inventar letras engraçadas para eles. A igreja nem é de verdade. É só o Centro Jubilee, no salão atrás do Clube de Jovens. Só vira igreja aos domingos. Nos outros dias, é só para bingo e outras paradas da terceira idade. Todo mundo queria que a mancha úmida no telhado fosse Jesus, mas o troço parecia apenas uma mão sem dedos.

Quebraram a janela. Picharam o lugar todo com VSF em letras enormes. Derek tentava limpar, mas a parada não queria sair.

Mamãe: O que significa VSF?

Sr. Frimpong: Quem sabe? Deve ser um código deles. Alguma besteira.

Não contei para eles o significado daquilo. Fingi que não sabia de nada.

Sr. Frimpong: Será que as câmeras os filmaram?

Derek: Ah, eles devem ter escondido a cara. São ignorantes, mas não são burros.

É por isso que mamãe não quer me deixar comprar um casaco com capuz. É que cobre o rosto. Nem é para isso que eu quero um; só quero aquecer os braços. Odeio quando mamãe me chama de mentiroso.

Tentaram dar a impressão de que puseram cocô na janela, mas era só Snickers mesmo. Os montinhos eram quadrados demais e dava para ver os amendoins saindo. Não iam fazer ninguém ali de bobo.

Eu: Vamos pra igreja de verdade, aquela onde rolou o funeral do garoto que morreu. É logo ali.

Mamãe: Não é a igreja certa, filho.

Eu: Como assim?

Mamãe: Os cânticos de lá são diferentes. São desconhecidos.

Eu: A gente aprende. Vai que são melhores!

Mamãe: Não são melhores nada. Não os conhecemos.

Eu: Mas não tô entendendo. É uma igreja de verdade e tudo! O funeral do garoto foi lá! Deve ser boa.

Mamãe: Não é a igreja certa, só isso.

Sr. Frimpong: Católicos de uma figa. Querem nos passar Aids para conseguirem roubar nossas terras de novo. É verdade.

Cara, ainda estou sem entender nada. Tem uma cruz e tudo lá na outra igreja. Se tem cruz, não tem erro.

Não sei por que o povo tem que cantar o tempo todo. Ah, podiam de vez em quando tocar djembês ou só rezar mesmo. É bem capaz de Deus já estar de saco cheio desses cânticos, pois já escutou todos eles um milhão de vezes. Vai ver é por isso que Ele causa terremotos. Se fosse comigo, eu mandava cantar alguma coisa nova, senão eu mandava outro terremoto. Os mesmos cânticos, o tempo inteiro, dá muita preguiça.

Eu: Quer que eu pegue meu binóculo? Tá lá em casa. Ele pode me ajudar a procurar pistas.

Derek: Deixa pra lá, Harri. Vou limpar essa sujeirada.

Não era culpa minha se destruíram a igreja. Se eu estivesse na gangue, poderia falar sobre Deus para os caras. Poderia até salvá-los. Uma gangue pode servir para fazer coisas boas, não é só para o que não presta, não. Lá onde eu morava, Patrick Kuffour, Kofi Allotey, Eric Asamoah e eu nos juntávamos em missões do bem. A gente sempre levava as garrafas vazias de Coca-Cola para o Samson's Kabin. Uma vez até ajudamos o pai de Patrick a isolar a casa. Vasculhamos todas as ruas, achamos uma porrada de caixas e rasgamos os papelões no tamanho certo. Como recompensa, nos deu um garrafão de Fanta. Fizemos uma disputa de quem bebia mais rápido e depois, juntos, soltamos um arrotão, tipo briga de rãs. Esses são os melhores tipos de missão, quando todo mundo dá uma força e depois a gente ganha uma recompensa. Alguém tem que dizer isso para a Gangue da Dell Farm. Eu poderia passar essa mensagem.

Lydia: Fique longe deles. São todos delinquentes.

Eu: E a Miquita? Ela é pior ainda. Não para de tentar me dar um chupão e você nem faz nada pra evitar.

Lydia: Ah, é muito diferente, meu querido. É diferente com as meninas, você não entende. Você precisa ter os amigos certos, senão leva um sacode. Miquita só está brincando, não dá pra levá-la a sério.

Eu: Se Deus visse o que vocês fizeram, arrancaria os olhos das duas. Não vou ser seu cão-guia quando você estiver cega. Vou andar com você na coleira. Se não conseguir acompanhar, problema seu. Tenho que ir a uma porrada de lugares, não vou ficar te esperando.

Lydia: Gente, só foi uma tintazinha!

Eu: Foi nada. Era sangue.

Com certeza era sangue nas roupas. Foi por isso que ela jogou água sanitária nelas. Nós dois ali sabíamos muito bem disso. Só ficamos vendo a mentira crescer, crescer, daí explodiu feito uma bola de cuspe. Toda bola de cuspe explode depois de um tempo.

Lydia: Não se meta, Harrison. Era sangue da Miquita, tá bem?

Eu: Como o sangue dela foi parar lá? Ela nem se cortou nem nada, ué.

Lydia: Não é esse tipo de sangue. É coisa de garota. Você não sabe do que está falando. Dá o fora daqui!

Ela correu para o quarto de mamãe e fechou a porta na minha cara. O choro dela veio lá de dentro. Que doideira. Eu não queria que ela chorasse, mas ela precisava aprender a lição. Fazer um troço do mal de propósito é pior do que fazer sem

querer. Dá para corrigir um erro, um acidente, mas um troço proposital não faz mal só a quem fez. Quebra o mundo inteiro, pedacinho por pedacinho, feito uma tesoura na pedra. Eu não queria ser o cara a quebrar o mundo.
Eu: Se você não fosse tão mentirosa, não estaria aí chorando! E quer saber? Você ficou ridícula com essa fantasia de papagaio! Tira essa porcaria, que tá fedendo! O carnaval acabou!
Lydia: Vá se f*!
Juro, foi muita doideira. Senti um baita frio na barriga. Nunca imaginei que ela fosse dizer isso. Não sabia o que fazer. Precisei ir para a sacada e recuperar o fôlego. Procurei meu pombo por todos os lados. Juro, havia muitos pombos, mas eles estavam longe demais para que eu pudesse ver as cores. Até tentei atraí-lo com uma bala de gelatina, mas nada de meu pombo dar as caras. Acho que ele não volta nunca mais.

Kyle Barnes me ensinou o truque do dedo feio. É moleza: você faz de conta que está procurando alguma coisa, tipo quando uma pessoa pede um centavo e daí você caça em todos os bolsos, como se estivesse procurando um centavo. Você tem de fingir que perdeu e passar um tempão procurando. Quanto mais demorada a procura, mais engraçado o final.

Daí você tira a mão do bolso e, em vez de dar o que a pessoa pediu, você mostra o dedo feio. É hilário.

Tentei com o Manik. Ele caiu direitinho. Foi irado. Ele não fazia ideia de que eu fosse tirar a mão do bolso e mostrar o dedo. Nem suspeitava. Não se esqueça: só funciona com o dedo feio (o do meio, que significa "vá se f*").

Eu: Te peguei!

Manik: Que droga! Ah, pelo menos meus tênis não são fajutos. O que você fez nos seus tênis?

Meu estômago revirou. A galera toda me zoou.

A galera toda: Pra que você fez isso? Tá muito gay!

Eu: Ih, nada a ver!

São apenas listras. Eu as desenhei nos tênis para que eles ficassem parecendo um da Adidas. Usei a caneta piloto. Eles nos deixam levá-las, mas depois do feriado temos que devolvê-las.

Não inalei o veneno. Só inalei uma vez, antes de ficar com a cabeça girando. Não fiquei chapado nem nada.

Fiz as listras bem retinhas, perfeitas. De longe, a parada ficou superestilosa. Os caras não paravam de rir. Fiquei pau da vida. Odeio aqueles filhos da mãe.

Eu: Ah, já deu. Para com isso.

Todo mundo: Não dá, desculpa aí. Tá engraçado demais! Você é incrível! Juro por Deus.

Quero ver quem vai rir assim depois que eu entrar para a Gangue da Dell Farm. Vou fazer todos ali beijarem meus tênis. Ah, que se danem!

Segundo minha mãe, as câmeras de segurança são apenas mais outra forma de Deus nos observar. Quando Deus está ocupado em outro canto do mundo, tipo causando um terremoto ou uma enchente, as câmeras dele estão de olho em você. Desse jeito ele não perde nada.

Eu: Ué, mas eu achava que Deus podia ver tudo a qualquer momento.

Mamãe: E pode. As câmeras só servem como uma ajudinha extra. Nos lugares onde o diabo é muito forte. É só por precaução.

Caramba, o diabo deve ser forte demais por aqui, porque há câmeras espalhadas por tudo quanto é canto! Tem uma em cada lado das lojas e do lado de fora da banca de jornais. Dentro do supermercado, então, há umas três, só para impedir que Terry Maloqueiro roube cerveja. Vou ter que cobrir a cabeça com o casaco, pois não tenho capuz. Se eu agir bem depressa, a câmera não vai conseguir me seguir, vou parecer um espírito. Eu rezava para isso.

Esperávamos pelo momento certo. Tinha que ser tudo certinho para não sairmos dando trombada em ninguém. Eu estava com X-Fire, Dizzy e Killa. Eles iam acertar o alvo, e eu ia sair correndo com o prêmio.

Dizzy: Não encana, irmão. Fica ligado, falou? Se a chapa esquentar, te dou um sinal. Daí você sai batido de lá, beleza?

Eu: Beleza.

O sinal é um sim com a cabeça. Só preciso ficar de olho para ver se fazem o sinal. Tudo que tenho de fazer é seguir os caras. Se eles correrem, corro também. É moleza. Vou fazer de conta que estou brincando de homem-bomba, daí nem vai dar para assustar. Só vai melar a missão se eu der no pé antes da hora.

Era para X-Fire escolher um alvo. Tinha de ser alguém mais fraco, pois daí ficava mais fácil derrubá-lo. O cara nem teria tempo de revidar, de tão rápida que seria a parada. Era para nós ficarmos de costas para as câmeras até X-Fire encontrar um alvo. Fingimos estar só de bobeira pela área. Enfiei a mão no bolso procurando meu dente de jacaré. Pedi coragem para que eu pudesse ser bem rápido.

Meu pombo dava voltas lá fora na porta da banca de jornais. Não consegui falar com ele, pois não queria perder o sinal, só o observei pelo canto dos olhos. Estava com um pedação de pão no bico. Outros dois pássaros o seguiam, eram preto e branco. Estavam atrás do pão. Não o deixavam em paz. Meu pombo fugia, mas os outros pássaros corriam atrás dele. Um deles partiu para cima e roubou um pedaço de pão do bico do meu pombo! Juro, foi muito audacioso. Deu pena do meu pombo. Minha vontade foi de matar os outros pássaros.

Mas daí a gente se lembra de que eles só queriam um pãozinho. Depois também tem outra: meu pombo estava com pão de sobra. Eles só foram lá e meteram o bico. Não dava para pedir, pois são pássaros, ué. Então deu pena de todos eles.

X-Fire: Lá vai. Esse aí serve.

O sr. Frimpong vinha em nossa direção. Só estava passando pelo supermercado. Não havia mais ninguém perto dele. Foi aí que saquei que o sr. Frimpong era o alvo. Daí o mal-estar tomou conta de mim mais uma vez. Ele só estava com uma sacola de compras, vi o pão despontando para fora. Ele é só pele e osso.

O sr. Frimpong é a pessoa mais velha da igreja. Foi aí que entendi por que ele canta mais alto do que os outros: ele é quem espera há mais tempo por uma resposta de Deus. Acha que Deus se esqueceu dele. Só aí foi que caiu a ficha. Aí gostei dele, mas era tarde demais para voltar atrás.

Tomara que eu não o derrube.

X-Fire: Vamos nessa. Manda brasa!

Corremos. Dizzy e Killa correram juntos. Fui atrás deles. Pus o casaco sobre a cabeça. Eu só estava brincando de homem-bomba. Não estava nem aí se eu não acertasse ninguém, não precisava dos pontos. Continuei a correr. Nem queria ver para onde eu estava indo.

Não consegui parar, daí corri o mais depressa possível. Meu coração estava disparado. Pintou um gosto de metal na boca e senti o vento passar. E eu ali, só correndo. Rolou um choque dos diabos. Ouvi as coisas caindo. Uma garrafa se espatifou. Senti uma mudança no ar quando as portas se abriram; eu estava do outro lado das lojas. Continuei a correr. Nem queria ver nada.

Eu: Não fui eu, não fui eu, não fui eu! (Disse isso pra mim mesmo, só mentalmente.)

Eu ia me chocar contra as grades de segurança. Abaixei o casaco. O sol bateu nos meus olhos com toda força. Eu estava lá fora. Eu me virei.

Vi o sr. Frimpong esborrachado no chão. As pernas dobradas de um jeito muito hilário. Eu nunca tinha visto ele assim, parecia um inseto morrendo sob o sol. Foi a maior doideira, cara. As compras dele ficaram espalhadas por tudo quanto foi canto, a cerveja toda espatifada. Dizzy chutava o pão. O pão estava todo amassado. Ele pulou em cima.

Killa chutou os ovos, que saíram voando pelos ares. Vi a cara do sr. Frimpong: ele estava pau da vida, além de assustado. Imaginei o que ele pensava naquele momento: onde estava Deus quando ele precisava de sua ajuda? Pensei a mesma coisa. Ele batia os braços tentando afastar os moleques, mas não os alcançava. Tentava se levantar, mas as pernas não obedeciam. Foi assustador. Daí veio X-Fire. Com a cara encoberta pelo cachecol. Revistou os bolsos do sr. Frimpong e pegou a carteira. Foi a coisa mais doida que já vi. Ele nem pediu licença.

X-Fire: Quieto aí, tio, senão te furo!

Senti vontade de fazer cocô. Eu me virei e corri bem depressa. Não olhei mais para trás. Eu tinha de fugir.

Era minha última chance. Quando o cara vacila em duas missões, nunca mais entra para a gangue. Era para eu ficar até o fim, só isso. Só que não dava para saber que o fim seria tão...

X-Fire: Pra onde você tá indo, filho da p*?

Eu me fiz de surdo. Continuei correndo. Passei pelo playground, pelo campinho e por todas as casas e só parei quando cheguei ao túnel. Estava sem fôlego. Sentia umas espetadas na barriga. Procurei pelo meu dente de jacaré, que ainda estava lá no bolso. Não sei por que não saiu nenhuma gota de sangue. Pena que eu não era maior. *Foram aqueles pombos novamente, eles me atrapalhavam. Criaturas imbecis, acham que sou um deles, que não tenho nada melhor para fazer do que disputar migalhas. Eu só queria chamar sua atenção, Harri, tirá-lo de mais uma encrenca. Estou tentando ajudá-lo enquanto ainda é possível. Estou me esforçando, mas não há muito o que eu possa fazer daqui. É por sua conta. Você precisa se manter atento, tomar cuidado com as rachaduras da calçada. Nós lhe demos o mapa, está dentro de você. Todas as linhas apontam para o mesmo lugar no final, basta segui-las. Sempre chegará em casa se caminhar de cabeça mais erguida do que aquelas ervas daninhas. Você pode ser uma árvore, pode ser tão grande quanto quiser.*

Tem mãe que mata o próprio bebê antes mesmo de ele nascer. Ela se arrepende e não quer mais tê-lo. Vai ver faz isso porque descobriu que ele vai ser mau quando crescer. É mais fácil interromper logo antes que as coisas ruins aconteçam. Mandam o bebê esgoto abaixo pela privada, dando descarga, como se fosse um peixe. Aconteceu com o Daniel Bevan. A mãe dele tinha um bebê que ela não quis mais, daí deu descarga nele.
Eu: Tomara que eles acordem quando chegarem ao mar.
Daniel Bevan: Que nada. Eles continuam mortos. Acabam no esgoto e viram comida de rato. Eu nem quero uma irmã mesmo. Irmã é um saco.
É bem capaz que Daniel Bevan morra logo. Ele nem consegue dar uma corridinha. Sabe o que é uma bombinha? É uma latinha com um ar especial. Daniel Bevan tem uma. Precisa dela para respirar, por causa da asma. Precisa respirar o ar da lata porque o ar daqui de fora é muito sujo para ele. Por isso não consegue correr. Se acabar o ar especial, ele morre.
Ele me deixou experimentar a bombinha. É gelada. Tem um gosto esquisito. Uma coisa horrível. Eu queria que ela me deixasse com voz de robô, mas não funcionou dessa vez. Se Daniel Bevan morrer antes de mim, a régua dele fica comigo. Já combinamos, a gente até apertou as mãos e tudo. A régua é muito irada, tem calculadora embutida.
Daniel Bevan: E se você morrer antes? Eu fico com o quê?
Eu: Com todos os meus livros. Tenho uma porrada. Tenho um sobre répteis, outro sobre criaturas das profundezas e um sobre a Idade Média. No todo há uns vinte livros.
Daniel Bevan: Então tá. Fechado.
Agora ele não pode voltar atrás. Depois que se apertam as mãos, já era.

O melhor momento foi quando papai me deixou dirigir a caminhonete. Foi na volta da plantação de bambu. Eu me sentei nas pernas dele e guiei o volante. Papai só controlou os pedais e o câmbio. Toda vez que ele mudava a marcha, a gente fazia de conta que a caminhonete estava soltando um punzão.

Papai: Que é isso, meu filho?

Eu: O que o senhor comeu no café da manhã?

Era preciso se concentrar bastante. Cara, que nervoso! O volante era bem pesado. Eu tinha que ficar de olho na estrada à frente.

Papai: Sem pressa. Continue em frente. Não se preocupe com os outros carros. Deixa comigo. Mantenha-se em linha reta.

Toda vez que vinha um quebra-molas, eu me assustava, com medo de bater. Fiquei calado. Tinha que provar a meu pai que eu conseguia guiar direito para que da próxima vez ele me deixasse dirigir todo o trajeto de ida e de volta. Só bobeei uma vez. Quase bati em uma cutia. Papai quis que eu voltasse e batesse nela, mas não consegui girar o volante com tanta rapidez.

Papai: A próxima que você vir, direcione para os olhos dela. Então sua mãe pode preparar uma sopa.

Mamãe não sabe que eu dirigi a caminhonete na estrada. Se soubesse, me mataria. É um segredo entre mim e papai. Depois disso, sempre que a gente estava na caminhonete e via uma cutia, a gente se acabava de rir. Mamãe e Lydia nunca entenderam do que a gente ria tanto. Juro, nunca vi coisa mais hilária!

Joguei meu casaco na tubulação de lixo. Esperei escurecer e saí de fininho. Fiz de conta que participava de um sacrifício. O casaco era uma virgem e eu a estava dando para o deus do vulcão.

É preciso se livrar das provas, senão a polícia nos localiza. Também joguei fora meu Mustang. Nem quis mais saber dele. Nada mais justo, já que quebraram os ovos do sr. Frimpong. Eu estava lá, vi tudo. O demônio é muito forte por aqui. Onde eu morava, o diabo só me tentou uma vez, quando me mandou roubar todos os blocos de gelo do bar Victory Chop para fazermos guerra d'água. Só dei ouvidos a ele até Osei sair correndo atrás da gente, daí devolvemos tudo. O demônio é mais forte por aqui porque os prédios são altos demais. É tanta torre que acaba tapando o céu, e daí Deus não consegue ver muita coisa. Juro, isso é um saco!

Acho melhores as cicatrizes assim: ÷÷ . A partir de hoje, vou fazer todas as minhas desse tipo. As cicatrizes assim: ┼┼┼ ainda nem são cicatrizes. Ainda estão com os pontos. Connor Green explicou. Só vira cicatriz depois que se tiram os pontos. Enquanto os pontos ainda estiverem ali, a parada é só um corte. É muito claro. Não sei por que não pensei nisso antes.

Sabe o que é um super-herói? É uma pessoa especial que protege os outros. O cara tem poderes mágicos, usados para combater os bandidos. Os super-heróis são ótimos. São meio que Ananse, mas nunca enganam ninguém, só usam os superpoderes para o bem. Alguns super-heróis são de outro planeta. Alguns foram feitos em uma fábrica. Outros nasceram normais, só que sofreram um acidente e aí ganharam poderes. Geralmente é por causa de radiação. Existem mais ou menos uns cem super-heróis em todo o mundo. Altaf conhece todos. Ele desenha os caras. Ficam melhores até mesmo do que os carros que ele desenha. Altaf sabe tudo sobre qualquer super-herói. É do que ele mais gosta de falar. O Homem-Aranha é um super-herói. É por isso que ele consegue grudar feito uma aranha.

Altaf: Foi porque ele levou uma picada de uma aranha radioativa.

Eu: Irado!

Todo super-herói tem um poder preferido. Alguns conseguem voar, outros correm super-rápido. Há os que são à prova de bala ou lançam raios. Todos eles têm um nome que indica qual o poder que eles preferem, tipo Homem-Aranha, que consegue se grudar feito uma aranha; Tempestade, que consegue criar uma tempestade; e Wolverine, que luta feito um Wolverine (uma espécie de lobo com garras extralongas que servem para cortar).

A gente estava falando sobre nossos próprios super-heróis, tipo se a gente pudesse criar nossos próprios super-heróis. Altaf já pensou em um, ele me mostrou o desenho. Até pareceu mesmo com um super-herói de verdade.

Altaf: O nome dele é Homem-Cobra. Ele se transforma em cobra e cospe veneno no inimigo.

Eu: Muito irado! Foi você mesmo que criou?
Altaf: É só um rascunho. Vou dar uma melhorada na língua dele e criar um inimigo.
Todo mundo chama Altaf de gay porque ele é supertranquilo e tem lábios de menina. Não que ele passe batom, nada disso, os lábios dele são rosa por acidente. Às vezes o chamam de Lábios Gays. Fiz de conta que os lábios eram o superpoder dele, tipo se o inimigo olhar para eles por muito tempo, congela feito estátua.
Consigo soltar um pum de pica-pau. Juro, é verdade. A primeira vez que rolou foi sem querer. Eu estava andando e soltei um pum, mas daí ele virou vários punzinhos, todos correndo atrás do primeiro. Até mamãe se amarrou na parada e mal conseguiu se controlar.
Mamãe: Você deve estar com um pica-pau na calça!
Juro, o som era igualzinho! Depois disso, passei a tentar soltar pum sempre como um pica-pau. Há vezes que sai melhor do que outras. Não é um superpoder, é só uma habilidade mesmo.
X-Fire fez o sinal de arma para mim. Estava na escada da cantina quando passei. Ele fez uma arma com os dedos e a apontou bem na minha cabeça. Fiquei sem saber o que fazer. Maior loucura. Parecia mesmo que ele me mataria e que ninguém poderia impedi-lo.
X-Fire: Pou!
Ele disparou a arma. Senti o maior frio na barriga e daí saiu o pum pica-pau. Dessa vez não teve tanta graça. Eu queria que alguém pulasse na frente da bala, mas então lembrei que não era uma arma de verdade. Só que não deixou de ser assustador.
Dizzy: Aí, por que você deixou a gente na mão, maluco? Não vamos esquecer essa, cara.
X-Fire: Vê se não vai abrir o bico, falou, Gana? Não tô de brincadeira, não.
Eu nem diria nada, pois já conheço as regras. Um sinal de arma significa que se o cara contar para alguém está morto.

Cara, deu uma sensação ruim ter inimigos, era demais para minha cabeça. Nem sei como aconteceu. A partir de hoje, vou precisar ficar atento o tempo todo.

Terry Maloqueiro estava chutando Asbo havia um tempão. E nada de parar com aquilo. Muita doideira. Asbo achou um pedaço de carne no mato. Era a perna de alguma coisa. Terry Maloqueiro continuou a chutá-lo, sem parar, mas o bicho não queria saber de largar o troço. Asbo chorava, mas o cara não parava. Senti vontade de fazer alguma coisa. Queria matar Terry Maloqueiro, mas ele era muito grande. Não podia fazer nada.

Então, quando a gente se aproximou, a coisa fez mais sentido. Terry Maloqueiro não estava chutando Asbo, Asbo é que estava mordendo Terry Maloqueiro! Foi hilário! Asbo tentava puxar a carne da moita, só que sem querer acabou pegando o pé de Terry Maloqueiro. E não queria largar. Vai ver o pé estava com cheiro de carne. Vai ver o bicho achou que era um pedaço da vaca.

Terry Maloqueiro: Me larga, me larga! Asbo, para com isso! Me larga, Asbo!

Terry Maloqueiro estrebuchava e gritava, mas nada de Asbo dar ouvidos. Parecia até que ele iria arrancar o pé do cara.

Terry Maloqueiro: Harri, dá uma força aqui! Pega um pedaço de pau, sei lá. Ali, ó!

Dean pegou um galho e o chacoalhou perto da cara de Asbo. Chegou bem perto da boca do bicho. Cara, que medo! Os dentes de Asbo parecem de tubarão. Ele agarrou o galho, que ficou entre o pé de Terry Maloqueiro e os dentes de Asbo. Acabou soltando o pé. Sem pestanejar, Terry Maloqueiro pegou a carne e a jogou de volta na moita. Asbo correu para pegá-la e Terry Maloqueiro se libertou. Estava todo vermelho e suado. Checou se os pés ainda estavam no lugar.

Terry Maloqueiro: Some daqui, seu louco! Cara, ele pirou quando viu a carne. Cachorro idiota.

Asbo saiu da moita com a carne na boca, como se fosse o melhor presente que tivesse recebido na vida. Estava todo

contente. Saiu correndo antes que a gente roubasse a carne dele. Aquilo só nos lembrava do cara morto na moita. A gente esperava que a carne não fosse dele.
Eu: Você já matou alguém?
Terry Maloqueiro: Já, mas há muito tempo. Ultimamente, eu só tenho magoado as pessoas mesmo. Por quê? Que papo é esse?
Eu: Todo mundo aqui quer te matar. Não entendo. Será que a polícia vai pegar o cara?
Terry Maloqueiro: Que cara?
Dean: O que matou o garoto que morreu.
Terry Maloqueiro: Que piada! Eles não conseguem pegar nem gripe!
Eu: Foi o que pensamos. Por isso é que nós vamos pegá-lo.
Dean: Ofereceram uma recompensa e tudo.
Terry Maloqueiro: Boa sorte!
Dean: Eles deviam usar os cães farejadores, que conseguem sentir o cheiro de tudo. Os cães sentem cheiro até do medo.
Nós dois estávamos pensando a mesma coisa, mas fui mais rápido. Fui o primeiro a dizer:
Eu: E se os cães conseguissem sentir o cheiro do mal?
Dean: Caramba, eu estava pensando exatamente nisso.
Fizemos uma experiência. Terry Maloqueiro deu uma força. Prendeu Asbo na guia para ele não fugir. Asbo então se deitou quietinho, comendo a carninha. Estava curtindo tanto a carne que nem percebeu o que a gente estava fazendo. Fechei os olhos e enchi a cabeça com pensamentos assassinos, um monte de sangue, de facadas, de socos, de cortes, de tiros e de vampiros. Eu me coloquei no lugar do bandido se preparando para ir ao trabalho. Tentei enfiar ao máximo todos esses sentimentos ruins numa bola, e então, rapidinho, abri os olhos e joguei a bola do mal em Asbo. Mirei bem no focinho. Para que a parada ficasse mais forte, soltei um grito. Até que deu certo: Asbo levantou as orelhas e olhou para mim todo assustado. Sinal de que a bola, o tinha acertado. Agora ele sabia como era o cheiro do mal. Então voltou a comer a carne.

Eu: Agora, quando ele sentir o cheiro de um assassino, vai se lembrar e fazer a mesma cara.

Terry Maloqueiro: Só que ele também faz essa cara aí quando peida.

Eu: Mas se fizer enquanto estiver olhando para alguém, já sabemos que não é peido nenhum: é o mal. É sinal de que a pessoa tem pensamentos assassinos. É um suspeito. Você pode amarrá-lo com a guia de Asbo até a polícia chegar.

Terry Maloqueiro: Fechado.

Pintou logo de cara uma chance de testar o plano: X-Fire, Dizzy e Killa vinham saindo do mato. Nem fiquei assustado, porque Terry Maloqueiro estava com a gente e ele podia acabar com eles. Antes de começar a encher a cara, ele era do Exército. Eu e Dean demos um pulo bem alto para chamar a atenção de Asbo, para que Terry Maloqueiro conseguisse tirar a carne dele. Terry jogou a carne no mato. Dessa vez Asbo não conseguiu correr atrás por causa da guia. Ele desistiu de procurar quando X-Fire esbarrou em mim. Ele faz isso o tempo todo. Dessa vez eu até quis mesmo que isso acontecesse, porque daí ele se aproximaria o suficiente para que Asbo sentisse o cheiro dele.

X-Fire: Afasta esse cachorro de mim, maluco!

Terry Maloqueiro: Olha por onde anda, então. Qual é?

Asbo logo entrou em ação. Farejou todos eles como se fossem mais carne. E a gente só ali, de olho, para ver se ele fazia a cara do mal. Se levantasse as orelhas ou ficasse com os olhos tristes, era sinal de que a coisa ali era séria. Os caras tentaram desviar de Asbo, mas Terry Maloqueiro puxou a guia e colocou Asbo bem na frente deles. Asbo pulou em cima de Killa, que arregalou os olhos. Juro, foi muito irado! Asbo farejou bem no saco de Killa.

Killa: Cara, tô falando sério, tira esse bicho da minha frente!

Ele tirou uma chave de fenda do bolso da calça. Vi com meus próprios olhos.

Terry Maloqueiro: O que vai fazer com essa parada aí? Enfiar em você mesmo?

X-Fire: Guarda isso, cara.

Terry Maloqueiro: Melhor escutar seu amigo. Corre pra casa antes que seu sorvete derreta.

Eles saíram batidos. Asbo ainda estava com as orelhas para cima. Consegui até ver os pensamentos assassinos no ar, grudando na gente como mariposas depois de um trovão. Estava na cara que eles queriam nos matar. O teste foi um sucesso. Isso levantou mais dúvidas: se eles queriam matar todo mundo, então onde entrava o garoto que morreu? Como distinguir um pecado do outro, quando eram todos da mesma natureza? Juro, às vezes é muito difícil ser detetive. O cara passa o dia inteiro com a cabeça cheia de perguntas. Pena que desperdicei a chance de amarrá-los, mas é que na hora não pensei direito.

Voltamos para casa com Terry Maloqueiro. Fomos caminhando enquanto Asbo corria à nossa frente. Às vezes ele olhava para trás e checava se ainda estávamos lá. Foi muito maneiro.

Terry Maloqueiro: Sua mãe tá precisando de uma chaleira? Essa tá novinha. Faço por oito paus. Tem filtro e tudo. Custa vinte na loja.

Eu: Acho que não. Ela é contra coisas roubadas.

Terry Maloqueiro: Ela é que está certa. Seis paus? E você, cabeça de fósforo?

Dean: Não, valeu.

Terry Maloqueiro: Vocês é que sabem. Vem, Asbo, por aqui! Se Asbo conseguir pegar o assassino, vai ganhar uma parte da recompensa. Aposto como ele vai gastar tudo num osso e passar o resto da vida sendo coçado na barriga!

Quem não acredita em Deus é chamado de descrente. São pessoas perdidas no escuro e que não sentem nada. São todas ocas por dentro, feito robôs sem fios. Quando acontece uma coisa bacana, elas não sentem nada nem percebem quando fazem alguma coisa ruim. Cara, deve ser muito chato. Vampiro que é assim. Não tem alma nem sangue, por isso que está sempre triste.
    Pastor Taylor: Eles fazem essas coisas por medo. Temem a verdade da Promessa Eterna de Cristo. Devemos ter pena e orar por eles. Devemos perdoar-lhes as fraquezas. Estão agora nas mãos de Deus.
    Sr. Frimpong: Se eu os vir novamente, vou pegar a cabeça de um e bater na do outro. Cambada de vândalos!
    Foi muito engraçado quando o sr. Frimpong disse vândalos. Não era a intenção dele, mas acabou soando hilário. Tive que morder os lábios para não rir.
    A igreja estava totalmente quieta. O sr. Frimpong nem cantou. Foi esquisito. Ele nem tentou. É o que acontece quando alguém te derruba: você desiste de se esforçar. O sr. Frimpong nos mostrou o joelho, tinha um buracão e lá dentro estava cheio de veneno. Ele estava todo orgulhoso daquele troço, dava para notar.
    Sr. Frimpong: Dá só uma olhada. Esse curativo tem prata, que é pra combater a infecção. Ninguém tentou detê-los. Ninguém. Por que agora?
    Na Inglaterra, quando alguém cai no chão, ninguém ajuda. Fica todo mundo na dúvida se o cara caiu mesmo ou se está de sacanagem. É muito difícil sacar se é verdade. Até senti falta da cantoria do sr. Frimpong. Foi muito estranho ele não cantar. Igual a quando Agnes se despede de mim: depois fico com a voz dela na cabeça o maior tempão. Faz até cócegas. É o maior barato.

Eu: Tchau, Agnes!
Agnes: **Chaaau!**
Algumas vezes, quando vou dormir, ainda estou com a voz dela na cabeça.
Mamãe: Chegaram até a roubar o casaco do Harrison, acredita? Eles não se importam com nada.
Sr. Frimpong: Aposto como foram os mesmos que me atacaram. Vândalos.
Já arrumaram a janela da igreja, mas ainda dá para ver onde não deu para apagar os palavrões direito. Ficam ali pairando feito o sussurro do cão tinhoso esperando para nos pegar. Não consegui me concentrar na reza, porque não parava de me lembrar deles. Quando o pastor Taylor rezava, tudo bem, mas aquilo ficava estranho na minha cabeça.
Eu: Porra, meu Deus! Por favor, dá um basta nessa merda toda acontecendo. Muito obrigado. Amém.
Juro, ainda bem que eu só pensei e não falei essas palavras! Meu principal superpoder é a invisibilidade. Graças ao meu dente de jacaré. Por isso o sr. Frimpong não me viu quando o derrubaram. Eu estava lá, mas ele nem desconfia disso. Meu dente de jacaré me deu o poder de ficar invisível. Para mim, só tem essa explicação. Eu sabia que a parada era especial e por isso papai me deu.

Vadia, puta e vagaba significam a mesma coisa. Na Inglaterra, quando uma garota tem tatuagem é vagaba. A mãe de Jordan tem um escorpião tatuado no ombro. Ela nem tenta esconder. Todo mundo vê, pois ela só anda de colete. Maior doideira, cara. Mãe nenhuma deveria ter tatuagem, isso é coisa de homem. Ainda mais uma tão sinistra como um escorpião. Se minha mãe fizesse uma tatuagem, eu sumiria. Sairia de casa e iria morar perto do rio. Só precisaria de uma barraca e de um estilingue para caçar esquilo.

Cara, você precisa ver como chuto a bola nova bem longe! As bolas de couro de verdade são muito melhores do que as de plástico. Dá para chutá-la até o fundo do corredor e ela nem

sai voando: fica rente ao chão, tipo um foguete. É assim que Jordan a chama.
Jordan: Cara, essa aí vai ser um foguete.
Jordan deu um bico e a bola bateu em minhas pernas. Mandou com toda força, para doer mesmo. Ele adora quando me atinge. Tento pular e sair do caminho, mas a bola sempre me acerta, parece um ímã, sei lá. Muito chato isso.
Jordan: Toma! Te peguei! Molenga! Rápido, é a dona Guimba! Passa pra cá!
Dona Guimba vinha entrando pela porta. Passei a bola para Jordan.
Jordan: Finja que não a viu.
Dona Guimba mora no segundo andar. Tem esse apelido porque vive catando guimba de cigarro do chão. Já vi com meus próprios olhos. Ela nunca fuma, só as enfia no bolso. É a pessoa mais velha que já vi, deve ter pelo menos uns duzentos anos. Quando era pequena, não existiam carros e todo dia tinha guerra. Ela está sempre com o mesmo vestido, sem casaco e sem meias, mesmo quando chove. E tem as pernas muito finas, tipo de passarinho. A única coisa que sabe dizer é:
Dona Guimba: Maldição!
Juro, ela é de dar medo. Se ela quisesse, me mataria assim, ó! Já matou várias crianças, mas a polícia não consegue pegá-la porque ela tem uma mágica que afasta os policiais da terrível verdade. Fingi que não a vi. Não tirei os olhos da bola. Guimbareba apertou o botão do elevador. Eu me preparei para correr.
Jordan chutou a bola contra ela. Acertou com toda força nas pernas. Pegou a criatura de surpresa. Deu até para ouvir os ossos estalarem.
Dona Guimba: Maldição!
Jordan: Desculpa! Foi sem querer!
O elevador chegou e dona Guimba entrou. Jordan chutou a bola em sua direção de novo. Bateu bem na cara dela e quicou de volta, para fora do elevador.
Jordan: Velha escrota!
Enquanto as portas se fechavam, dona Guimba lançou em

minha direção aqueles olhos azuis cheios de ódio. Achou que fui eu. Sacanagem. Eu só queria brincar de tocar a bola para Jordan. Pô, é sempre muito chato quando rola essa parada. Agora dona Guimba é minha nêmese (é como Altaf chama o vilão que sempre tenta destruir o super-herói). Tomara que meus poderes sejam mais fortes do que os dela.
Eu: Por que fez isso? Agora ela vai matar a gente!
Jordan: Larga de ser gay. Se ela vier atrás da gente, vai ver o que é bom pra tosse!
Jordan mostrou a faca. Nem vi de onde saiu. Jamais desconfiei que ele tivesse esse bagulho. De cabo verde, igualzinha às do faqueiro de mamãe. Parece até a faca que ela usa para cortar tomates. Parece mortal demais para cortar tomates.
Jordan: Essa é minha faca de guerra. Nenhum filho da p* vai tirar onda comigo. Tô dizendo, cara, quando a guerra começar, vou estar pronto pra eles.
Ele olhava para a faca sem piscar, como se fosse seu objeto preferido. Os olhos arregalados. Mostrou como carregá-la de um jeito que ninguém visse. É só colocar na perna. É preciso segurar o cabo, senão o troço escorrega pela calça e vai parar no chão. Funciona melhor quando a calça é de elástico. Senão, a opção é usar o bolso.
Jordan: É bem afiada, saca só.
Ele passou a faca na parede. Escreveu "pau" como se estivesse usando uma caneta, dava pra ver as letras bem claras e legíveis.
Jordan: Melhor arranjar uma. Você vai precisar. Deixa que eu te dou uma. Minha mãe tem uma porrada.
Eu: Não, valeu. Não preciso de faca, não.
Jordan: Claro que precisa. Todo mundo precisa. Tenta arranjar uma igual à minha, daí vamos ser irmãos de guerra, certo? O que tá pegando? Você não quer ser meu irmão?
Ele aproximou a faca do meu rosto. Retorceu a lâmina no ar, como se tentasse abrir uma fechadura com ela. Eu me senti como a fechadura. Ficou tudo em câmera lenta até ele baixar a faca.

Jordan: Putz, precisava ver a cara que você fez, maluco! Você se cagou de medo!
Eu: É ruim, hein! Não tem graça nenhuma, cara! Todos dizem que estamos em guerra, mas ainda não vi nada. Uma porrada de guerras está rolando o tempo todo:

GUERRAS
Alunos *versus* Professores
Colégio Northwell Manor *versus* Colégio Leabridge
Gangue da Dell Farm *versus* Gangue de Lewsey Hill
Emos *versus* Sunshine
Turquia *versus* Rússia
Arsenal *versus* Chelsea
Negros *versus* Brancos
Polícia *versus* Crianças
Deus *versus* Alá
Chicken Joe's *versus* KFC
Gatos *versus* Cachorros
Aliens *versus* Predadores

Nunca vi nenhuma delas. Se estivesse rolando uma guerra, ficaria na cara, pois todas as janelas estariam quebradas e os helicópteros passariam armados. Os helicópteros nem armas têm, só holofotes mesmo. Acho que não tem guerra nenhuma. Nunca vi.
Nem sei de que lado fico. Ninguém me disse ainda. *Versus* quer dizer contra.
Quando mamãe estava no banho, peguei a faca de cortar tomates. Era só um teste. Precisava tomar cuidado extra com a ponta. Eu a segurei como um Garoto de Ferro e lutei contra o ar como se fosse um inimigo. Enfiei dentro da calça. Dei uns passos fazendo de conta que estávamos em guerra. Imaginei que Deus tinha Se esquecido de mim e que daí eu podia fazer várias coisas ruins sem ter que me sentir mal.

Eu: Estamos em guerra! Deus esqueceu de mim! Papai também! Todas as luzes da rua estão quebradas e os lobos estão atrás da gente! É cada um por si! (Não pronunciei nada dessas coisas. Ficou tudo na minha cabeça.)
    No fim, tive que pôr a faca no lugar, pois a parada ficou sinistra. A faca é muito afiada. Fiquei só esperando ela cortar minha perna. Não dá para andar com uma faca enfiada na calça o tempo todo, pois uma hora a gente se esquece e, quando se senta, o troço vara a perna de um lado ao outro. Se começar uma guerra, vou sair batido, isso sim; é mais fácil. Do sexto ano, sou o melhor corredor. Só quem consegue me alcançar é o Brett Shawcross.

Ross Kelly é assim porque alguém pôs ácido no leite quando ele era bebê. É o que todos dizem. Ele sempre põe a língua para fora enquanto responde aos exercícios, diz que o ajuda a se concentrar, mas acaba que ele fica com cara de Zé Bobo. Tentei ficar com a língua para fora enquanto escrevia: não escrevi nem um pouquinho mais depressa. No fim, fiquei com a língua toda gelada e seca.

Se Ross Kelly chamar Poppy de quatro-olhos de novo, vou empurrá-lo pela janela. Só o deixei usar meu binóculo porque ele implorou feito um condenado.

Eu: A próxima vez é de Poppy!

Ross Kelly: Pô, ela já tem quatro olhos! Pra que binóculo?

Poppy: Ah, vá se danar!

Eu: Isso aí. Vá se danar, seu cagão!

Fui até a janela do refeitório, e Poppy ficou na escada da biblioteca. Ela então me olhou com o binóculo. Quando voltei, ela teve que dizer o que eu estava fazendo.

Poppy: Você estava andando em câmera lenta. Eu vi.

Eu: Não, eu estava andando como um robô.

Poppy: Ah, tanto faz. Pra mim é tudo igual.

Eu: Fiquei nítido? Sem nenhum borrão nem nada? Você me viu bem de perto?

Poppy: Vi.

Eu: Tá vendo? Eu disse que era de verdade.

Poppy: Acredito em você! Eu acredito!

Pus o binóculo de volta na mochila para não quebrar. Ninguém sabe a utilidade real dele, só eu e Dean. Não posso contar nem mesmo para Poppy. Preciso protegê-la caso o assassino tente machucá-la para me atingir. Sempre fazem isso: sequestram a mulher do detetive e vão decepando os dedos dos pés dela, um por um, até o detetive desistir. Se Poppy perguntar, o binóculo é só para ver pássaros e para assistir aos jogos de longe. Assim é mais seguro. Poppy é minha namorada agora. Foi molinho. Nem precisei pedir, só marquei a resposta naquele pedacinho de papel.

Até agora consegui cinco digitais. As de Manik, de Connor Green, de Ross Kelly, de Altaf e de Saleem Khan. Quis tirar as de Chevon Brown, de Brett Shawcross e de Charmaine de Freitas, mas, quando pedi, todos me mandaram ir à m*.

Dean: Precisamos de digitais inocentes para comparar com as do assassino e então desconsiderá-los da investigação.

Eu: Positivo e operante, capitão. Tô ligado.

Pus todas as fitas adesivas com as digitais no meu esconderijo secreto com meu dente de jacaré. Eu as dobrei num papel para que não pegassem poeira nem cabelo. Meu quarto virou agora meu quartel-general. Só entra quem tem a senha, que por enquanto ninguém conhece (a senha é "pombo", em homenagem ao meu pombinho. Ninguém consegue descobrir se só você pensou nisso).

As digitais não foram criadas exatamente para identificar as pessoas. Isso rolou por acaso, pois cada pessoa tem uma diferente. Uma digital serve mesmo para dar o sentido de tato. Com ela dá para se distinguir texturas e superfícies. O professor Tomlin foi quem nos disse.

Professor Tomlin: A digital é formada por pequeníssimos sulcos na pele. Quando se passa a ponta dos dedos sobre uma superfície, a digital causa vibrações e esses sulcos de fricção aumentam as vibrações, intensificando os sinais para os nervos sensores e permitindo que o cérebro analise melhor a textura.

Eu: Daí podemos sentir a proximidade das coisas.

Professor Tomlin: Isso mesmo.

Como não dava para queimar os dedos, resolvi congelá-los. Era uma das opções mais viáveis para adormecê-los. Eu só queria saber qual a sensação que tia Sonia tinha nos dedos. Queria ver se era verdade a história da proximidade.

Peguei um punhado de gelo do fundo do congelador e coloquei um montão numa tigela.
Eu: O gelo do congelador pode causar queimaduras?
Lydia: Fala sério! Claro que não.
Eu: Mas se eu ficar com os dedos enfiados por um tempão, tipo uma hora direto, então é possível. Não quero que eles morram, só que congelem por um tempinho. Não me deixe congelá-los por muito tempo, tá? Mãe, me avise quando der meia hora. Acho que meia hora dá.
Levou um tempão para meus dedos ficarem dormentes. Chegou a doer. O frio era tão frio que queimava. Dava a maior vontade de tirar os dedos, mas eu precisava deixá-los ali para a experiência dar certo. Lydia estava assistindo a *Hollyoaks*. O garoto estava beijando o outro garoto de novo. O nojo que me deu serviu para me distrair. Fiz de conta que não podia ver os dedos. Fiz de conta que nem eram meus.
Eu: Tá marcando?
Lydia: Não enche! Tô assistindo a isso aqui.
Quando meus dedos finalmente adormeceram, pareceu que tinham caído. Não dava mais para senti-los. Juro, foi muito louco. Toquei num melão. Funcionou! Não consegui sentir a textura da casca. Parecia que meus dedos não eram mais feitos de pele, pareciam ser feitos de nada. Juro por Deus, foi a coisa mais doida que já vi.
Tentei com a almofada do sofá. Não deu para sentir a textura. São apenas linhas, mas nem isso senti. Apertei com toda força, mas nada aconteceu. Era como se eu nem estivesse lá, fosse só um espírito. Passei a mão nas penas da fantasia de papagaio de Lydia. Não estavam tão macias, estavam distantes demais. Passei a mão no rosto de Lydia. Mal consegui senti-lo. Experimentei seu nariz, seus lábios, sua bochecha e suas orelhas. Passei os dedos em tudo. Pareceu tudo distante, como se ela fosse apenas um sonho.
Eu: Que louco! Você devia experimentar essa parada.
Lydia: Ai, cai fora! Tá gelado!

Tentei pegar um amendoim, mas foi muito difícil. Toda hora eu errava. Foi hilário. Via meus dedos encostarem no amendoim, mas não conseguiam pegá-lo. O tempo todo deixava cair. Que raiva! Fiquei me sentindo um otário. Só parei depois que esqueci quanto tempo tinha se passado. Lydia tinha parado de marcar havia um tempão.

Eu: A experiência foi um verdadeiro sucesso!

Lydia: Você é totalmente retardado!

No início foi muito sinistro. Achei que a dormência não passaria mais. Senti pena da tia Sonia, cara. Eu ainda me lembrava de como era o toque das coisas, usava a memória para enganar os dedos. Mas o que acontece quando a pessoa tenta sentir alguma coisa completamente nova? Fiz de conta que eu era tia Sonia em outro país, onde tudo era novo, e eu não conseguia me lembrar do toque de nada, pois era minha primeira vez no lugar. Foi muito sinistro.

Eu: Cara, e se rolar um incêndio à noite, depois de ter faltado luz? Como ela vai conseguir achar a saída?

Lydia: Sei lá. Isso não vai acontecer.

Eu: E se acontecer? Ela vai tostar feito uma torrada humana.

Eu me senti mal, nem quis pensar nisso. Quando a dormência vai passando, os dedos começam a formigar. Juro, foi o maior alívio! Era sinal de que eles voltariam ao normal. Se eles ficassem dormentes para sempre, seria muito chato. Precisaria pegar tudo com a boca, feito cachorro. Iam me chamar de Menino Cão. Nem quero pensar nisso, para não acabar acontecendo de verdade.

Lydia só está pau da vida porque não tem competência para ser detetive. Ela só quer fazer cabelo quando crescer. Toda garota só quer isso.

Eu: Meu trabalho é melhor. Os detetives pegam bandidos e podem dirigir na velocidade que quiserem.

Miquita: É, só que os detetives não têm arma. Os bandidos têm. E o bandido não precisa pedir, sai pegando o que bem quer. Detetive é só um empregado com um alvo nas costas. Cara, não quero trabalhar pra ninguém.

Miquita estava passando o ferro no cabelo de Lydia. Ela vai levar o maior sacode quando mamãe descobrir.
Eu: Aposto que pega fogo.
Lydia: Até parece! Pega nada.
Eu: Aposto que pega.
Lydia: Ah, não enche o saco!
Eu: Se eu quiser, fico aqui vendo.
Lydia não pode me impedir de ver. Sou o homem da casa.
Lydia: Vê se não me queima, tá?
Miquita: Ih, relaxa, mulher. Já fiz isso várias vezes.
Chanelle: Duas vezes.
Miquita: E daí? Eu tenho jeito, certo? Minha tia me ensinou. Ela aprendeu na prisão.
A tia de Miquita era estelionatária. Estelionato é quando a pessoa falsifica um cartão e sai por aí comprando com ele.
Que troço demorado esse de passar o ferro no cabelo. É uma parte de cada vez. Tem que ser bem devagar, para não pegar fogo. Primeiro um lado, depois o outro. É muito relaxante. Quase dormi. Precisamos fazer uma pausa. Elas fizeram de conta que o suco de maçã era champanhe.
Não disse? Garotas são muito bobas.
Foi muito engraçado ver a Lydia tentando ficar parada. Estava toda concentrada e com medo do ferro. Quando o troço se aproximava, ela fechava os olhos bem apertados.
Lydia: Cuidado com minhas orelhas.
Miquita: Por quê? Elas são perigosas?
Lydia: Para de brincadeira.
O cabelo de Lydia estava ficando lisinho. Aconteceu ali, bem diante de nossos olhos. Ficou muito maneiro. Lydia ficou toda contente. Não parava de se olhar no espelho. Estava se apaixonando por si mesma. Juro, foi muito hilário.
Eu: Você tá querendo se beijar. Manda brasa! Beija logo!
Lydia: Dá um tempo, moleque!
Miquita: Fica parada, mulher, senão vou te queimar.
Ela estava segurando o ferro bem perto da orelha de Lydia. Estava saindo fumaça. Então Miquita ficou toda séria. Parou de rir do nada.

Miquita: Você está com a gente?
Lydia: Como assim?
Miquita: Você me entendeu. Ou está com a gente ou contra a gente, não é verdade?

O ferro estava bem acima, quase encostando no olho de Lydia. A fumaça ia direto para o rosto dela. Senti um frio na barriga. Chanelle comeu o último Oreo.

Chanelle: Para, criatura! Não há necessidade disso, gente. Ela tá por dentro das coisas, né?
Miquita: Ah, fica na sua. Não me faça te dar uns tabefes. Você não viu nada. Você não sabe de nada, certo?

O clima ficou meio esquisito. Miquita aproximava o ferro delas e então o puxava de volta, feito uma brincadeira doida. O medo de Lydia estava na cara, e acabei amarelando também. Eu me preparei para algum lance, tipo uma invasão. Planejei tudo: ia pegar a faca, furar o invasor até ele ficar cego, daí empurrá-lo para fora e enfiá-lo no elevador. Um de nós chamaria a polícia. O negócio é furar o cara rapidinho para não sentir nada. É só legítima defesa. Lydia fechou os olhos. Cheguei a sentir o cheiro de queimado antes mesmo de queimar. Tive a sensação de que todos os pássaros caíram do céu, mortos.

Lydia: Por favor, não sei de nada. Estou com você. Estou com você.

Lydia abriu os olhos e se olhou no espelho: um pedacinho da bochecha estava vermelho e brilhante. Ela passou a mão bem devagar, como se tivesse sido um beijo. Eu me amarro em esperar os buracos se fecharem. A pele nova deixa a gente mais forte. É a melhor parte dos cortes e das queimaduras.

Então Miquita sossegou. Deixou de lado toda aquela dureza e voltou ao normal. Foi bem rápido. Até achei que tivesse sido um pesadelo.

Miquita: Continue olhando para a frente, tá? Vai ficar bem lindo, pode crer. Fique quieta para eu não te machucar. Você não devia ter se mexido.
Lydia: Desculpa.

Recuperei o fôlego. O mundo acordou de novo. Quando

o cabelo de Lydia ficou pronto, estava muito maneiro: superliso e tudo. Valeu a pena esperar.
Eu: Que horrível! Você tá parecendo um búfalo! (Eu tinha que pegar no pé, mesmo que só de sacanagem. Dizer para uma garota que você a acha bonita significa que você a ama demais.)
Chanelle: É ruim, hein! Tá lindo.
Miquita: Eu sou muito boa mesmo! Fazer o quê, né, gente? Peguei as digitais delas numa fita adesiva. Chanelle me deu as dela logo de cara, mas Miquita não quis saber de cooperar. Então eu lembrei o que Dean me disse:
Dean: Se não te derem o dedo, faça com que bebam alguma coisa. Daí as digitais vão ficar no copo. Fácil, fácil.
Miquita se acha tão esperta. Ela se ferrou! Não precisei das digitais de Lydia. Ela não é suspeita, é minha irmã. Ela nem chorou quando o troço queimou de verdade.

Lydia estava destruindo a fantasia do Dance Club. Com a tesoura, ela cortava, rasgava e picotava feito um tubarão maluco. Os olhos cheios d'água. Toda hora parava para rezar. Parecia um sonho doido. Nem dava para se mexer. Fiquei ali parado assistindo àquilo, esperando o que aconteceria. Foi igual à vez quando Abena enfiou o arame do cabide no nariz para ficar com um nariz de gente branca (ela achava que era assim que ficava nesse formato). Todo mundo sabia que aquilo nunca daria certo e ficou ali só esperando algo de ruim acontecer. Ela parecia até que tinha perdido o juízo.
Chutei a porta. Precisava dar um basta naquilo antes que ela não conseguisse mais voltar ao normal.
Lydia: Tá feliz agora?
Eu: O que você tá fazendo?
Lydia: O que você acha? Não acredita que era sangue, né? Tá achando que eu sou mentirosa. Acredita agora?
Eu: Você não quer mais a fantasia? Pensei que se amarrasse nela.

Lydia: Que nada! É uma fantasia idiota. Odeio o Dance Club. É tudo idiota.

Não entendi nada. Mesmo assim, a ajudei. Levamos a fantasia de papagaio até a sacada. Estava toda picotada, parecendo um troço morto. Era uma longa queda. Quando batesse no chão, acabaria a história e daria para recomeçar. Jogamos os pedaços e os observamos caírem, feito uma chuva bem lenta. A chuva sempre acaba lavando o sangue. Havia uns pirralhinhos lá embaixo. Deixaram nossa chuva cair sobre eles e juntaram os pedacinhos, formando penas de novo. Correram uns atrás dos outros feito papagaios doidos e atiraram as penas como se fossem bombas superleves.

Lydia: Não conte pra ninguém o que eu fiz, tá?

Eu: Você sabe de quem é o sangue?

Lydia: Não, juro por Deus. Eu só levei as roupas para a lavanderia e pronto. Só foi um teste.

Eu: Não roubaram meu casaco coisa nenhuma. Eu que joguei na tubulação de lixo.

Lydia: Por quê?

Eu: Não tenho que te contar se você não tem que me contar.

Lydia: Tudo bem.

Eu: Jordan jogou um gato na tubulação de lixo uma vez.

Lydia: Que nada, mentira dele. Você acredita em tudo mesmo!

Ficamos ali observando até os pirralhinhos cansarem e deixarem as penas de lado. Todos os pedaços caídos no chão pareciam cadáveres. Senti uma tristeza dentro de mim por aquilo, mas ela passou, deixando uma força. Uma força para nos proteger de qualquer coisa que viesse a acontecer depois, feito um dente de jacaré para todos nós.

É melhor que você não nos veja chegando, acredite. Vocês são muito ocupados, têm muito a realizar, obrigações a cumprir, todas essas coisas humanas. São essas coisas que vocês fazem, fingindo que a morte não os espreita, que determinam a expressão que ela terá quando vocês a encontrarem. Continuem fazendo essas coisas. Aproveitem. Façam suas escolhas, atendam as chamadas. Vivam os momentos e os monumentos cuidarão de si mesmos, esculpidos em mármore depois que vocês se forem ou moldados na argila dos que permanecerem vivos.

Estou de tênis novos. São Diadora. Já ouviu falar? Juro, é muito maneiro. Mamãe viu o que fiz com os Sports.

Mamãe: O que você fez com os seus tênis? Estão todos estragados.

Eu: Eu queria um Adidas.

Lydia: As linhas nem ficaram retas. Estão todas tortas. Tá muito gay.

Eu: Gay é sua cara.

Mamãe: Opa! Chega desse negócio de gay! Ninguém é gay! Fomos à loja do câncer. Eles vendem tênis também. Os Diadora eram os melhores. O único que coube em mim. Dei a maior sorte, cara. O tênis é todo branco com o símbolo da Diadora em azul. O símbolo parece uma flecha ou algo vindo do espaço. Logo de cara já deu para ver que aumentaria minha velocidade de corrida.

Nem parece que são de segunda. Só estão um pouco arranhados. O dono anterior cuidava muito bem deles, só que os pés cresceram. Tentamos imaginar como era o primeiro dono dos tênis:

Lydia: Aposto como era feio, tinha chulé e micose.

Eu: Nada a ver! Os tênis nem mau cheiro têm. Aposto que ele era fera na bola e na corrida.

Fiz de conta que ele tinha deixado um pouco de seu espírito dentro dos tênis, o que vai me ajudar a passar a bola certinho e a correr muitos metros.

Lydia: Não vá contar pra ninguém onde comprou os tênis, hein! Vão te zoar.

Eu: Ué, só porque vieram da loja do câncer não quer dizer que os tênis têm câncer. Todo mundo diz que o que se compra lá tem câncer. Quanta babaquice. Meus tênis novos me deixaram mais rápido do que nunca. Quando estou com eles, parece que posso correr para sempre, sem precisar parar. Experimentei até correr com eles no corredor, onde o piso é lustroso. Fez um chiado bem alto. Muito maneiro! O som parece mesmo sarará, mas só quando se presta muita atenção. Esse troço rola até com tênis Diadora, não é só com sapato de enfermeira, não!

Poppy se amarrou nos meus tênis. Achou supermaneiros. Por isso que a gente se curte: a gente adora as mesmas coisas. Adoramos Diadora, Michael Jackson e gostamos muito mais de uva vermelha do que de uva verde. É fácil ter uma namorada. Precisa só ficar de mãos dadas de vez em quando. É a única obrigação. No restante do tempo, dá para se divertir como de costume. No recreio a gente se senta nas escadas do prédio de ciências. Às vezes ela me passa umas missões. Há vezes que eu danço o *moonwalk*, canto uma música ou então conto uma piada para ela. Poppy se amarra quando faço alguma coisa para ela. Às vezes estou a fim de brincar de homem-bomba, mas Poppy quer que eu fique com ela. Eu nem ligo. Quero mesmo ficar ali do lado.

No início, toquei na mão de Poppy com todos os dedos esticados e juntos. Poppy odiou a parada.

Poppy: Isso é coisa de criança! É assim que se faz, ó!

O jeito certo é misturar todos os dedos, os seus e os dela. Fica mais sexy. As garotas gostam mais assim. A gente fica com a mão suada, mas é bem legal. Apenas algumas regras das namoradas daqui são diferentes das regras das de lá. Aqui a gente não pode correr atrás delas e derrubá-las. É proibido. O negócio aqui é só ficar mesmo de mãos dadas. É mais bonito.

Poppy me deixou experimentar seus óculos. Ela só os usa para ler. Não são como óculos de gente velha, são bem bacaninhas e pequenos. Mesmo quando está com eles na cara, ela continua sendo a garota mais linda do mundo.

Eu: Pode deixar que não vou quebrar.

Poppy: Eu sei. Dão certinho em você. O que acha?

Eu: Muito louco! Quando uma pessoa normal põe óculos, o mundo inteiro ao redor fica assim, meio que chacoalhando. Juro, foi horrível. Eu não conseguia ver para onde estava indo. Não sabia dizer o que estava perto e o que estava longe. Quando andei com os óculos na cara, chegou a dar um enjoo. Quase bati contra o muro. Óculos só servem mesmo para vista podre. Quando os olhos estão bem, eles não servem para nada. Foi muito hilário. Igual a abrir os olhos dentro d'água.

Poppy: Só está esquisito assim porque você não precisa de óculos. Eu vejo tudo normal quando os coloco.

Eu: Se eu pudesse, usaria óculos no seu lugar.

Poppy: Ai, que fofo! Brigada.

Minha vontade era de dizer que ela ainda era a garota mais linda do mundo, que ela era meu sol, só que tinha uma porção de gente olhando.

Não dá para enxergar os limites, mas sabemos que eles estão lá. Basta mentalizá-los. O túnel atrás do shopping é um limite. Quem cruzá-lo se ferra. Eu é que não passo por lá. É muito sinistro. Está sempre escuro, mesmo quando faz sol, e, além disso, a água das poças é toda podre e contaminada.

A estrada que passa pela minha escola é outro limite. Atrás dela, a coisa fica esquisita. O máximo que já me aproximei foi até o ponto de ônibus perto do morro. Nunca passei disso.

O limite seguinte é a estrada no final do rio. O McDonald's fica do outro lado. Só estive lá com mamãe e, mesmo assim, de ônibus. Quem for por lá sozinho, dança. Quem domina o pedaço é a Gangue do Lewsey Hill.

O último limite são os trilhos ferroviários. Ficam bem longe, atrás do rio. Nunca passei por lá. É onde se dão todas as guerras. É uma zona de guerra. Foi lá que uma vez a Gangue da Dell Farm e a Gangue do Lewsey Hill caíram na porrada. Havia umas mil pessoas, todas com facas, tacos de beisebol e espadas. Teve gente que morreu. Isso rolou antes de eu chegar aqui.

Jordan: Foi um tal de decepar perna e braço que Deus me livre! Muito nojento. Ainda estão lá. Dá pra ver os braços e as pernas pendurados nas árvores. Deixaram tudo lá como um aviso.

Não sei se é verdade. Nem sei como se chega até os trilhos ferroviários.

Os limites formam um quadrado. Só está seguro quem está dentro do quadrado. É sua casa. Se você ficar lá, ninguém pode matá-lo. O melhor de se estar em casa é que tem uma porrada de lugar onde a gente pode se esconder. Quando alguém está nos perseguindo e precisamos fugir, tem sempre um lugar aonde podemos ir. Há vários becos e vielas, tudo perto um do outro. Basta entrar num deles, e estamos a salvo. Não tem como nos pegarem. É só virar à direita e continuar correndo.

Dá para se esconder nas moitas pelo matagal. A altura do mato dá para encobrir uma pessoa. Um morto passou um ano no mato sem que ninguém o visse. Só foram encontrá-lo quando um cachorro se embrenhou ali atrás de um graveto e voltou com uma mão.

As latas também servem de esconderijo. Ninguém vai procurar alguém lá por causa do fedor. Quem conseguir prender a respiração pode se esconder lá para sempre.

A igreja é um lar para todos. Se você entrar lá, os caras não podem fazer nada. É uma lei sagrada. É possível correr e se enfiar nas lojas. Se você levar jeito, dá para trepar no muro de um estacionamento ou numa árvore. Você vai ser visto, mas os caras não vão conseguir pegá-lo. São muito pesados para escalar. Só conseguem puxar o cidadão para baixo com uma corda. Ficar em casa é a solução segura. Só não podemos esquecer de trancar as portas!

Dizzy me viu no portão principal. Eu não desconfiava de nada, o que tornou a parada mais irada ainda. A saída da escola é o melhor momento para perseguições.

Dizzy: E aí, cagão! Vou te matar! Melhor correr!

Saí correndo. Nunca que vão me pegar! São muito moles! Às vezes corro direto para casa como se estivesse esfomeado. Mas, quando quero prolongar a perseguição, vou ziguezagueando feito uma cobra. Passo correndo pelo estacionamento de funcionários até a grade pontuda. Não corri tão depressa. Queria que Dizzy achasse que conseguiria me pegar. Parei na placa:

PERIGO.
NÃO ESCALE.

Esperei Dizzy me alcançar. Segurei na grade como se eu fosse um presidiário. Isso o deixou mais pau da vida ainda. Foi muito hilário.

Dizzy: Não me sacaneia, cara. Você tá f* comigo!

Deixei que ele se aproximasse e então voltei a correr. Segui a grade, cruzei o portão e desci o morro na direção do túnel. Quando me virei, Dizzy ainda estava no topo do morro, bufando feito um carro enguiçado. Ele teve de desistir. Mais cem pontos para Harrison Opoku! Não disse que meu Diadora é o tênis mais rápido que existe?

Só comecei a correr no duro mesmo quando X-Fire apareceu. Ele vinha cruzando a estrada assim que saí do túnel. Quando ele me viu, ficou puto e veio direto na minha direção.

X-Fire: Você está morto, desgraçado!

Meu sangue gelou. Corri para a igreja. Tentei entrar, mas a porta estava trancada. Continuei a correr e passei pelo Centro

Jubilee e pela biblioteca grande. Eu me mantive em linha reta para ir mais depressa. Ouvi as passadas bem pesadas de X-Fire atrás de mim. Senti seus pensamentos assassinos se soltarem e encherem o ar feito uma chuva bem forte.

X-Fire: Vou te matar, filho da p*!

Cheguei nas lojas. A senhora do carro-cadeira estava bem na minha frente e quase trombei com ela. Só tive um segundo para raciocinar. Quando vi, eu tinha subido nas costas do carro-cadeira. Nem tive tempo de me sentir como um doido.

Senhora do carro-cadeira: O que você está fazendo aí? Desça já!

Eu: Não posso. Me desculpa!

X-Fire estava nos alcançando. Eu queria que aquele bagulho andasse mais depressa, mas o motor emperrou. Que troço mais chato. Se eu estivesse a pé, seria mais rápido. Tudo parou. Tive a impressão de que enguiçaria e morreria de tanta moleza.

Eu: Anda logo, minha senhora! Pisa fundo!

Senhora do carro-cadeira: Sai fora!

Uns pirralhos começaram a correr ao nosso lado, achando que fosse uma brincadeira. Passaram por mim e me mostraram o dedo feio.

Pirralhos: Otário!

Senhora do carro-cadeira: Chega. Pra mim, chega!

A senhora do carro-cadeira freou e me expulsou dali. Eu me virei bem depressa para dar uma olhada lá atrás. X-Fire estava parado. Dizzy tinha o alcançado. Os dois gargalhavam feito malucos. Todo mundo estava rindo.

Dizzy: Gostei do carro, cagão! É preciso tirar carteira pra andar nessa parada?

X-Fire: Olha só, Gana! Diga para aquele escroto que, da próxima vez que esbarrar com o cachorro dele, vou meter a porrada!

Daí então os dois se embrenharam pelas lojas e levaram embora aquele ar maligno. Fiquei meio bolado porque a perseguição foi muito rápida. Foi moleza. Esperei recuperar o fôlego e então continuei a correr. Rapidinho alcancei a senhora da cadeira. Passei por ela e ainda acenei.

Eu: Valeu pela carona! Desculpa a confusão!

Senhora do carro-cadeira: Some da minha frente, seu pentelho malcriado!

Na Inglaterra, as pessoas nunca sabem quando a coisa é séria ou quando é só sacanagem. Acho que sacaneiam tanto que até se esquecem de como é a coisa séria. Quando eu crescer, meu carro-cadeira vai ser mais rápido para fugas e os pneus serão maiores para conseguir passar pelos quebra-molas.

JUNHO

Nossa base fica nas escadas fora do meu prédio, as que dão no primeiro andar. O lugar é seguro. Só os drogados as usam, e esses, coitados, estão quase sempre tão chapados que mal nos veem. Eu e Dean estávamos de patrulha (é só mais uma palavra que se usa quando se está espreitando os bandidos). Temos que ficar lá até ver algum movimento, ainda que leve um dia e uma noite. A gente se muniu de Cherry Coke e de Skips, caso demorasse muito.

Fiquei encarregado do binóculo e Dean tomou nota. Ele tinha de escrever tudo que eu visse como prova.

Dean: Tentei trazer o telefone da minha mãe, mas ela precisa dele. Se bem que a câmera dele é uma bosta mesmo: é de três megapixels. Vamos ter que fazer do jeito clássico.

Eu até prefiro o jeito clássico. Você já experimentou Skips? É uma delícia. Tem gosto de camarão e estala a língua. É muito irado.

Eu: Tenho que dizer tudo o que vejo?

Dean: Não, só o que parecer suspeito. Gente agindo com culpa ou fazendo alguma esquisitice.

Eu: Vale contar Jesus?

Dean: Não, ele não é suspeito. Os assassinos não usam patins. Fica muito na cara. Se usassem, estariam se entregando facinho.

Eu: Foi o que achei.

Jesus vinha passando de patins. Ele nunca cai. Tem muito jeito com a parada. O apelido Jesus é por causa da barba e do cabelo comprido, só que o dele é grisalho. O pessoal diz que, se Jesus ainda estivesse vivo, teria a mesma aparência. Mesmo assim, anunciei. A gente só não escreveu:

Eu: Jesus passa pelos prédios de patins. Quase cai por causa de uma rachadura no chão, mas se safa a tempo. E continua. Um pirralhinho mostra o dedo feio para ele. Que horas são?

Dean: Doze e oito.

Eu: Positivo. Nenhum acontecimento suspeito. Detetive Opoku volta a vistoriar.

É muito irado observar os acontecimentos de um esconderijo. Ninguém sabe que está sendo observado. É super-relaxante. Vi que Jesus tem uma cobra tatuada no braço. Eu nem desconfiava disso. Foi muito maneiro. Vi um triciclo de bebê no teto do ponto de ônibus. Isso foi muito maneiro também. Vi a quadra de basquetebol, mas não tinha ninguém por lá. O local estava meio triste. Nem sei por quê. Melhor mesmo foi quando vi o ninho de pombos. Eles vivem na janela da Pikey House (um casarão velho onde moravam os órfãos, mas pegou fogo antes de eu chegar aqui). Vi os bichinhos dormindo no peitoril das janelas. Meu pombo não estava lá, mas não parava de chegar e de sair mais pombos. Vai ver estavam levando comida para as esposas e os filhos.

Pombo: Cheguei! Hora do rango!

Pombinhos: Hum! Minhocas! Adoro minhocas!

Dean: Deixa os pombos pra lá! Concentre-se! Temos trabalho a fazer. A não ser que você prefira ficar tomando nota.

Eu: Tá bem, tá bem. Vou me concentrar!

Estávamos concentrados no furgão da *Chips n Tings*, que está sempre parado do outro lado da rua, de frente para meu prédio. Quem compra com eles é sempre suspeito, pois os hambúrgueres dos caras fedem. Só bandido mesmo para comer essa droga.

Dean: É só fachada para vender drogas, pode crer. Eles escondem a parada no embrulho ou no pão do hambúrguer. Uma vez pedi batata frita e o coroa não queria me servir. Me mandou pro McDonald's.

Eu: Ele tinha dente de ouro?

Dean: Não, mas estava fumando. Se a prefeitura pegar o cara fumando dentro de um furgão onde se vende comida, fecha o troço na hora. Questão de saúde pública, né? Com certeza rola alguma falcatrua por ali.

Tudo quanto é malandro não sai de perto do furgão da *Chips n Tings* à noite, tudo fumando e ouvindo música alta que vem de dentro de seus carros. Ninguém dirigiria até aqui por uma comida fedida. Eu é que nem chegaria perto, mesmo que a fome estivesse me matando. Fiquei paradão para que o binóculo não tremesse. Permaneci abaixado para não entregar nosso esconderijo. Passamos horas e horas ali. Comecei a sentir uma baita dor nas costas, mas não podia ser o primeiro a se mexer. Até comecei a curtir a dor, sinal de que eu era detetive de verdade.

Dean: Alguma coisa?
Eu: Nada ainda. Uma pessoa branca do sexo masculino chegou, comprou um hambúrguer e foi embora de novo. Nem sinal de culpa.
Dean: Fique de olho.
Eu: Positivo e operante, chefe! Ficarei de olho nos meliantes.

Entre os sinais de culpa encontram-se:
Ficar se mexendo muito
Falar muito rápido
Ficar olhando para todos os lados como se tivesse perdido algo
Fumar excessivamente
Chorar excessivamente
Coçar-se
Roer as unhas
Cuspir
Ataques violentos repentinos
Flatulência (soltar muito pum)
Histeria religiosa

Dean aprendeu essas paradas na TV. Tem gente que demonstra alguns desses sintomas, mas que mesmo assim é inocente, como ficar se mexendo todo quando precisa ir ao banheiro. Nosso interesse era apenas em gente que mostrasse três ou mais sintomas ao mesmo tempo. Três é o número mágico.

Dean: E ele? Está fumando, e acabo de ver, ele está roendo as unhas. Dá um close.
Dei um close.
Eu: Ah, tá limpo. É Terry Maloqueiro. Ele sempre fuma assim.
Dean: E você põe a mão no fogo por ele? Acho que é um pilantra. Fique de olho.
Eu: Ele só está mostrando dois sintomas, e os dois são normais para ele. Só parou para acender o cigarro. Acho que ele é confiável.
Dean: Tem certeza?
Eu: Tenho. É meu amigo.
Foi quando então Terry Maloqueiro me viu. Asbo deve ter me visto primeiro, pois começou a tentar se soltar da guia, e daí Terry Maloqueiro o seguiu direto até nosso esconderijo. Ele uniu as mãos para fazer sua voz sair ainda mais alta.
Terry Maloqueiro: **E aí, Harri!**
Terry Maloqueiro se amarra em dar susto. Acha engraçado.
Dean: Cacete! Lá se foi nosso esconderijo. Missão abortada. Droga!
Eu: Desculpa, sargento. Vacilo meu.
Dean: Deixa pra lá. Da próxima vez fico com o binóculo, beleza?
Eu: Tá certo.
Da próxima vez vou usar um disfarce para que os civis não me localizem. No mercado a gente encontra desses narizes e óculos falsos, que só custam uma libra. Civil é o nome que se usa para se referir a todos que não são criminosos nem policiais.
Eu: É bem capaz de ele nem mais estar aqui. Se eu matasse alguém, fugiria para não ser preso.
Dean: É, só que vão montar guarda nos aeroportos. Não... acho que ele vai ficar na dele, quietinho, até a polícia desistir da investigação. Vai aparecer outra criança morta e a polícia vai ter que se concentrar no novo caso. Daí o nosso assassino vai ter que sair do esconderijo e tocar a vida como se nada tivesse rolado.

Eu: Que droga!

Dean: Pois é. Mas é por isso que precisamos de provas, certo? Precisamos pôr a mão na massa, começar a coletar DNA. Sangue, cuspe; se bobear, até cocô. Meleca. Qualquer coisa expelida por alguém que a gente possa pegar sem dar pinta. Só temos que manter a parada na geladeira pra não estragar. Vamos precisar de uns sacos e coisa e tal pra guardar as amostras.

Eu: Peraí.

Tirei um Chewit de groselha preta do bolso. Coloquei o Chewit na boca, daí peguei a maior meleca que consegui e a coloquei na embalagem vazia. Deu certinho. Sobrou espaço suficiente para dobrar e conservar a meleca.

Eu: Perfeito!

Taquei a bomba de meleca em Dean. Ele se esquivou bem na hora. Dei um Chewit para ele, e Dean fez o mesmo que eu. Pegou um melecão, fez uma bomba e jogou em mim. Daria até para fazer a mesma parada com cocô, se fosse só um pedacinho. Não sei como se faz para pegar cocô de gente sem que o cagão descubra. Nem quero saber! O delegado vai ter que nos pagar um extra por isso!

Eu: O que é DNA?

Dean: É mais ou menos como as digitais, só que lá de dentro. Todas as células do corpo carregam uma etiqueta bem pequena que pertence à pessoa. Elas estão até nas células do cocô, do cuspe, em tudo. Só dá para vê-las com um microscópio.

Eu: E o que elas dizem?

Dean: Ah, é só uma porrada de cores. Mas a ordem com que aparecem é diferente em cada pessoa. Digamos que meu DNA seja verde, azul, vermelho e verde; o seu pode ser verde, azul, verde, vermelho, e por aí vai, são milhões. E essa ordem é o que define se o cara é inteligente, ou rápido, a cor dos olhos dele e os crimes que ele pode cometer. O DNA define tudo isso antes mesmo da pessoa nascer.

Cara, que irado! Deve ser por isso que sou rápido, porque

Deus sabia que eu queria ser rápido. Ele me deu todas as habilidades que eu queria antes mesmo de eu pedir. Aí, pode crer numa coisa: essa história de DNA é uma invenção do cacete. Eu tinha vontade de ver minhas cores, pois daí saberia que outras habilidades vou desenvolver no futuro. Espero que uma delas seja jogar basquete. Peguei mais uma meleca e a analisei pelo outro lado do binóculo, mas não deu para ver nada. As cores ficam enfiadas lá dentro, bem no fundo.

Pena que o assassino não viu suas cores em tempo. Se tivesse visto, ele teria encontrado as cores de quando esfaqueou o garoto morto e daí teria pintado tudo com outras cores. Poppy está sempre fazendo isso. Ela termina de pintar as unhas, então resolve que não gosta da cor, e começa tudo de novo. Cara, se um dia ela não conseguir decidir a cor, vai ficar pintando as unhas para sempre e não vai sobrar tempo para me amar!

Lydia está apaixonada por um Samsung Galaxy. É um tipo de celular. Ela não fala mais em outra coisa. Está crente que tia Sonia vai dar um para ela de presente de aniversário. Eu até a ouvi rezando lá dentro do banheiro. Esperei que ela saísse.
Eu: Cara, vai por mim. Não se reza por um celular!
Lydia: Ah, vá! Eu rezo pelo que eu bem quiser!
Eu: Adoradora do cão!
Lydia: Idiota!
É ruim de Lydia ganhar um Samsung Galaxy, hein! A parada custa cem libras. Se ela ganhar um, vou pedir um Xbox. Senão, vai ser a maior sacanagem, pô! Tia Sonia ama nós dois da mesma forma.
Eu me amarro em ouvir o pessoal falando no celular. É o que não falta por aqui, em tudo quanto é canto: andando pelas ruas, na fila do caixa do mercado, no banco da pracinha. O melhor é no ônibus, lá não tem escapatória. Dá para escutar tudo. O pessoal fala sobre uma porrada de maluquices. Toda vez que a gente pega um ônibus até a loja do câncer, fico só escutando. (O motorista fica bem atrás de um vidro à prova de bala. É irado! Assim ele se protege e não leva mordida se por acaso der a louca em algum bicho.)
Uma vez escutei um cara falando sobre queijo. Ele dizia à pessoa do outro lado da linha que ele tinha comprado queijo para eles.
Cara no telefone: Comprei o queijo. Só que não achei camembér. Tive de comprar bri.
Juro, foi o que ele disse! Hilário! Da outra vez, ouvi uma garota contando como foi fazer um piercing no umbigo. Contava que ficou tudo inflamado.
Garota no celular: Eu sei que tem que lavar. Eu lavei. Isso... água com sal. Mesmo assim ficou podre, cheio de pus. Acabei

tirando a porcaria. Eu tenho mais com o que me preocupar. Gente, existe câncer de umbigo?

Juro por Deus, a gente escuta cada doideira! É muito relaxante. Mamãe diz que é só papo-furado, mas me amarro. Acho superinteressante. Mas tem que ser discreto, porque, quando o cara percebe que estamos escutando, ele para de falar, e aí a diversão vai para o saco.

Lydia: Só vou usar pra emergências. É pra senhora, na verdade... Pra você saber onde estou o tempo todo. É mais seguro assim.

Eu: Mentira. Ela só quer ter um pra ficar de papo estranho com Miquita.

Lydia: Até parece! Não é nada disso.

Mamãe: Que papo estranho?

Lydia: Nenhum!

Eu: Ficam falando de beijar os garotos.

Mamãe: Que garotos?

Tia Sonia: Lydia tem namorado!

Lydia: Que nada, ele está só blefando.

Eu: O que foi isso no nariz?

Tia Sonia está com um curativo grandão no nariz e o olho está parecendo um arco-íris, de tantas cores que estão em volta. Parece até que esteve na guerra. Eu me preparei para acabar com a raça de quem tinha feito aquilo. Eu furaria o cretino com a faca de serra, para ferir mais ainda.

Mamãe: Pois é, como foi isso?

Tia Sonia: Eu é que sou uma tonta mesmo. Imagine você que eu estava tentando pegar um vestido dentro da mala na parte de cima do guarda-roupa. A mala escorregou, veio direto na minha cara e acabou quebrando meu nariz. Vi estrelas.

Lydia: Que vacilo!

Mamãe: Você precisa ter mais cuidado.

Tia Sonia: Eu sei.

Tia Sonia parou de falar quando Julius voltou do banheiro. Ele a sentou no colo, feito um neném. Segurava o braço dela como se fosse uma algema, para não deixá-la fugir. As mãos

dele são tão grandes que só com uma delas ele consegue segurar o braço inteirinho de tia Sonia. Ele achou que ainda estivéssemos falando sobre Agnes (ela está com febre, mas não vai morrer, Deus não vai deixar isso acontecer se prometermos ser bons).
Julius: Se ela precisar de remédio, posso arranjar do bom. Sem essa história de remédio doado com prazo vencido. Tenho um amigo em Legon, posso ligar para ele.
Mamãe: Está tudo bem. Você já nos ajudou bastante, obrigada.
Julius: Julius só quer fazer as pessoas felizes, tá?
Ele soltou uma gargalhada esquisita e deu um puxão na calça colante de tia Sonia, que quase caiu da cadeira. Dava para ver a marca da calcinha debaixo da calça. Eca, que nojo!
Mamãe: Preciso ir trabalhar. Vamos à cozinha para eu servir um bolinho a você.
Eu: Eu não sabia que tinha bolinho. Também quero, posso?
Mamãe: Só tem um pedaço. Amanhã faço mais.
Ouvi quando a gaveta secreta de mamãe abriu e fechou. Sei que é a gaveta secreta só pelo rangido. Não tem bolinho coisa nenhuma, só muita grana e uma barra de chocolate. Eu sei porque dei uma olhada hoje de manhã. Não peguei nada.
Eu: Não vi nenhum farelo na boca do suspeito ao retornar do local: a cozinha. Meu faro de detetive pressente algo errado. (Isso eu disse mentalmente.)
Julius sempre vai embora ligeirinho, deixando para trás uma ventania. Tia Sonia tem que correr atrás dele feito cachorro. O vento que Julius deixa para trás paralisa o rosto dela, que nem o pum do metrô. É tão forte quanto o sossega-leão e o Tira-teima.
Mamãe: Não se esqueçam de que o elevador está com defeito. Cuidado quando descer as escadas. Não vá se quebrar mais uma vez, hein!
Tia Sonia: Não se preocupe, estou bem. Você quer um telefone de que cor?
Mamãe: Não, Sonia, não tem necessidade.
Lydia: Vermelho!

Tia Sonia: Vou ver o que posso fazer.
Lydia: Brigada!
Eu: Cuidado com as poças! O pessoal alivia a bexiga nas escadas.
Lydia: E o Harri cospe nelas.
Mamãe: Que história é essa?
Eu: É mentira, mamãe! Juro por Deus!
Julius: Anda, vamos!
Julius já estava no final do corredor. Nem segurou a porta e continuou em frente. A porta quase bateu na cara de tia Sonia. Já pensou? Quebrar o nariz duas vezes no mesmo dia seria um recorde mundial de azar! Não consegui tirar as digitais do copo que Julius usou. O vapor que o sossega-leão solta deve ter apagado tudo. Uma vez, fui cheirar um bem de perto e queimei a pele dos meus olhos. Fiquei cego por uma hora.

Se Connor Green chamar Poppy de assanhada de novo, vou enfiar um compasso na perna dele. Connor Green disse que viu os peitos de Poppy. Disse que viu os peitos de todas as garotas do sexto ano.

Connor Green: Foi quando faziam aula de natação. Me deixaram entrar no vestiário quando a professora não estava lá e todas elas mostraram pra mim. As xoxotas também. Nem foi ideia minha. Elas que quiseram. Pode perguntar pra elas.

Eu: Vou perguntar.

Connor Green: Vão negar. Não querem que você saiba que elas são assanhadas.

Connor Green é muito mentiroso. Ele nunca viu os peitos de Poppy coisa nenhuma. Só está dizendo isso porque está louco para namorá-la. Quando viu o bilhete que Poppy escreveu para mim, os olhos dele escureceram. Por isso que saquei. Ele queria que o bilhete fosse para ele, estava na cara.

P.M. + H.O.
N.A.A.

Esclarecendo: eu e Poppy somos um do outro. As letras de cima significam: Poppy Morgan e Harrison Opoku. O sinal + quer dizer que duas pessoas estão juntas, como numa conta de somar. Foi o que Poppy me disse.

Poppy: N.A.A. é a abreviação de Nem Adianta Apagar. Ou seja, se alguém apagar as letras, nem adianta que continua a ser verdade. Ninguém consegue estragar nosso namoro, pois é pra sempre.

Poppy escreveu essa parada na carteira dela. Em inglês. Conhece Tippex? É uma tinta especial que a gente usa para corrigir erros. É branca, da cor do papel. Quando erramos alguma coisa, é só passar Tippex por cima e recomeçar. Daí ninguém vê o erro. Parada muito cabeça! Pena que só dá para usá-la nos erros escritos. Ela devia corrigir tudo.

Poppy: Agora é sua vez. Escreva. Tem que ser do tamanho da minha letra.

Eu: E se a professora Bonner pegar?

Poppy: Ah, ela não vai pegar nada. Cubro com minha pasta.

Poppy colocou a pasta na frente enquanto eu escrevia minha parte. Faz mal inalar Tippex porque tem o mesmo veneno da caneta piloto. O pincel é minúsculo. É bom para escrever, pois sai bem certinho. A maior vantagem é que, depois de seco, não dá para apagar. Eu queria que o mundo inteiro visse. Só precisava disfarçar até que a parada secasse.

Minha mão estava meio que tremendo porque eu precisava escrever depressa. Mesmo assim, ficou irado:

H.O. + P.M.
N.A.A.

Escrevi o mesmo que ela, só que inverti a ordem dos nomes. Pus as minhas iniciais primeiro porque era eu quem estava escrevendo. O resto ficou igualzinho. Cobri com meu estojo de lápis até o final da aula. Antes de sair, dei mais uma lida. Foi maneiríssimo ver a parada ali. Deu uma certa importância ao lance. Até Poppy achou a mesma coisa. Ficou na cara que ela se amarrou. Sorria de uma orelha à outra. Agora, quem sentar na minha carteira vai ficar sabendo que eu e Poppy estamos namorando. Não tem volta. É que nem casamento. É até melhor, porque a gente não precisa sexuar a garota.

Quando se casa, todos os parentes, tipo mãe, pai, avô e avó, ficam esperando do lado de fora do quarto de se fazer sexo. O marido entra lá com a esposa e manda ver. Só podem sair depois que terminarem. Depois disso, fim de papo: os dois estão casados perante Deus e não se pode romper a relação. Daí rolam os maiores comes e bebes. Só tem uma coisa: se na hora H um peixe sair da xoxota da garota, é sinal de que ela já deu para outro cara. E aí dançou: ela já está rodada e o cara não tem a menor obrigação de se casar. Ele pode mandá-la de volta à família. Sorte do cara se a garota for feiosa e azar se for bonita e ele estiver a fim de ficar mesmo com ela!

Connor Green: Uma vez assisti a um vídeo de uma mulher transando com um cachorro. Acho que era um pastor alemão. No seu país é pecado transar com cachorro?

Eu: É pecado transar com qualquer bicho, seja cachorro, frango, minhoca, não interessa. Deus arranca os olhos de quem faz isso.

Connor Green: E transar com criança? Não tem coisa pior, cara. Só pode ser pecado. O que acontece se você transar com uma criança? O que Deus faz?

Eu: Ele te mata da pior forma possível. Tipo, sua pele cai todinha e seu cérebro derrete. Os olhos saltam pra fora e as tripas saem pelo furico.

Dean: Bizarro!

A garota mongoloide vive assustada feito um coelhinho porque o avô a sexualiza. Foi o que Dean me disse. Ela mora com o avô. Ele a sexualiza o dia todo. Por isso ela anda esquisito, toda quieta feito um coelho.

Eu: Por que ela não conta pra mãe?

Dean: A mãe dela morreu. Ela só tem o avô.

Eu: Então por que ela não dá queixa?

Dean: Se ela contar pra polícia, o avô vai preso e ela fica sem ter onde morar.

Deu dó da garota mongoloide. Bateu uma vontade de dizer que ela podia morar comigo, só que daí todo mundo acharia que estou apaixonado por ela.

Connor Green: Existe gente que transa até com um buraco na parede. Fazem um buraco e enfiam o pau. Geralmente no banheiro.

Cara, nem acreditei nesse troço! Que doideira! O cara faz de conta que o buraco é uma garota. Às vezes tem uma mulher do outro lado da parede. Ao ver o pau do cara passando pelo buraco, ela dá um beijo no troço.

Eu: Ué, então pra que serve a parede?
Connor Green: É que assim ninguém vê ninguém.
Eu: Por quê? São feiosos?
Connor Green: Geralmente são.
Eu: Então por que se sexualizam? Por que não fazem só com a parede?
Dean: É pros outros não pensarem que eles são tarados.
Poppy jamais mostraria os peitos para Connor Green. Ela o acha um otário. Nenhuma garota curte otários. Elas só curtem homem sexy. Duvido que Connor Green já tenha visto algum peito na vida. Aposto um milhão de libras como ele nunca pôs os olhos em nenhum.

O pessoal mija mesmo nas escadas, deixando um cheiro que dá para sentir a quilômetros de distância. Temos que cuidar para não pisarmos nas poças. Quem pula dentro de uma poça normal é só um retardado, mas quem pula numa poça de mijo é feito de xixi mesmo.
Quem pisa numa agulha que perfura o pé pega Aids. O cara tem que ser bem rápido e ainda assim tomar todo cuidado. Não é fácil, não. Taí meu próximo superpoder.
Não posso mais entrar no elevador. Nunca mais. Dona Guimba estava lá dentro, mas quando vi já era tarde. A porta já estava fechada. Ela ficou atrás de mim o tempo todo. Não tirou os olhos aguados de cima de mim até chegar lá em cima. Queria me matar, estava na cara. Achava que tinha sido eu a chutar a bola em cima dela.
Não fui eu, foi o Jordan. Não sei por que ela ficou achando que tinha sido eu. Eu nem estava chutando a bola. Só estava ali para dar uns toquezinhos. O elevador parou.
Dona Guimba: Maldição!
Achei que eu fosse morrer, mas o elevador voltou a funcionar. Foi só alarme falso. Basta que ela me arranhe com as garras para me envenenar. Daí, quando eu estiver apagado, ela vai me picar todo para fazer uma torta. Minha vontade foi de me desculpar, mas as palavras não saíram. Eu nem conseguia

me mexer. Que sinistro! Passei a mão no dente de jacaré que estava em meu bolso. Rezei pedindo uma segunda chance. O elevador demorou uma eternidade. Deu o maior frio na barriga. Dava para sentir aqueles olhos azuis e famintos de dona Guimba em cima de mim. Se eu me virasse, ela cuspiria veneno em meu rosto e me levaria para sua toca. Eu ainda não quero morrer. O elevador parou de novo.
Eu: Maldição! Quando as portas se abriram, juro por Deus, senti o maior alívio do mundo! Dona Guimba saiu. Fiquei ligado, caso ela se virasse, mas seguiu em frente. Então as portas se fecharam de novo e daí soltei um pum de pica-pau. Dediquei eles a Deus e a todos os anjos. Caramba, foi por pouco! De hoje em diante, nunca mais entro no elevador. Só vou de escada. É mais seguro. Se eu correr bem depressa, nem vou sentir o cheiro de mijo.

Quando o homem do noticiário *London Tonight* faz cara séria, pode crer: é melhor prestar atenção. É óbvio que ele não está de brincadeira. Quando fala do garoto que morreu, fica evidente que ele também sente saudades. Está na cara que ele o amava. Você só precisa prestar atenção, é seu dever. Até Lydia concordou dessa vez. Ela me mandou aumentar o volume.

Homem do noticiário: Há exatamente três meses ele foi morto a facadas na porta de uma lanchonete: mais uma vítima da onda de crimes com faca que continua a assolar a capital. Segundo a polícia, a população não presta maiores informações por medo de retaliações. Nossa pergunta de hoje é: como quebrar esse silêncio e encorajar aqueles que tenham quaisquer informações a se manifestar? Por favor, dê sua opinião por meio dos números de sempre, que estão aparecendo na parte inferior de seu vídeo.

Eu: Deviam oferecer um prêmio. Perguntar o que as pessoas mais gostariam de ganhar e então comprar a parada. Aí sim o povo abriria o bico. Sei lá, poderiam oferecer uma bicicleta ou uma porrada de fogos de artifício. Ou então, se já

tivessem todas as coisas que quisessem, não matariam mais ninguém porque estariam muito felizes. Nem pensariam nisso.
    Lydia: Quem vai comprar todas essas coisas?
    Eu: A rainha. Ela tem muita grana. Ela nem precisa de tudo, porque já tá bem velha.
    Lydia: Ué, então escreva pra ela. Peça uma bicicleta pra ver o que ela diz.
    Eu: Ótimo. Vou mandar um e-mail. E vou pedir uma cara nova pra você. Essa daí é muito feiosa.
    Lydia: Idiota. Peça um cérebro novo pra você. O seu tá podre.
    Eu: Ou uma nova bunda pra você. A sua tá muito gorda. Parece até um bangalô.
    Lydia: E sua cabeça, que parece uma privada!
    Eu: A sua é uma privada. Por isso fede a merda.
    Esperei Lydia responder, só que ela estava vendo a foto do garoto que morreu na TV. Seu rosto estava triste, como se ela o conhecesse, o que nunca aconteceu. Eu o conhecia melhor do que ela.
    Eu: Tarde demais pra você dar um chupão nele. O cara morreu.
    Lydia: Aff, se liga, moleque! Eu nem estava pensando nisso. Deixa de ser nojento!
    Olha, sorte a dele. Se Lydia o beijasse, passaria todos os germes do mundo para o garoto. Como será o paraíso? Será diferente para crianças e para adultos? Tipo assim, será que lá também tem alguém mandando acabar com a pelada e voltar para casa porque está escurecendo? O garoto que morreu era fera na pelada. Ele trazia a bola com o calcanhar e passava horas com ela ali no ar, fazendo embaixadinhas com os dois pés. Sempre chutava do jeito certo, para os cantos do gol, e cabeceava muito bem. Era bom em tudo. Será que lá no céu há cachorros como o Asbo, que rouba nossa bola? Seria engraçado. Tomara que lá em cima os bichos consigam falar para poder dizer se estão felizes e daí a gente não vai mais precisar tentar adivinhar. Geralmente dá para perceber pelos olhos, mas isso só funciona com os bichos maiores, não com pombos ou moscas. Esses estão sempre com os olhos tristes.

Homem do noticiário: Encerramos aqui a edição de hoje. Boa-noite.

Eu: Boa-noite!

Eu sempre respondo. Não estou nem aí. Quando ele dá boa-noite, eu respondo.

Lydia: Ele nem tá falando contigo!

Eu: Tá sim. Ele tá olhando diretamente pra mim.

Lydia: Mas ele não tá te vendo. Não sabe que você tá aí.

Eu: Eu sei, ué. Não sou idiota.

A Lydia fica sempre confusa com essa parada! Eu sei que ele não está me vendo, mas está falando comigo, senão ele não diria nada. É que nem quando se fala com eles pelo telefone. Eles não conseguem nos ver, mas mesmo assim falam conosco. Acho justo. Ele deu boa-noite, eu fiz o mesmo. Educação é tudo, segundo mamãe. A Lydia que é idiota.

Eu: Brigado! Até amanhã!

Quando eu era pequeno, corria atrás dos pássaros, mas depois parei com isso. Não dá para pegar nenhum. Só as galinhas, mas essas não valem, porque são muito fáceis. Tinha um pombo com uma perna só. Era quase tão maneiro quanto o meu. Até que para um pombo sem uma perna ele andava direito. Pulava na beira do mato procurando minhoca.
 Eu: Você perdeu a perna numa guerra de pombos ou foi um gato que comeu? Você nasceu assim? Não se preocupe, você está seguro. Se aparecer algum moleque malvado, aviso. Não vou deixá-lo bater em você.
 Pombo: '   '
 Sei que Jesus disse que valho cem pardais, mas não sei o que ele acha dos pombos. Acho que nós dois valemos a mesma coisa. Talvez os pombos valham mais, pois sabem voar e eu não. Eu me amarro neles, com uma ou duas pernas.
 Onde antes ficava a árvore, agora só tem mato. Quando a árvore caiu, os caras arrancaram o resto e encheram o buraco com terra. Agora nasceu mato no local. Já está quase todo coberto. Mal se consegue ver terra. Impressionante! Não sei de onde veio tanto mato assim tão depressa, não vi ninguém plantando. O troço simplesmente cresceu. Parece até mágica.
 As sementes devem ter caído junto com a chuva. Só pode ter sido isso.
 Eu me sentei no mato novo e fiquei escutando o vento bater nas árvores. Quando o vento sopra pelas folhas, faz um som igual ao do mar. Adoro quando isso acontece, é super-relaxante. Dentro de casa às vezes é muito pequeno e eu me sinto espremido. Eu só estava a fim de ficar lá fora com o mar e com os pássaros.
 Se Agnes morrer, vou trocar de lugar com ela. Ela pode ficar com a minha vida. Vou dar a minha vida e morrer no lugar

dela. Eu não me importaria, pois já vivi por um bom tempo, enquanto Agnes só viveu um ano e pouco. Tomara que Deus me permita. Eu não me importo em ir para o céu cedo. Se Ele quiser que eu troque de lugar, eu troco. Só espero poder experimentar as balas de gelatina Horror Mix antes de ir. (São as minhas favoritas. Os doces vêm em tudo quanto é formato doido, tipo morcego, aranha e fantasma. Minha mãe diz que Deus não gosta disso, mas é que ela se preocupa demais.)

Mamãe: Deixa de besteira. Agnes não vai morrer, só está com febre.

Eu: A irmã de Moses Agyeman estava com febre e morreu.

Mamãe: É diferente.

Lydia: Ela só morreu porque a mãe foi num feiticeiro. Todo mundo sabe.

Eu ainda estava com medo. Qualquer um pode morrer, até um bebê. Todo dia alguém morre. O garoto que morreu nunca fez mal algum a ninguém e foi morto a facada. Vi o sangue. O sangue dele. Se aconteceu com ele, pode acontecer com qualquer um. Fiquei esperando Agnes me dizer oi, mas não rolou. Ela só conseguia respirar e não foi a mesma coisa. Não foi tão alto quanto era para ser. Foi muito rápido e esquisito.

Vovó Ama: Ela vai melhorar. Deus está cuidando.

Eu: Cadê papai?

Vovó Ama: Trabalhando. Quer mandar algum recado pra ele?

Eu: Diga pra ele trazer um cobertor pra Agnes quando vier. Os cobertores do avião são muito ásperos, a pele fica toda esquisita.

Vovó Ama: Pode deixar que eu dou o recado.

Quando baixei o fone, ainda ouvia Agnes respirando em meu ouvido. Só queria que estivesse mais alto. Pareceu longe demais. Nem sei por que a pessoa tem que morrer antes de ir para o céu. Deveria ter uma porta de passagem. Assim a gente poderia voltar e visitar sempre que quisesse. Seria como umas férias e não para sempre. Para sempre é tempo demais, é muita sacanagem.

Os tubarões nunca dormem. Não podem parar de nadar, senão morrem. Daí não podem dormir de jeito nenhum, nem por um segundo. Acho que li sobre isso no meu livro *Criaturas das profundezas* ou então sonhei, sei lá. No sonho estava tudo preto. Era um mar onde caí. Era o mar Morto, o mesmo para onde Agnes iria. Todos os ectópicos e indesejáveis iam parar lá. Eu os ouvia chorar e os sentia esbarrar em mim quando eu passava nadando. Não deu para levar nenhum comigo, pois eu não tinha esse direito. Precisava continuar a nadar como um tubarão. Ouvi Agnes me chamando:
Agnes: **Harri!**
Mas eu não podia parar. Ela estava sozinha. Tudo o que eu podia fazer era continuar nadando e pedir a Deus para que uma das ondas que eu fazia chegasse a ela e a pegasse. Só assim daria para salvá-la.

Quando acordei, minhas pernas estavam cansadas de tanta agitação. Minha esperança era de ter nadado bem depressa e feito uma onda bem grande. O caminho era muito longo.

Papai me ensinou a nadar no mar em Kokrobite. Foi logo depois que entregamos as cadeiras que ele fez para o hotel que ficava na praia. No início tive medo de ter tubarão ali, mas papai sabia afugentá-los caso eles se aproximassem muito.

Papai: É só dar um soco no nariz dele. Os tubarões têm um nariz sensível demais. Um soquinho de nada e eles já estão espirrando. Então, quando fecham os olhos, você foge e fica seguro.

Papai me levantou pela barriga, só precisei balançar as pernas. Foi moleza. Eu me amarrei em fazer aquelas ondas. Pareciam nos aproximar um do outro e daí não dava para nos perdermos. Toda vez que eu achava que voaria para longe, papai me virava para ele e eu me sentia seguro de novo. Cara, pode acreditar: o mar é muito maior do que você imagina. Quando olhei lá para o final do mar, não deu mais medo. Foi como olhar para o lugar de onde venho. Toda vez que um pescador pulava no mar, fazia outra onda que se juntava à nossa. Elas não ficavam separadas como eu pensava, mas se misturavam feito dedos de mãos que se juntam. Eles se fundiam e o mar se esticava para voltar à forma de sempre. Muito inteligente esse troço. As ondas que fazemos nos mantêm unidos e daí não nos perdemos. É só apontar na direção certa e balançar as pernas.

Acordei tão depressa que não vi você. Você estava lá fora na janela, e senti sua presença mesmo antes de abrir os olhos. Mas, quando olhei, você já estava voando para longe! Da próxima vez, fique! Só quero bater um papo com você. Só quero lhe perguntar se o paraíso existe mes...

Pombo: Existe mesmo!

Eu: O garoto que morreu está lá? Eu sabia! E Agnes? Ela vai melhorar? Não quero que ela morra. Ela não gosta de ficar sozinha, porque tem medo.

Pombo: Ela vai ficar bem. A gente vai fazer companhia para ela, prometo.

Eu: Como posso saber se você está falando a verdade? E se você for só minha imaginação?

Pombo: Você me sente na barriga?

Eu: Às vezes, mas pode ser porque como depressa ou então porque quero muito.

Pombo: Que nada, sou eu mesmo. Confie, Harri. Eu não mentiria para você. Agora volte a dormir.

Eu: Posso sonhar com você agora? Posso sonhar que estamos voando juntos, tipo como se eu fosse como você? Quero fazer cocô bem em cima de um cara malvado, seria muito maneiro!

Pombo: Vou ver o que posso fazer. Agora feche os olhos.

Brayden Campbell espirra que nem um ratinho. Você acha que ele vai soltar um espirrão porque ele é todo valente, mas, quando a parada sai, é um troço esquisitinho. Nem dá para se ouvir. Praticamente nem faz barulho. Cara, é hilário!
Connor Green: Parece até um ratinho tendo um orgasmo.
Só que não dá para rir, senão ele acaba com a nossa raça. Orgasmo é outro termo que se usa para dizer espirro de ratinho. É minha palavra preferida de hoje. Eu a usei em vez de dizer "saúde".
Brayden Campbell: Atchim!
Eu: Orgasmo!
Brayden Campbell: Vá se f*!
Brayden Campbell é o cara mais valentão do sexto ano. Nunca levou porrada de ninguém. Além de grandalhão, o diabo é rápido. Ele é bom em dar gravata nos outros. Gravata é quando o cara enrosca o pescoço de outro com o braço e o faz perder a visão e não conseguir respirar. Ele também é o melhor em dar socos. A maioria das pessoas só acerta o vento, mas Brayden Campbell acerta em cheio. Ele soca como um homem. Já vi com meus próprios olhos. Deu um soco na nuca de Ross Kelly, que até cuspiu. Deu até para ouvir onde pegou o soco. Maior doideira. Brayden Campbell consegue nocautear qualquer pessoa com apenas um murro.

Chevon Brown é o segundo mais valentão. Não é tão grande quanto Brayden, mas é provavelmente mais rápido. Não tem medo de nada. Se bobear, sai até chutando. Não está nem aí se o cara morrer. Ele manda chute na barriga ou até no saco.

Kyle Barnes só sabe dar empurrão. Empurra a pessoa contra o muro ou no mato. O cara age tão rápido que nem dá para prever. No fundo, esse lance não é justo nem honesto. Ele usa o mundo para derrotar os outros. Sai empurrando contra

a primeira coisa que tiver na frente. Só tem um jeito de ganhar dele: mantendo distância. Se o cara não estiver muito perto, ele não consegue empurrar, que é o único golpe que ele sabe dar. Eu conseguiria ganhar dele. Sou mais rápido. Ele não consegue me empurrar porque nunca chego perto.
Kyle Barnes: Chega mais pra eu te pegar, cagão!
Eu: Ih, tô fora!
Também sou mais forte do que Gideon Hall. Ele está cursando outro período do sexto ano. Dizem que ele é bem durão, mas é só porque o número de comparsas que ele tem para dar apoio é o maior de todos. Quando está sozinho, ele é fracote. Uma vez Gideon Hall não queria me deixar passar. Dei-lhe uma cotovelada, e ele quase caiu. E nem saiu correndo atrás de mim nem nada. Durão uma ova.

LaTrell meteu a porrada num garoto do oitavo ano. Nem sei quem ele é, só ouvi falar. Ele chegou a quebrar o braço do moleque. Chamaram até a polícia.
Galera: Ele saiu torcendo o braço do cara até estalar. Foi de embrulhar o estômago. O osso pulou pra fora e tudo. O garoto nunca mais vai poder jogar basquete. Não consegue mais levantar o braço nem deixá-lo reto.

O golpe preferido de Dean é o gancho. É quando você dá um murro em alguém de baixo para cima, acertando o queixo. A mão vem lá de baixo e acerta o queixo do oponente. Ele nunca deu um gancho. É só para casos de emergência.
Dean: Cara, é muito perigoso. Pode deixar o cara com o cérebro todo ferrado. Só uso quando não tenho escolha.
Ainda não tenho um golpe especial. Sou mais da defesa do que do ataque. Ainda sou um dos mais durões do sexto ano. Talvez seja o terceiro ou o quarto. Sou muito rápido. Uma vez Connor Green tentou me dar um tapa na orelha, e aí usei meu tae kwon do para bloquear. E não é que deu certo? Todo mundo viu. Agora a galera acha que sei tae kwon do. Agora

ninguém tenta brigar comigo. Já sabem que vou bloquear ou então escapar.
Rolou um quebra-pau na hora do almoço. Foi o melhor até agora. Na verdade, só acreditei quando vi o cabelo dela saindo. Nem sabia que garota brigava assim desse jeito. Foi muito louco. Miquita e Chanelle. Ninguém sabia o motivo da briga. Ficou todo mundo ali só assistindo. Deu até medo, cara. Miquita acertou a cabeça de Chanelle com um soco, que nem um homem. Foi aí que Chanelle agarrou o cabelo dela. Miquita começou a gritar feito uma bruxa louca.
Chanelle nada dizia. Estava superconcentrada. A cara toda vermelha e os olhos cheios de raiva. A garota estava uma fera.
Miquita: Sua escrota! Você não vai contar merda nenhuma!
Então Miquita puxou o cabelo de Chanelle e chegou a arrancar um pouco. Soprou a mão para se livrar dos fios, que voaram na direção do pessoal que assistia. Todo mundo gritou quando o cabelo encostou neles. Foi nojento.
A galera toda formou um círculo para assistir. As amigas de Miquita gritavam, dando força e mandando que matasse Chanelle. Ninguém dava força para Chanelle. Senti pena dela. É sacanagem quando só tem torcida para um lado.
Chanelle preparou a bomba. Ela se enrolou toda e foi direto na barriga de Miquita, que saiu voando. Ela quase quebrou o círculo, mas o pessoal a empurrou de volta para o meio. A galera queria ver mais porrada. Queria que alguém morresse. Miquita tentou enfiar os dedos nos olhos de Chanelle. Ela os fechou para evitar o ataque. Então Miquita tentou arrancar a orelha de Chanelle. Foi a parte mais engraçada. Tudo parou.
Chanelle: Os brincos!
Miquita soltou a orelha de Chanelle, e elas então voltaram a brigar. Miquita abraçou a cabeça de Chanelle e começou a apertá-la. Chanelle ficou imobilizada e não parava de chutar. Tentou pisar nos pés de Miquita, mas não conseguia ver nada. Dava mesmo a impressão de que as duas se matariam. Não dava mais para continuarem daquele jeito. Já não tinha mais graça. Alguém ali morreria. Só que todo mundo continuou dando corda.

Galera: Mata! Mata!

Alguns dos caras da Gangue da Dell Farm estavam lá. Não paravam de rir. Estavam curtindo muito aquilo. Dizzy fotografava com o celular.

Dizzy: Tá ferrada! Vai morrer, desgraçada!

Killa não estava rindo. Estava de cara fechada, preocupado com Miquita. Torcia por ela. Nem conseguiu mais ficar ali vendo e saiu batido para o refeitório.

X-Fire: Tá indo aonde, cara? Você tem que ver a parada, maluco. A culpa é sua.

Killa: Ah, não ferra, cara! Não fiz p* nenhuma.

O traseiro de Chanelle estava a ponto de explodir na calça. Caiu meleca no chão e foi direto nos sapatos de Miquita. E as duas nada de pararem com aquilo. Não tinha santo que as fizesse parar. Miquita tentava virar Chanelle para que ela ficasse de frente para a janela do refeitório. Todo mundo sacou o plano:

Dizzy: Joga pela janela, cara!

Ela jogaria. Estava puxando Chanelle na direção da janela. Chanelle puxava na direção contrária. Seus pés se arrastavam pelo chão. Sabe quando se pega um bode para matar e o bode não quer ir? Foi igualzinho com Chanelle. Ela sabia que morreria. Chanelle não parava de puxar. Miquita não parava de arrastar.

Miquita: É isso que acontece com gente que não consegue ficar de boca fechada, sua piranha!

Minha vontade era de fechar os olhos, mas eu não conseguia parar de olhar. A parada era muito violenta. Avistei Lydia do outro lado do círculo. Ela não sabia para quem torcia, se para Miquita ou para Chanelle. Só ficou ali vendo as duas, toda assustada e séria.

Foi quando os professores chegaram. Eles se enfiaram no círculo, pegaram Miquita e Chanelle e as puxaram para fora. A galera toda se calou. Estava na cara que o pessoal se decepcionou, pois queria que alguém ali morresse. Os professores desfizeram nosso círculo e a galera toda debandou. Foi muito rápido.

No chão, ainda se via meleca e também fios de cabelo de Chanelle, que mais pareciam uma teia de aranha doida. Tinha uma unha. Alguém pisou em cima e a quebrou antes de eu ter a chance de pegá-la como prova. Passei o resto do dia sem conseguir me concentrar. Todo mundo só pensava no quebra-pau. As pessoas contavam a parada encenando as partes que mais curtiram, como se fosse um filme. Ninguém acreditava que era verdade. Foi a melhor briga que tinham visto. A melhor parte foi pensar que alguém não querido fosse morrer. A gente se sentia invisível pensando aquilo.

Todas as bolas de sinuca do Clube de Jovens estão quebradas. Estão todas furadas e nem rolam direito. As pessoas não param de arremessá-las. Elas não são para arremessar, mas o pessoal insiste. E alguns dos tacos nem mais ponta têm. É impossível dar um toque e a bola traçar um linha reta; a desgraçada sempre entorta. Cara, que saco! A mesa de sinuca está toda empoeirada e úmida e tem uma porrada de marca de cigarro apagado nela. Quem passar a língua ali pega milhares de germes. Nem mesmo Nathan Boyd se atreveria a lamber aquilo.

Lydia foi na frente para ver se X-Fire estava lá. Deu uma olhada no canto. Cruzei os dedos (numa emergência, é mais rápido do que rezar).

Eu: E aí? A barra tá limpa?

Lydia: Tá! Agora vê se anda logo pra gente não ter que passar a noite toda aqui.

Era nossa única chance. X-Fire se acha o dono da mesa e, quando ele está lá, ninguém consegue jogar. Mas isso só quando Derek não está na área. Derek é maior do que X-Fire e sabe tae kwon do. Ele me ensinou um bloqueio com o antebraço. Tem um que vai mais para o alto e que serve para bloquear golpes altos, e outro que vai mais para baixo e que serve para bloquear golpes baixos. É molinho. Derek não quis me ensinar um golpe para usar contra Lydia. Quando pedem a ele para ensinar um golpe, é geralmente só para descer o cacete nas irmãs. Ele só ensina defesa.

Jogamos até perdermos a paciência com as bolas. Lydia nem se esforçava. Enfiou a bola branca na caçapa de propósito, só para perder logo.

Lydia: Acabou. Você venceu.

Eu: Ah, falou! Não se pode perder de propósito. É roubo!

Lydia: Faço o que eu quiser. Ah, esse jogo é a maior bobeira, gente!

Ela diz isso só porque não sabe jogar direito. Mas não é por isso que vai desistir. Segundo minha mãe, é pecado desistir. É que nem mentir. É até pior, porque desistir é mentir para si mesmo.

Quando saímos, usei o binóculo para ver se tinham inimigos no pedaço. Miquita estava sentada no muro com Killa. Fumava um cigarro bem grosso enquanto ele estava com a mão enfiada na parte de trás da calça dela. Maior nojeira, cara! Deu vontade de vomitar.

Miquita: Oi, gostosinho.

Eu: Ih, vê se te enxerga!

Miquita: Quer um trago, Clamídia?

Miquita esticou o braço e ofereceu o cigarro à Lydia. O troço fedia a cê-cê. Meu coração disparou.

Lydia: Não, obrigada.

Miquita: Ela é uma boa garota, né, gente? E não tem a língua solta que nem Chanelle. Eu tinha era que acabar com aquela vadia. Nem sei o que ela acha que sabe. Só sei que ela não tá sabendo de merda nenhuma. Só tá querendo chamar atenção, isso sim. Ela precisa crescer.

Vi as queimaduras de isqueiro nas mãos de Miquita, todas brilhosas feito cera. Pior que nem tinham sido feitas por um bom motivo, como era o caso das queimaduras de tia Sonia. As de Miquita eram pura idiotice. Killa foi quem a queimou, só para ganhar a admiração dela. Deu até pena dele. Eu não precisava queimar Poppy para que ela me admirasse. Só precisava fazê-la rir. Alguém tinha de dizer para ele: rir é a melhor forma de se ganhar a admiração das garotas. É muito mais fácil do que queimar.

Killa: Para de olhar pra mim com esse troço, cara. Vou quebrar essa merda se você não baixar.

Olhando pelo binóculo, a boca de Killa parecia estúpida. Com aquela aproximação, nem parecia raivosa. Parecia mais um desenho animado. Não tenho medo de Killa. Pô, o cara nem sabe escrever o nome. Devia ser "Killer". A fumaça estava irritando os olhos dele e os deixando com uma expressão meio que de tristeza. Entendo bem esse negócio. Dá uma coceira desgraçada.

Killa: Tô falando sério, cara. Tá achando que tô de sacanagem? Cai fora!

Killa se levantou com cara de ódio. Eu me virei rapidinho e passei a olhar para o Centro Jubilee. Ainda dá para ver os fantasmas dos palavrões nos muros, esperando para pegar a gente. VSF, F*-se, Vai tomar no rabo. Senti Killa me agarrar pelas costas. Por essa eu não esperava. Ele pegou minhas mãos e as apertou com toda força, daí não aguentei e larguei o binóculo. Ele o atirou contra o muro diversas vezes, fazendo picadinho dele.

Killa: Eu avisei, otário! Não se meta comigo, cara.

Derek: O que tá rolando aqui?

Derek apareceu assim bem depressa, feito um trovão, e Killa saiu correndo pelo beco. Miquita foi atrás dele, com o traseiro chacoalhando feito gelatina.

Eu: Você vai ter que pagar! Vou dar queixa na polícia, dizendo que você quebrou!

Vai ser impossível consertar o binóculo. O bicho ficou todo ferrado. Sem ele, volto a ser um simples civil.

Lydia: Compro outro pra você.

Eu: É ruim de você encontrar um desses de novo, hein! Esse comprei no carnaval.

Lydia: Não precisa ser da cor do exército.

Eu: Pô, gosto da cor. É melhor pra esconder.

Lydia: De quem você precisa se esconder?

Eu: De ninguém.

Lydia: Ah, vamos pra casa que tá ficando tarde.

ENTRE OS SINAIS DE CULPA ENCONTRAM-SE:
Ficar se mexendo muito
Falar muito rápido
Ficar olhando para todos os lados como se tivesse perdido algo √
Fumar excessivamente √
Chorar excessivamente
Coçar-se
Roer as unhas
Cuspir √
Ataques violentos repentinos √
Flatulência (soltar muito pum)
Histeria religiosa

Olha só o que coloquei nas anotações para o Dean:
Eu: O detetive Opoku detectou quatro sinais de culpa no suspeito, Killa, que então obstruiu o cumprimento de seu dever. O detetive Opoku sugere que o adicionemos ao topo da lista de suspeitos. Muito cuidado! A cúmplice do suspeito, Miquita Sinclair (vulgo Mão Gorda; Miquita Papa-bosta), provavelmente não vai colaborar. É uma chata. Melhor abordarmos com cautela. Câmbio, desligo.

Vulgo quer dizer "popularmente conhecido(a) como". Serve tanto para nomes que a gente dá às pessoas quanto para os que elas mesmas criam.

Todas as mulheres estavam com medo de não conseguirem mais comprar carne.

Mulher: Minha gente, onde vou comprar carne agora? Sempre compro com Nish.

Outra mulher: A carne dele é melhor. A do açougueiro é sempre dura e menos fresca.

Mulher: Pois é. E agora, o que vamos fazer?

Era tarde demais. Já estavam levando Nish embora. Ele gritava, esgoelava-se que nem um extraterrestre. Parecia um doido. Não queria ir. Os policiais o puxavam, mas ele se segurava ao furgão dele e não queria saber de largar. Tiveram que puxar os dedos do cara. Ouvi os dedos se quebrando na hora. Pode acreditar: foi muito cruel.

Médico de olho: Deixem ele em paz! Seus brutamontes!

Homem das frutas: Já não era sem tempo! Mandem-no de volta pro país dele!

Foi a maior doideira. Maior sacanagem. O cara não envenenou ninguém. Eu quis ajudá-lo, mas os policiais estavam na frente, e eram bem capazes de borrifar ácido no meu rosto.

A mulher de Nish caiu. O policial a empurrou, vi com meus próprios olhos. O sapato dela caiu. Peguei para ela. Ela chorava muito. As unhas dos pés estavam pintadas com esmalte vermelho. Achei muito doido, mas bonito. Os lábios dela estavam vermelhos também. Tinha carne espalhada por todos os cantos. Tinha gente até roubando. Eu queria matar aqueles ladrões!

Cara qualquer: Ô, seu ladrão escroto! Devolve a carne, safado!

Pinguço: Vai se f*, careca!

Vieram mais policiais para deter os ladrões. Trancaram o furgão de Nish para que ninguém mais entrasse. Então levaram Nish e a esposa embora. Prenderam os braços deles com correntes. Os dois choravam muito. Senti um frio na barriga. Nish é do Paquistão, vi a bandeira no furgão. Ela tem uma estrela e uma lua. É minha bandeira preferida depois da de Gana.

Uma estrela numa bandeira simboliza liberdade. A estrela aponta em todas as direções. Isso significa que a pessoa pode ir para onde bem quiser. Por isso me amarro em estrelas, porque simbolizam liberdade.

Eu: Eles envenenaram alguém?

Cara qualquer: Que nada!

Eu: Ué, então por que estão sendo levados? Não tô entendendo.

Lydia: Você é muito mané mesmo, hein?

Cara qualquer: Eles perderam o carimbo, só isso.

Eu: Que carimbo?

Mãe de Dean: Eu não sabia que eles estavam aqui ilegalmente. A carne moída que eles vendiam era melhor do que a porcaria que se compra no açougue. A do açougue é pura gordura.

Cara qualquer: É... mais cedo ou mais tarde eles iriam mesmo se dar mal. São três libras, querida. Posso dar um desconto se você comprar outro par: três por quatro libras.

Mãe de Dean: Então está ótimo.

A mãe de Dean estava comprando meias. Elas vêm com estampas de tudo quanto é atleta no alto do cano, tipo um cara jogando tênis, um cara jogando futebol, um cara de bicicleta. Também tenho dessas. Aposto um milhão de libras como são para Dean.

Eu: E agora? Será que vão mandar os caras de volta? Lá no Paquistão tem mercado?

Lydia: Claro que tem, seu burro! Tem mercado em todo lugar.

Eu: Eles têm trens que andam embaixo do chão?

Cara qualquer: Isso aí já não sei.

Tomara que sim. Espero que o Paquistão seja tão legal quanto aqui. Se eu tivesse que voltar para casa, a coisa de que eu mais sentiria falta seria o metrô. E meus amigos. Poppy

adora quando afasto as nuvens para ela. Fico só de olho, esperando a nuvem se mexer e o sol aparecer de novo. Poppy não acreditou que tinha sido eu, achando que era só o vento. Ainda acho que fui eu.
Eu: Que história é essa de carimbo? A gente tem essa parada?
Lydia: Carimbo quer dizer visto. Ele só disse carimbo porque achou que você fosse burro. Aliás, me esqueci: você é burro mesmo.
Eu: É o mesmo visto que Julius vende? Uma vez ele estava no telefone e escutei. Ele disse que pode vender um visto por quinhentos paus. Por que Nish não compra um pra poder ficar aqui?
Lydia: Visto não se compra. Os que Julius vende são a maior furada.
Eu: Por quê? Qual o problema?
Lydia: Não valem nada, são falsos. Esqueça o Julius. Ele é o maior vigarista. Se você comprasse um frango com ele, quando chegasse em casa o troço já teria voltado a ser um ovo.
Eu: Mas o nosso visto vale, né?
Lydia: Vale.
Eu: Tem certeza?
Lydia: Tenho! Não enche!
Tomara que nosso visto não seja falso. Se tentarem levar a gente, vou ficar invisível. Daí, quando eles não conseguirem me ver, vou bem de fininho por trás, pego o ácido e borrifo neles até se queimarem e virarem cinzas. Pena que não pensei nisso antes da mulher de Nish levar uma pisada na cabeça.
 Da próxima vez que eu me encontrar com Dean, vou perguntar se ele gostou das meias novas. Achei supermaneiras, então ele também vai achar o mesmo.

 Connor Green diz que o primeiro nome do sr. Staines é Marujo. É porque ele era da Marinha. Não caí nesse papo. O sr. Staines é muito gordo para ser marinheiro: ele afundaria na hora. Agora consigo lembrar meu francês sem olhar o livro. Consigo levar um papo. O sr. Staines até disse que minha pronúncia é muito boa. Só sei uma conversa de cor. É para se apresentar quando se conhece alguém:

Eu: Je m'appelle Harrison Opoku. J'ai onze ans. J'habite à Londres. J'ai deux soeurs. J'aime le football.

Quer saber o que significa? É o seguinte: Meu nome é Harrison Opoku. Tenho onze anos. Moro em Londres. Tenho duas irmãs. Gosto de futebol. A parada fica melhor quando se fala. Escrito meio que perde a graça.

A primeira coisa que todo mundo faria se fosse à França é subir até o topo da Torre Eiffel e mandar uma cusparada bem grande. Não há quem discorde disso. Só Connor Green, que, no lugar de cuspir, daria uma mijada.

Connor Green: Só que era bem capaz de o pessoal lá embaixo pegar o mijo. Eles bebem mijo na França, né? Acreditam que o bagulho ajuda a viver mais tempo. Bando de gente cretina.

Jordan era a primeira opção para se coletar uma amostra de cuspe, já que ele adora cuspir. Até que seria molinho conseguir uma amostra. Ele me daria uma logo de cara.

Jordan: Ih, cai fora, maluco! Eu é que não vou cuspir aí dentro desse troço.

Eu: Tá limpo.

Jordan: Não importa. E depois, também pra que você quer meu cuspe? Vai fazer o que com ele?

Para segurar o riso, mordi os lábios. Se for por uma boa causa, não tem problema mentir.

Eu: É para um trabalho de ciências, para testar se os germes sobrevivem bem no cuspe. A gente coleta diversos cuspes e põe os germes neles. O cuspe que primeiro matar os germes é o cuspe especial. Podemos descobrir a cura para alguma doença em seu cuspe. Você pode até ficar rico com isso.

Jordan: Quero nada disso, não. Tô nem aí. Por mim morre tudo. Agora se afasta de mim com esse bagulho, maluco!

Joguei a garrafa no lixo. E mais uma ideia vai para o saco! Caramba, ninguém está a fim de ajudar na investigação. A gente fica achando que estão todos com o rabo preso. Estou me sentindo só nesse barco. Nem tenho ainda uma arma preferida. Ainda não parei para pensar no assunto. Se tivesse de escolher, provavelmente pegaria uma metralhadora d'água, dessas que vendem no mercado. Só atira água mesmo. É muito irado! A água vai parar longe. É bom perguntar se a pessoa deixa que a gente esguiche água nela, porque senão ela pode criar caso se não curtir a parada. Vou comprar uma arma dessas no verão.

A arma preferida de Jordan é uma Glock.

Jordan: É a que todos os gângsteres mais durões usam. Já viu alguma?

Eu: Não. Como é?

Jordan: Não existe coisa mais poderosa e sinistra, maluco! Se eu te der um tiro com uma Glock, sua cabeça salta pra fora do corpo. Ela usa balas dum-dum.

Eu: Que diabo é isso?

Jordan: São balas especiais que atravessam parede e tudo. São mortais. É a primeira arma que vou comprar quando tiver grana.

Eu: Eu também.

Jordan: Nada disso. Qual é? A Glock é minha. Você só ficou sabendo dela porque contei.

Eu: Ué, mesmo assim me amarrei.

Jordan: Tá, mas não como me amarro. Eu me amarro muito mais.

A gente estava esperando o ônibus no ponto do outro lado da rua, na frente do condomínio. Quando se espera dentro do ponto, ninguém vê você. A gente só pula para fora quando o ônibus vem, daí é uma baita surpresa. Os caras nem têm tempo de parar a gente.

Toda vez que a pessoa acerta qualquer local do ônibus, ganha dez pontos. Cinquenta para quem acertar a janela. Se for a janelona da frente, atrás da qual o motorista se senta, são cem pontos. Se a janela quebrar, então o cara ganha mil pontos.

Quando acerta no pneu, se a parada furar e o ônibus bater, ganha-se um milhão de pontos, mas ninguém conseguiu ainda. É quase impossível.

Jordan atira melhor do que eu. Ele tem mais força. Também, só porque ele conseguiu pegar as pedras mais lisas primeiro. As minhas eram todas pontudas e não tinham aerodinâmica. (Aerodinâmica quer dizer que a pedra voa melhor pelo ar. As minhas não tinham aerodinâmica porque eram muito pontudas.) Jordan já viu uma Glock de perto. Chegou até a pegar nela. Foi uma de suas missões para a Gangue da Dell Farm. Ele teve de enterrar uma arma.

Jordan: Eles sempre guardam uma arma enterrada em algum lugar pra quando a chapa esquenta. Os caras têm uma porrada de armas espalhadas por todos os cantos.

Eu: Ué, por que não guardam as armas em casa?

Jordan: Deixa de ser idiota! E se a polícia encontrar?

Eu: Você atirou com ela?

Jordan: Não, porque estava sem bala. As balas são guardadas em outro lugar, longe das armas. Só que mesmo assim eu atirei. Puxei o gatilho e tudo. Foi sinistro.

Deu para ver que Jordan curtia muito a parada. Chegou a arregalar os olhos. Disse que é mais seguro enterrar a arma no jardim de alguém, pois só eles entram lá. Se enterrar o troço no mato, por onde passa uma porrada de gente, é muito capaz de alguém achar e pegar.

Eles não conhecem o dono do jardim nem pedem permissão. Geralmente é um idoso, que fica por fora do que está rolando. Se alguém perguntar para ele sobre uma arma, o velho, coitado, fica sem entender nada. É mais seguro assim.

Jordan: A gente sempre enterra as armas à noite. Escolhemos um lugar bem tranquilo e escuro. O buraco não é muito fundo e fica geralmente perto de uma flor, de uma pedra ou de algum bagulho que sirva de referência pra gente não se esquecer do ponto. Só que tem que fazer a parada bem depressa. Se alguém seguir você, ferrou. Os caras matam você por ter revelado o esconderijo. Só fiz esse troço duas vezes.

Cara, esse negócio de plantar uma arma é muita doideira! Quando se planta uma planta, pelo menos ela cresce, sei lá. Uma arma não dá em nada. Criei na cabeça uma história bem assim: eu tinha plantado uma arma e nasceu uma porção de arminhas do chão. Daí vendi todas no mercado.
Eu: Temos arminhas, pessoal! Aproveitem! Meio quilo por duas libras! Arminhas fresquinhas, pessoal! Vamos chegando!
Foi hilário. Plantar uma arma é a coisa mais doida que já me contaram, juro por Deus.

Quando se está com pressa, é sempre bom saber onde encontrar uma arma. Nunca se sabe quando você vai precisar de uma. Armas são mais necessárias durante uma guerra ou para assaltar. Elas facilitam o roubo.
Jordan: Quando a pessoa dá de cara com uma arma, ela não tenta enrolar você, tá ligado? O medo é tão grande que ela entrega o que você quiser. É molinho, cara.
Nem é preciso atirar, basta apontar a arma. A coisa fica muito mais fácil.
Jordan: Só que não vejo a hora de atirar em alguém, maluco. Eu daria um tiro bem no meio da cara. Quero ver a cabeça explodir. Isso sim vai ser tenso. Quero ver os olhos pularem pra fora e o cérebro se espatifar por todos os cantos. Olha o ônibus!
O ônibus vinha chegando. A gente se preparou. Eu estava com as duas mãos cheias de pedras. Esperei Jordan dar o sinal. Fiquei com o coração na boca. Eu estava mirando a parte lateral do ônibus, enquanto Jordan, a janelona da frente. Só vale correr depois de atirar todas as pedras. Esperei. O ônibus vinha mais devagar.
Eu precisava quebrar uma janela. Precisava marcar mil pontos para alcançar Jordan.
Jordan: Agora!
E lá fomos nós com tudo. Jordan atirou logo uma pedra. Pegou na janelona, mas não quebrou. Joguei todas as minhas pedras de uma só vez. Não mirei nem nada, só mandei bala com toda força e rapidez. A primeira não pegou, mas a segun-

da acertou a lateral e quicou. Alguns passageiros desciam do ônibus. Ninguém tentou fazer a gente parar.

Jordan: Seus filhos da p*!

Jordan atirou a segunda pedra. Passou de raspão por uma cabeça e foi parar na beira da janela. O motorista virou bicho. Parecia que ele teria um troço. Cara, foi muito sinistro. Só amarelei quando vi minha mãe saltando do ônibus. Ela olhou bem na minha cara. Nem sei como isso foi acontecer. Caraca, que azar!

Jordan: Partiu!

Saímos batidos. Meu medo era tão grande que nem olhei para trás. Bateu uma vontade de vomitar. Só parei quando chegamos ao túnel. Aí recuperamos o fôlego.

Jordan: Todas as que joguei acertaram o alvo. Uma na janela, outra na beirada, duas na lateral. E você?

Eu: Sei não. Acho que uma bateu na lateral. Só essa mesmo.

Jordan: Você é muito ruim, cara! Ganhei!

Eu: Ah, só porque minhas pedras eram pontudas, cara.

Eu não estava nem aí. Não preciso tanto assim desses pontos. Atravessamos o túnel. Mamãe estava só esperando a gente. Deu o maior frio na barriga de novo. Ferrou tudo.

Mamãe: Ei, você! O que acha que está fazendo? Diga que não é verdade o que acabei de ver. O que você tem a dizer?

Eu: Foi mal, mamãe.

Mamãe: Seu estúpido! Vai apanhar. Já pra casa! Anda!

Mamãe começou a me empurrar, enquanto Jordan ria da cena. Cara, que vontade de morrer!

Mamãe: E fique longe desse menino.

Eu: Foi sem querer. A gente só estava brincando.

Mamãe: Esse menino não presta. Se eu te pegar com ele de novo, você está encrencado!

Mamãe foi me empurrando até o portão do prédio. Quando olhei para trás, o cuspe acertou em cheio meu rosto. Respingou até no olho.

Jordan: Toma aí sua amostra, cagão!

Jordan mostrou o dedo feio para mim e depois para minha

mãe. Passei a manga da camisa no olho para enxugar antes que os micróbios entrassem no meu cérebro. Agora eu e Jordan somos inimigos para sempre. E tudo rolou super-rápido.

Eu: Vá se f*!

Cara, nem sei dizer com quem eu estava falando, se com Jordan ou com minha mãe. Se bem que, àquela altura, pouco me importava. Senti as palavras quando saíram de minha boca, todas secas e afiadas que nem uma faca. Bateu um cagaço, mas agora era tarde.

Mamãe: Como é que é? Eu vou acabar com você!

Mamãe me sentou porrada. Senti um zumbido no ouvido, feito um trovão no aniversário do deus do céu.

Mamãe: Nunca mais quero ouvir o senhor dizer isso. Não preciso de sua boca suja. Toma juízo, Harrison. Pense bem no que você acabou de fazer.

Sei o que fiz: estraguei tudo. Foi tudo para o saco. Tudo por minha causa. Lá no fundo eu sabia que era verdade. Eu devia ter me comportado. Só que me esqueci e agora Deus vai nos castigar. É bem capaz de Ele matar Agnes primeiro, só para me ensinar uma lição. Eu não conseguia respirar direito. Nem queria. Tentei me sentir morto. Prendi a respiração até não aguentar mais, só que foi meio doído aquilo. Deu a maior tonteira e daí precisei voltar a respirar. Eu queria que meu caixão tivesse uns buracos para respirar. Daí ficaria mais fácil, só isso. Eles podiam ser as janelas do avião.

Suas superstições me encantam. Percebo-as o tempo inteiro, seja no tocar dos botões, seja no salpicar do sal. Acho uma graça vocês acreditarem que conquistarão a benevolência da morte ao trajá-la como uma fantasia. Creem que podem distraí-la e cegá-la ao se superarem, sempre tentando imitar seus pais. Portanto, não joguem pedras, estamos apenas fazendo o que há de natural. Emplumo o pescoço e mantenho a cabeça baixa. Arrasto um pouco o rabo para subjugá-la a meu encanto. Veem essas cores, esse peito forte? Nossos filhotes serão campeões, imunes a todas essas -oses e -ites que arruinaram seus antepassados. Isso mesmo, ponha seu bico no meu, isso vai ser rápido. Pronto!

O esforço é deveras grande frente ao prêmio tão insignificante; não sei como vocês se sentem. No entanto, devo isso ao garoto. Devo a todos vocês um conluio banal contra o escorrer da areia mal contida. Desgarro-me dela e projeto-me na direção do sol poente.

A brisa estava uma delícia. A chuva tinha passado e o céu estava todo estrelado. Fui até a sacada e tentei me lembrar de como era antes do nascimento de Agnes. As estrelas não passam de luzes velhas. Até o Google diz isso. Quando alguém olha para uma estrela, está vendo um milhão de anos atrás. Eu não precisava ver tantos anos assim, só dois. Escolhi a estrela mais bonita e pedi que me mostrasse. Se eu conseguisse sentir o que estava diferente, descobriria a parte que estava quebrada e como consertá-la. Então eu conseguiria nos salvar. Pedi com toda fé. Nem pisquei, para não estragar tudo e ter que começar de novo.

Minha lembrança preferida é a do blecaute. Todas as luzes da rua se apagaram. Entrei na caminhonete com papai e com Patrick Kuffour e, juntos, saímos enchendo as lamparinas do pessoal com parafina. Só paramos bem tarde da noite, depois que tínhamos enchido as lamparinas de todo mundo. O pessoal queria nos dar costeletas, mas não podíamos parar, porque tinha que dar tempo de ajudar a todos. Eu e Patrick fomos no banco de trás, que nem soldados. Parecia que estávamos numa missão superimportante.

Patrick Kuffour: Fica de olho nas árvores. Podem ter atiradores de tocaia. Prepare-se. Se falharmos nessa missão, vamos ser crucificados.

Eu e Patrick éramos responsáveis por perguntar se o pessoal precisava de parafina. Papai então pegava o galão e colocava um pouco para quem não tivesse. O pessoal foi todo para a rua. Ninguém queria mais ir dormir. A parada acabou em festa. Todo mundo teve a ideia ao mesmo tempo. Não teve essa história de alguém pensar primeiro.

Um blecaute sempre acaba em festa. É a melhor parte de ficar no escuro.

A galera toda saiu pendurando as lamparinas nas janelas, nos telhados e nas cercas. Pareciam estrelas cadentes. Ressuscitamos o povo. Tinha gente dançando na estrada para comemorar. Dei a boa notícia a Agnes. Ela ainda estava dentro da barriga de minha mãe, mas eu sabia que conseguia me escutar.

Eu: Consertei as estrelas pra você! Vão estar te esperando quando você sair!

Mamãe: Obrigada, meu docinho! (Ela disse isso com uma voz engraçada, como se fosse Agnes falando.)

Para completar a missão, tomamos um gole de cerveja. Fizemos de conta que estávamos bêbados. Patrick Kuffour foi quem fingiu a melhor queda. Ele se jogou para trás, passou pela mureta da casa dele e caiu de costas. Quando espiei sobre a mureta, ele estava chacoalhando os braços e as pernas, parecendo até um besouro de barriga para cima. Cara, foi a parada mais hilária que já vi.

Bem, daí o sr. Kuffour ligou o gerador, dona Kuffour se juntou à mamãe e à vovó Ama e prepararam um guisado de feijão-fradinho para todos. A galera toda se juntou ao redor das lamparinas para comer, com as mariposas enchendo o saco, sobrevoando nossas cabeças e a música tocando no rádio de transistor do sr. Kuffour. Foi muito maneiro. A música que vinha de longe batia nos ouvidos feito um ventinho gostoso. Todo mundo se esqueceu de que era noite. Enquanto as garotas brincavam de perneta, nós jogamos cacau para atrapalhar os pulos. Elas então se cansaram e caíram num monte de folhas no chão para dormir. Quando o sol nasceu, senti uma mistura de tristeza e de sorte. Queria que a noite durasse para sempre. A galera fingiu que chorava quando o sr. Kuffour desligou o gerador. A música parou logo de cara e chegou a hora de ir para casa. Fui dormir sorrindo de felicidade e o sol brilhando em meus olhos me encheu de calor. Cara, foi a melhor noite da minha vida. Ninguém queria que acabasse. Como seria bom se sentir sempre assim!

    Quando tive essa sensação, fechei os olhos e deixei que ela me tomasse por completo de novo. Daí entendi o que eu deveria fazer. Fechei a porta com todo cuidado e coloquei a chave de volta. Passei de fininho pelo quarto de mamãe. Mamãe e Lydia roncavam feito duas porquinhas lindas. Papai entenderia. Até concordaria comigo. Era o único jeito de consertar as coisas.

    Joguei o dente de jacaré pela tubulação de lixo. Ouvi quando bateu no fundo e desapareceu. Foi uma oferenda ao deus do vulcão. Foi um presente para o próprio Deus. Se eu desse a Ele meu amuleto da sorte, Ele nos salvaria de todas as coisas ruins, tipo doenças, facadas, mortes de bebês. Ele nos uniria de novo. Se Ele não fizesse isso, seria injusto. Foi uma boa troca, não tinha como negar. Eu sabia que funcionaria. Obrigado, pombinho, por me mostrar a estrela certa!

Passávamos pela igreja quando X-Fire e Dizzy nos viram. Eu sabia que eles parariam a gente, nem tentei correr. Sabia que seriam rápidos, senão se atrasariam para a chamada. Então pisei na grama da igreja.

Eu: Venham. Aqui eles não podem pegar a gente.

Dean e Connor obedeceram. Pararam na beirada. Não podem nos tocar se os dois pés estiverem em solo sagrado.

Dizzy: Estão achando que a gente liga pra essa merda? Somos velhos demais pra contos de fadas.

Dizzy continuou a se aproximar. Saiu pisando em todas as flores. Estava com cara de quem está pronto para dar porrada. Só porque eu estava sem meu dente de jacaré. Era parte do trato: Deus tem que proteger primeiro os outros, já eu posso me virar. Não ligo. Saí do gramado da igreja e voltei para o caminho.

Eu: Deixe os caras em paz. Eles não têm nada com isso.

Dizzy: Por mim, tudo bem, você é que manda.

Dizzy me deu dois socos no braço. Nem liguei. Não doeu nada. Só gritei de fingimento para que ele deixasse Dean e Connor em paz. Dizzy ri que nem um macaco idiota.

Dizzy: Cagão.

X-Fire: Chega, vamos nessa. Deixa esse pentelho pra lá.

Esperamos que se aproximassem do túnel, e então mostramos o dedo feio para eles. Foi hilário.

Connor Green: Cambada de macacos!

Dean: Viadinhos!

Eu: Você bate que nem menina!

Eles não nos ouviram. Nem podem mais me machucar. Era tudo palhaçada. Eu sabia disso.

Eu: Seus lambedores de merda!

Dean leu minhas anotações e rapidinho tratou de dobrar o papel de novo antes que alguém visse. Estávamos do lado de fora do hall de entrada, de onde dava para ver as escadas que davam no refeitório, no andar superior. Só que nada era muito grande a olho nu. Precisávamos de mais binóculos.

Dean: Quatro sinais de culpa é muito, mas ainda não prova nada. Não conseguiremos uma confissão, a não ser que a gente torture o cara, mas mesmo assim não temos os equipamentos. Precisamos de bateria de carro, fios, martelos e tudo o mais. Ainda acho que o melhor é coletar DNA. Daria pra você pegar uma amostra?

Eu: Não. Tentei coletar cuspe de meu amigo Jordan, mas ele se recusou.

Dean: E mijo?

Eu: Daria pra coletar no hospital. Se eu conseguisse pegar o crachá da mamãe e entrar de fininho onde eles guardam o mijo dos doentes. Já está frio, pois fica na geladeira.

Dean: Não, é muito perigoso. A segurança lá é fogo. Peraí. O que eles estão fazendo?

Dizzy, Clipz e Killa estavam aprontando no refeitório. Dizzy empurrou Killa contra a janela e se fingia de policial, revistando-o em busca de armas. Mandou Killa afastar as pernas e levantar as mãos. As mãos de Killa se espremeram contra o vidro enquanto ele se equilibrava. Todos os dedos tocaram no vidro. As digitais foram capturadas num só lugar. Clipz apontava uma arma imaginária para impedir que o suspeito fugisse.

Dean: Essa é a nossa chance. Precisamos agir agora. O que você acha?

Senti um frio na barriga. Meu sangue congelou. Eu estava pronto. Tinha que estar. O plano era fácil: eu correria por ser o mais rápido. Dean coletaria. Tirei a fita adesiva da mochila e passei para ele.

Dean: Dá um empurrão bem forte pra distrair o cara. Passa a fita adesiva pra cá. Se ele começar a perseguir você, saia correndo.

Eu: Positivo e operante. Código vermelho. (Isso significa que está na hora de agir.)

Fomos na direção do refeitório calma e tranquilamente, como se nada estivesse acontecendo. Tínhamos de fazer logo a parada antes que eles fossem embora. Subi as escadas. Se disserem alguma coisa, não dê ouvidos. Nem pare. Dean parou perto da janela e fingiu que estava tudo na boa. Fui bem atrás de Killa, e então dei um empurrão nas costas dele. Nem deu tempo de sentir medo. Só sei que dei o empurrão e me preparei para correr.

Killa: Que p* é essa?
Eu: Viadinho! Viadinho!
Dizzy: Pega ele!

Dizzy e Clipz vieram me pegar. Killa ficou lá com cara de pastel, sem entender nada, furioso. Dean grudou a fita nos pontos da janela onde Killa tocou. Daí, rapidinho ele retirou a fita e saiu correndo de volta ao hall. Killa ficou sem saber o que fazer ou quem perseguir. Olhava nas duas direções, feito um rato perdido num túnel.

Killa: O que você fez?

Ele passou a mão para apagar as digitais da janela, mas já era tarde demais. Nem conseguiu nos deter. Invadimos a brincadeira deles e ainda saímos ganhando.

Killa: Seu escroto!

Vieram todos atrás de mim. Dei a volta e corri para o prédio de ciências. Entrei na sala de aula do professor Tomlin, que se preparava para começar. Vi os limões todos enfileirados. Mais alguém descobriria a bateria de limão. Pena que não era eu. Pena que não dava para aprender tudo de novo como se fosse a primeira vez.

Professor Tomlin: O que foi, Harri? Por que está correndo?
Eu: Por nada. Eu me perdi.
Professor Tomlin: Só não perde a cabeça porque está presa ao pescoço.
Eu: Ainda bem!

Killa e Dizzy estavam na porta. Quando viram o professor Tomlin, pararam de me perseguir. Killa deu um chute na porta. Ele tinha de admitir que estava tudo acabado. Os vilões sempre se ferram no final.

Killa: Você vai morrer!
Professor Tomlin: Ainda faltam quatro minutos para terminar o intervalo. Vão perturbar outro.
O professor Tomlin foi meu escudo. Ele me protegeu dos pensamentos assassinos dos vilões. Atravessei o prédio de ciências bem depressa e saí do outro lado antes mesmo que eles dessem conta do que eu tinha feito. Só preciso fugir deles nos intervalos e na volta para casa. Se eu ficar de olho, é ruim de eles me pegarem!

Esperamos lá no Clube do Computador até que todos fossem para casa. Já ouviu falar em YouTube? É um site na internet só para filmes sobre uma coisa comendo outra. Dean me mostrou uma cobra comendo um garoto. O bicho engoliu o menino inteirinho. Aconteceu lá onde Judas perdeu as botas. Os moradores do vilarejo saíram pegando pedaços de pau e sentaram a porrada na cobra até ela vomitar o menino. Não sabiam se ele estava morto ou dormindo. Estava todo enrolado, bem apertado, melecado pela gosma da barriga da cobra, mas ainda estava com os braços e as pernas no lugar. Era menor do que a gente.

Dean: Quero ver uma cobra comer um carro. Isso sim seria sinistro. Já aconteceu.

Eu: Quero ver uma cobra comendo ela mesma. Daí ela desapareceria.

Dean: Sinistro.

Esperamos a barra ficar limpa e pegamos as amostras para inspeção. Dean levantou as digitais contra a luz.

Eu: Nem dá pra dizer o que é, de tão borrado. Que droga!

Dean: Pô, é que eu fiz tudo na pressa. Você é quem deveria ter feito a coleta.

Ainda era possível ver algumas linhas. Estavam perfeitas no meio, mas as bordas ficaram borradas, como se tivessem se mexido quando a foto foi tirada. Tinham dois dedos e as bordas de um polegar. Precisávamos de uma fita adesiva mais larga.

Dean: Relaxa, porque pelo menos agora temos uma cópia. Talvez o computador da polícia possa organizar a parada. Os caras vão poder dar zoom e tudo. Pode fazer você.
Eu: Beleza, chefe.
Grudei a fita numa página de meu livro de exercícios, depois a dobrei e escrevi o nome do suspeito na frente: Killa. Vou juntá-la às outras até precisarmos dela. Foi a melhor parte daquela situação macabra, a sensação de que eu possuía um pedaço da vida de Killa. Ele não pode se esconder para sempre, pois as digitais contam a história de qualquer um, independente da vontade do dono. Quando a cobra vomitou o garoto, pareceu até um parto. Vai ver ele era um garoto-cobra e era para aquela parada acontecer mesmo. Quem sabe ele não se torne o Homem-Cobra quando crescer! Quando eu me encontrar com Altaf, vou contar essa história. Ele se amarraria se isso acontecesse. Eu também. Se quiser checar esse vídeo, é só digitar "cobra come garoto" no YouTube. Garanto que você vai ficar chocado.

Agnes: **Harri!**
Juro, esse foi o melhor até agora. Senti cócegas e um zumbido no ouvido. Durou um tempão. Eu nem queria que parasse.
Eu: Oi, Agnes! Você melhorou?
Vovó Ama: Diga sim.
Agnes: **Sim!**
Mamãe estava chorando de felicidade. Daí Lydia se juntou a nós.
Lydia: Bom, pelo menos ela recuperou a voz. Diga Lydia.
Agnes: **Lida!**
Lydia: A gente te ama!
Eu: A gente te ama, Agnes.
Senti um friozinho na barriga por tê-la salvo. Senti vontade de chorar de alegria também, mas, como Lydia estava olhando, precisei me controlar.
Vovó Ama: Ela está bem. Hoje acordou querendo banana. Comeu até dizer chega.

Mamãe: E a temperatura dela?
Papai: Está normal. Está tudo bem. Não se preocupe.
Mamãe: Ai, gente, que vontade de estar aí.
Papai: Eu sei. Em breve nos veremos, tá bem?
Eu: E o telhado? Ainda está firme e forte?
Papai: Está! Caiu uma tempestade ontem e o telhado nem balançou!
Eu: Não inventa de fazer mais nada, tá? Vende o que tiver feito até agora. Daí você vem pra cá mais depressa. Tá?
Papai: Tá.
Eu: Tchau, Agnes!
Agnes: **Chau!**
Juro, ninguém no mundo grita melhor do que Agnes. Imaginei então que o grito fosse seu superpoder. Quando crescer, ela vai se chamar Superberro. Vou até deixá-la ser minha assistente (assistente é um super-herói menor que acompanha o super-herói maior nas rondas e é seu melhor amigo).

    Não contei a papai que perdi o dente de jacaré. Não quis estragar tudo de novo.

Tinha uma pilha enorme de passaportes na mesa. Julius os colocou na bolsa e daí não deu para olhar lá dentro. Fiquei curioso para saber como eram as fotos, se as pessoas estavam sorridentes, se tinham cabelo maluco, se usavam óculos ou se tinham cicatrizes. Queria ver se tinha alguém ali parecido comigo.
    Tia Sonia: Carreguei o celular com uns créditos pra você. É pré-pago.
    Julius: Tudo é pré-pago. Não é assim agora? (Tapa no traseiro dela.)
    Lydia ganhou um Samsung Galaxy de aniversário. Ficou tão feliz que chegou a chorar. Gritou feito uma louca. Foi muito irritante. O telefone tem até câmera.
    Lydia: Diga "xis"!
    Quando alguém tira sua foto, você tem que dizer "xis" para ficar com a cara certa. Lydia não parava de tirar fotos de tudo. Eu sorrindo. Eu dirigindo meu carro. Mamãe e tia Sonia se apertando. A árvore de tia Sonia. Julius bebendo seu sossega-leão com uma cara de dar medo. A foto da vovó Acheampong pendurada na parede da cozinha. Essa última ela tirou pelo olho mágico da porta e saiu toda borrada.
    Eu ia pedir para que ela tirasse uma foto sua, mas daí lembrei que você não gosta de tirar foto. Ninguém mais viu sua sombra passar pela janela, só eu. Não deixe que eles te vejam. Quero que você seja meu. Prefiro assim, só isso. Se mamãe bater os olhos em você, vai te afastar de mim.
    Não era meu aniversário, mas mesmo assim ganhei um carrinho de controle remoto. Juro, a parada é muito maneira! O carrinho é super-rápido. Você mesmo é quem faz todas as manobras pelo controle. Não tem fio nenhum. Ele é tipo um bugre, desses que se dirige na praia. Como é todo aberto, dá

para ver o carinha lá dentro no banco do motorista. É um bugre vermelho e prata, e corre a 160 quilômetros por hora. No início não foi fácil dirigir. Toda hora eu batia na parede.

Eu: Para de tirar foto minha! É por isso que tô batendo o carro.

Lydia: Para de bater! É por isso que tô tirando foto sua! A sorte é que o carrinho tem um para-choque bem grande, que evita que ele se destrua quando bate. Treinei no corredor do prédio de tia Sonia. O carro anda bem em qualquer tipo de chão. Experimentei no carpete e no piso frio e a criança correu que é uma beleza. Os pneus são enormes, cheios de fendas bem profundas para ele não emperrar em lugar nenhum. Quero testá-lo em todo tipo de chão. Areia, lama, grama, tudo. Aposto como vai ser supermaneiro na neve. Juro por Deus, assim que começar a nevar, vou ser o primeiro lá. Daí vou ter toda a neve só para mim, antes que o pessoal venha pisar e destruir tudo. Vou atirar minha primeira bola de neve em Vilis. Quero que pegue bem no meio da cara. Juro por Deus, vai ser muito irado.

Será que os pombos voam para o sul no inverno?

Vou aonde quer que você vá.

Que bom! Daí você pode ficar quietinho na árvore e me ver jogar as bolas de neve.

Julius estava consertando o Tira-teima, trocando a fita do cabo, pois a outra já estava descascando toda do suor e das pancadas. Ele trocou a fita com o maior cuidado, como se o taco fosse um pombo perneta e ele estivesse pondo uma nova perna.

Eu: Você consegue decepar uma cabeça com essa parada?

Julius: Não sei, mas dá pra fazer um estrago. Se acertar em cheio, o cara pode ficar com problemas no cérebro. Uma vez acertei a cabeça de um sujeito e os olhos dele ó: puf! Pareceu até uma luz se apagando. Quebrei o cérebro dele, dava pra ver. Ele começou a falar devagar e a babar. Isso tudo só por causa de uma pancadinha no lugar certo. Com a ponta ideal do taco. Foi culpa dele, que não pagou o que devia como todo mundo. Agora tá vegetando e precisa usar babador, que nem bebê.

Julius soltou uma gargalhada. Mamãe acelerou o ritmo com que lavava os pratos, como se tentasse raspar o pecado deles. Prefiro que me matem com o Tira-teima a que me matem com uma faca. A faca é muito afiada e corta demais o espírito. O taco é mais redondo, daí o espírito não se espatifa tanto. Então dá para chegar ao céu mais depressa e sua mãe não tem muito o que limpar. Pouco importa se quebra o cérebro. Depois você recupera mesmo. O que importa mais é o espírito. A arvorezinha de tia Sonia parecia menor ainda. As folhas estavam todas brilhosas que nem uma queimadura. A criatura não pega chuva, pois fica o tempo todo dentro de casa. Aproveitei que não tinha ninguém olhando e joguei um pouco de água. A água sumiu entre as pedrinhas do pote. Nem fez ela crescer nem nada.

O professor Smith me pediu para entregar um bilhete. Eu não queria entregar, porque podia ser cilada. Às vezes os professores pedem para entregarmos um bilhete só para nos testar.

Anthony Spiner: Uma vez o professor Smith me deu um bilhete para entregar. Só que abri, e adivinha só o que estava escrito?

Eu: O que era?

Anthony Spiner: "Pare de ler este bilhete." Só isso. Foi cilada.

Lincoln Garwood: Que sacanagem, cara! Odeio o professor Smith. Ele é um escroto.

Não olhei o bilhete. Só o levei direto à secretaria. Não tive a sensação de estar caindo numa cilada, só isso. Na volta, eu a vi. Foi a primeira vez. Acho que ela está no nono ano. Anda sempre com um lenço branco na cabeça. Estava ajoelhada bem no chão do corredor, com uma folha de papel, os olhos fechados e tudo. Tive que parar.

Só observei. Foi muito relaxante. Tive de ficar paradinho, sem fazer nenhum barulho para não estragar. Tentei prender a respiração, pois não queria interromper a parada.

Vi seus lábios se mexendo, mas não deu para escutar as palavras. Às vezes ela se inclinava para a frente, quase encostando a cabeça no chão. Por causa da cena, tudo ficou superlento. Só de olhar me deu sono. Senti vontade de perguntar para que ela rezava, mas fiquei na minha. Estava na cara que não se tratava de bombas. Só podia ser alguma coisa boa.

Fiquei escondido atrás da parede, só olhando. Não tinha mais ninguém na área. Foi o melhor silêncio do mundo. Cheguei a esquecer de voltar para a aula. Por mim, eu até rezaria com ela, mas não quis estragar tudo.

Quando a garota do lenço acabou a reza, abriu os olhos e se levantou. Rapidinho tratei de me virar e voltei para o corredor. Tentei não fazer barulho, pois não queria que ela me visse. Não queria que soubesse que eu estava ali, para não estragar as coisas. Eu a esperei ir embora, então voltei a me mexer. Prendi a respiração ao passar pelo local onde ela rezou. Dei a volta para não pisar naquele ponto.

Quando dobrei para o outro lado, Killa estava vindo. Ele me viu, nem tive tempo de fazer nada. Ele me pegou no banheiro. A coisa rolou tão depressa que não deu para evitar. Ele me prendeu entre as pias. Estava com um estilete da aula de educação artística e o apontou para mim.

Killa: Me devolva as digitais. São minhas, cara. O que você fez com elas?

Eu: Joguei fora. Nem ficaram perfeitas na fita nem nada. Foi só uma brincadeira.

Killa me empurrou contra a parede. Bati a cabeça na máquina de papel toalha e fez um barulhão. A luz que entrava pela janela bateu na ponta do estilete e o iluminou com um brilho muito doido. Chegou a me cegar. Fechei os olhos e me preparei para ser queimado. Daí baixou o maior silêncio. O mundo parou. Quando Killa voltou a falar, a voz saiu toda trêmula, como se ele estivesse mentindo. Sempre acontece isso quando você tenta meter medo nos outros antes que seu próprio sangue esquente.

Killa: Não se meta comigo, falou? Você não tem nada a ver com a minha vida. Não pode provar nada. Melhor parar antes que sobre pro seu lado, beleza?

Ele me deu um baita empurrão contra a máquina de papel toalha e então se mandou. Passei a mão na cabeça para checar se estava sangrando, mas não estava. Levei um tempo para recuperar o fôlego. Fiquei só um pouco tonto. Killa deixou uma marca preta na minha camisa, no lugar onde ele enfiou as mãos sujas. Devia ser proibido sujar os outros. Devia ser proibido invadir o silêncio e a tranquilidade dos outros. É muita sacanagem. Fiquei com a calça molhada, mas foi de suor, estava muito calor lá fora.

Na Inglaterra, para comemorar a chegada do verão, o povo todo abre as janelas e põe música para tocar bem alto. É uma tradição. Aconteceu isso, é batata: estamos no verão. Tem que se fazer essa parada assim que o sol dá as caras. Todo mundo faz isso.

Outra coisa: a galera hasteia suas bandeiras. Todos que têm bandeira entram nessa onda ao mesmo tempo. É para deixar claro que a pessoa é daquela área e para sinalizar que o verão chegou.

Não se tocam as mesmas músicas, e sim uma porção de tipos diferentes. Quando eu me aproximei dos prédios, ouvi a maior mistureba de músicas. Foi maneiríssimo e me deu vontade de dançar. Não deu para segurar a alegria e sorri de uma orelha à outra.

Até entrei na onda. Peguei o aparelho de som no quarto da mamãe e coloquei o CD do Ofori Amponsah para tocar. Toquei "Broken Heart", minha preferida. Queria que todos escutassem. Abri a janela e pus o aparelho nela, virado para fora.

Eu: Oi, gente! Aqui é o Harri! Essa é minha música. Espero que vocês curtam!

Então fiquei com medo de derrubar o aparelho e voltei com ele para dentro. Pô, tomara que todos tenham escutado minha música. É que nosso aparelho de som não toca muito alto. Depois disso a Lydia o pediu de volta. Ela é a aniversariante e está querendo escutar dois CDs novos.

Lydia: Anda logo!

Eu: Calma, já vai!

Mamãe: Não aborreça sua irmã, senão vou dar seu pedaço de bolo para os pombos, hein!

O bolo de Lydia é só de chocolate. Quando eu fizer aniversário, o meu vai ser do Homem-Aranha. Os presentes que o pessoal lá de Gana mandou para Lydia chegaram numa caixa grandona. Acabei passando a frente dela e atendi a porta. É que nós dois estávamos esperando juntos, mas Lydia precisou ir ao banheiro bem na hora que bateram à porta. O carteiro deixou a caixa comigo. No início eu ia ficar com a caixa, mas, como é aniversário dela, acabei pegando leve.

Lydia: Pode ir tirando a mão! Olha que eu te dou uns tabefes!

Eu: É ruim, hein!

Peguei o celular dela e fotografei tudo. Ela segurando a caixa. Ela abrindo a caixa. O interior da caixa. Não tinha só um presente, mas uma porção! Abena mandou dois CDs: um do Michael Jackson e outro do Kwaw Kese.

Vovó Ama mandou dois brincos. Eram só dois aros, de ouro verdadeiro. (A gente reconhece ouro de verdade dando uma mordida. Se não deixar marcas de dentes, é ouro mesmo.)

Lydia: Tire meus brincos da boca! Tá melecando tudo de cuspe!

Eu: Ué, você não quer que eu teste?

Lydia: Não!

Veio um desenho da mãozinha de Agnes. Muito bonitinho. É moleza: basta colocar tinta na mãozinha dela e pressioná-la contra o papel. Ajudaram Agnes a escrever o nome, do mesmo jeito com que aprendi a escrever o meu: colocaram o lápis na minha mão e moveram para mim. As letras saem todas maneiras, assim meio tortas, parecendo que foi uma aranha que escreveu.

Papai fez uma dançarina de madeira para Lydia. Acho que a boneca é ela própria. É muito parecida, menos a cara. Ele não sabe que ela não quer mais saber de dançar. Ela nunca se lembra de sorrir.

Lydia começou a chorar.
Eu: Se você não quiser, pode deixar que eu fico. Posso fazer uma troca na escola. Pô, quem sabe eu até consiga um relógio em troca!
Lydia: Não enche!
Eu: Por que chorar, então?
Mamãe: Ela está com saudades do pai, é isso. Não a aborreça!
Eu: Não fique triste. É seu aniversário. Aí, tá com o nariz todo melecado.
Lydia: Cala essa boca!
Mamãe: Harrison, deixa sua irmã em paz.
Eu precisava fazer Lydia rir, senão o resto do dia seria a maior porcaria. Pensei em todas as palavras de ânimo que aprendi. Eu tentaria todas até dar certo.
Eu: Que é isso, amoreco! Levanta esse astral!
Nada. Nem um sorrisinho.
Eu: Ah, ponha um sorriso no rosto! Alegre-se!
Nada.
Eu: "*Você é meu raio de sol, meu único raio de sol. Você me deixa feliz quando as coisas estão gays.*"
Mamãe: Harrison! Já chega dessa história de gay!
Lydia: Para!
Ela deu um sorrisinho, eu vi. Não podia parar. Eu tinha que salvar o dia. Só precisava de mais uma chance.
Eu: Pra que chorar, tesouro? Eu te amo do fundo do coração.
Lydia: Para!
Eu: Ah, te peguei! Ganhei!
Lydia soltou uma baita gargalhada. Não conseguiu mais se controlar. Adoro quando salvo o dia. Nem liguei para os pontos que fiz. Passei todos para ela.
Eu: Quer que eu te dê meu presente? Tem que vir comigo. Tá lá fora.
Lydia: Ah, vá! Não vou cair em outra pegadinha.
Eu: Não é pegadinha, juro!

Mamãe: Não olhe pra mim. Não tenho nada a ver com isso.
Eu: Vamos lá, sua medrosa!
No fim ela me acompanhou, pois não segurou a curiosidade. Fui na frente e ela me seguiu. Prendemos a respiração enquanto descíamos as escadas.
Lydia: Pra onde a gente tá indo?
Eu: Você vai ver. Confie em mim.
Quando chegamos aos fundos de nosso prédio, dei uma parada. Lydia olhou em volta para ver se encontrava o presente. Olhou as copas das árvores, embaixo dos carros e as janelas. Até embaixo das latas de lixo. Ficou bem confusa. Nem sabia o que procurava. Foi muito irado.
Lydia: Dá meu presente e vamos embora logo! Cadê?
Eu: Bem na sua frente.
Construíram uma nova rampa que dava para os fundos de nosso prédio, para que as cadeiras de roda possam subir e descer. Só vimos hoje de manhã, quando o cara da prefeitura veio com o misturador de cimento. Dean me desafiou a entrar no misturador, mas eu não arriscaria, porque sabia que era perigoso e grudento. Na mesma hora soube o que eu ia fazer. Juro, quase enlouqueci de guardar o segredo o dia inteiro!
O cimento ainda estava fresco. O cara da prefeitura tinha ido almoçar. Quem quisesse experimentar a parada tinha que aproveitar aquele momento. Impossível bolar um plano melhor do que aquele.
Lydia: O que você quer que eu faça aqui?
Eu: Pule! É muito maneiro. Suas pegadas vão ficar marcadas e, quando secar, ficarão aí para sempre. Daí seremos os donos da rampa e o mundo inteiro vai saber disso. Seremos os donos da rampa e de todo o prédio. Só que tem que pular bem firme. Tem que pular com vontade.
Lydia: Ai, que bobeira! Eu é que não vou pular.
Eu: Ah, pula, vai! Vai ser rapidinho! Você deixa as pegadas e escrevo seu nome ao lado pro pessoal todo saber. Nós dois vamos deixar as pegadas. Eu vou primeiro.

Tomei coragem e parei no ponto certo. Então dei um pulo bem forte em cima da rampa com os dois pés alinhados. Tentei concentrar todo o peso do corpo no cimento.
Lydia: Parece que você tá fazendo cocô.
Eu: É a melhor forma. Preste atenção.
Contei até dez. Dei uma viradinha de nada para marcar bem, depois pulei de lado para não estragar. Funcionou direitinho. Ficou perfeito. Minhas pegadas estavam ali no cimento, maneiríssimas, certinhas e novinhas. Dava até para ver o símbolo da Diadora no solado. Dava para ver os padrões e tudo. Foi muito legal.
Eu: Não é mole saltar fora. O cimento é grudento. Pra voltar, a gente precisa fazer mais força. Agora é sua vez.
Lydia: Gente, como você é bobo.
Eu: Ah, para de falar e mete o pé, sua preguiçosa! Não se pode devolver um presente que alguém planejou pra você. É o mesmo que dizer que você odeia quem deu o presente.
Lydia: Ai, tá bom, tá bom!
Lydia estava se fazendo de irritada, mas nem sabia fingir direito. Fez o mesmo tanto de força do que eu. Ficou na posição de fazer cocô e deu um salto bem alto. Parou bem ao lado das minhas pegadas. Ela contou até dez e tudo. Vi seus lábios se mexendo.
Eu: Agora dá uma viradinha.
Lydia: Tô dando, tô dando.
Tentou pular para fora pela lateral, mas os pés grudaram e ela quase caiu. Gritou que nem um bebezinho.
Lydia: Me ajuda aqui! Me ajuda aqui!
Eu: Calma! Já tô te segurando!
Eu a puxei retinha e a levantei do cimento. As pegadas dela ficaram perto das minhas, certinhas. Todas as linhas ficaram supernítidas, iguais às minhas. Ela até que se amarrou na parada. Não se conteve e arregalou os olhos.
Lydia: Anda, escreva os nomes antes que seque demais.
Eu me sentei perto da rampa e escrevi nossos nomes em-

baixo das pegadas. Tive de fazer a maior força com os dedos para escrever. Deu pra ler direitinho. Juro, ficou muito maneiro:

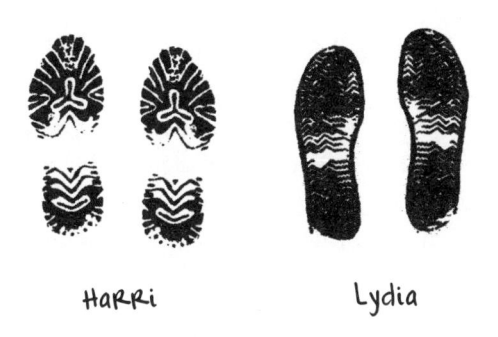

HaRRi	Lydia

Lydia era toda sorriso.

Eu: Parabéns pelo seu dia! Eu não disse que você ia se amarrar?

O cimento em meus dedos parecia massa de bolinho, mas cheirava a vômito. Tem que lavar logo, antes que endureça, senão os dedos viram pedra. Limpamos os tênis numa poça. Para retirar o excesso, usei um graveto. Agora o mundo inteiro sabe da gente. As pegadas ficaram lá como prova de nossa presença. Estou louco para que sequem logo. Faça um favorzão para mim, tome conta delas até secarem, beleza?

Pode deixar. Quem tentar estragar sua festa vai se dar mal. Vou cagar em qualquer um que se aproxime. Quer saber o que acho? E olhe que já vivi o suficiente para formar algumas opiniões. O problema é que todos vocês querem ser o mar. Porém, não passam de uma gota de chuva. Uma entre infinitas outras. As coisas seriam muito mais fáceis se vocês aceitassem este fato. Repita: "Sou uma gota no oceano. Sou vizinho, nação, norte e lugar nenhum. Sou um entre muitos e todos nós caímos juntos."

Ou talvez eu seja simplesmente um rato com asas e não faça a menor ideia do que estou dizendo.

Adoro quando rola uma surpresa bacana. Como o lance do cimento, só esperando a gente escrever nele, ou então quando achamos que alguém é ruim em alguma coisa, mas, quando vamos ver o cara, é fera na parada. Foi a mesma coisa com Manik: ninguém desconfiava que ele, gordo daquele jeito, fosse um goleiro tão bom, mas o cara é muito fera. É impossível marcar um gol com ele ali. O cara não leva nenhum frango. Uma vez, sem querer, chutei a bola direto na cabeça dele, mas o cara nem se mexeu; continuou a jogar como se nada tivesse acontecido. Se não fosse pelos olhos dele ficarem cheios de lágrimas, jamais daria para suspeitar da bordoada na cabeça. Depois disso passamos a chamá-lo de Supermãos. Ele se amarra. Sempre que dizemos isso, ele abre o maior sorrisão.

    Galera: E mais uma vez Supermãos salva a partida. O cara é fera!

    Eu não achava que Dean fosse tão bom em escalar por causa do cabelo laranja. Nem me passava pela cabeça. Só que na verdade o cara arrebenta. Ele é tão bom quanto o Patrick Kuffour. (Ele consegue chegar ao telhado do centro comercial em três segundos. Todo mundo o chama de Sangue de Macaco.)

    Dean: Pode deixar que pego, escalo muito bem.

    Estávamos batendo uma bolinha quando dei um chute bem forte e a bola foi parar no telhado da garagem. Eu nem sabia que dava para chutar minha bola nova assim tão longe. Para ser sincero, deu até orgulho. Dean pulou em cima da lata de lixo e, com um impulso, chegou ao telhado da garagem. Foi tudo muito rápido. Olhando, pareceu até fácil. Ele jogou a bola de volta e eu a agarrei. Quando levantei a cabeça para ver o telhado, fiquei tonto. O sol bateu direto em meus olhos. Ouvi asas batendo, mas não sabia de onde vinham.

Dean: Vem, sobe! Não tenha medo. Eu te puxo.
Eu: É que alguém pode roubar a bola.
Dean: Deixa de ser otário!
Eu: Não sou otário coisa nenhuma! Vamos nessa! Estamos empatados: 9 a 9. Ganha quem fizer o próximo gol.
Ele não queria descer, adorava ficar lá no alto. Ficou andando de um lado para o outro, que nem um rei, rindo da cara do perigo.
Dean: Olha só! O que é isso?
Ele pegou alguma coisa. A parada estava toda embrulhada feito um pacote. Estava molhada por causa das poças do telhado e gordurenta. O papel parecia uma roupa rasgada.
Dean: Será que abro?
Eu: Manda ver!
Dean: Quer mesmo que eu abra? E se for antraz ou dentes humanos?
Eu: Ah, não enche o saco e abre logo!
Ele abriu o embrulho. Tinha uma carteira dentro. Mesmo com o sol nos olhos consegui ver que era uma carteira. Era azul com velcro preto.
Eu: Tem grana aí?
Dean: Peraí. Tá tudo grudado. Vou descer.
Ele desceu e me mostrou a carteira. Estava com umas manchas escuras. Cheirava a chuva. Ele a abriu e deu uma boa olhada dentro. Não tinha dinheiro. Havia um troço grudado num dos bolsos; com a chuva, a parada tinha virado cola. Com cuidado, Dean descolou o negócio: era uma foto. Quando bati os olhos, senti um frio na barriga.
Eu: É o garoto que morreu!
Dean: Você acha?
Eu: Juro por Deus! Tá até usando a camisa do Chelsea.
A foto era bem pequena e, nos pontos onde molhou, estava manchada. O garoto morto estava com uma menina branca. Só dava para ver as cabeças e os ombros. Os dois estavam dando o maior sorriso. Eu nem sabia que ele tinha namorada. Ela era quase tão linda quanto Poppy, só que um dos olhos

estava virado para o lado errado. Mas isso devia ter sido de propósito, só de sacanagem. Deu uma tristeza. Imaginei então que o garoto estava preso dentro da foto e que não dava mais para tirá-lo de lá. Poxa, pena que eu não estava lá quando o esfaquearam. Eu teria afastado o assassino muito antes de ele chegar ao ponto que chegou. Eu teria gritado bem alto para chamar a polícia, jogado uma pedra nele, ou então o congelado com meu bafo. Não sei por que ninguém fez nada.
Dean: Eu daria um golpe de kung fu bem no saco do infeliz.
Eu: Eu também.
Dean me deixou segurar a carteira. Senti o grude e rezei mentalmente. A oração foi só eu pedindo desculpas. Foi tudo o que consegui lembrar.
Eu: O que será esse grude? Será que é sangue?
Dean: Tá parecendo, ou então é óleo. Deve ter alguma digital nela. Vamos pro laboratório já.

Não obriguei Dean a dizer a senha, pois só se faz isso com civis. Empurramos minha cama para bloquear a porta, só por precaução. Dean segurou a carteira enquanto fui passando a fita adesiva no ponto grudento. Pus a fita com todo cuidado, para não ficar com nenhuma dobra; depois retirei bem devagar. O grude se prendeu na fita. Levantei para ver contra a luz. Não tinham padrões, só mesmo uma mancha grande, vermelho-escura. Nada de digitais para comparar.
Dean: Deixa pra lá. Pelo menos tentamos. Ainda temos o DNA, caso essa parada aí seja sangue.
Eu: Passe a língua e descubra.
Dean: É ruim, hein! Vai que tem Aids! Agora esconde esse troço, que sangue me deixa bolado.
Meu dedo ficou meio sujo de sangue, meio grudento. Tive vontade de comê-lo para que o espírito pudesse viver em mim, mas também tive muito medo de pegar Aids. Esperei até escurecer para lavar. Por mim eu deixava, mas começou a coçar.

O buraco onde ficava a árvore desapareceu completamente. Agora está todo coberto de grama, de uma porrada de plantas e de mato. Ninguém diz que havia um buraco ali. Asbo fez um cocozão na grama nova. Aquilo agora virou seu lugar preferido para fazer cocô. Quando me viu, balançou o rabo com tanta força que achei que sua bunda fosse cair. Ele me adora porque faço uma voz bem calma para falar com ele. É assim que os cães sacam que somos amigos.

Terry Maloqueiro: Quer segurar? Toma.

Terry Maloqueiro me passou a guia de Asbo e me deixou segurar e tudo. Asbo é bem forte. Nem esperou por mim e começou a andar direto. Tive de acompanhá-lo, senão ele me puxava.

Terry Maloqueiro: Fala "junto" e ele vai parar de puxar.

Eu: Junto!

Terry Maloqueiro: Mais alto, cara. **Junto!**

Funcionou. Asbo parou de puxar. Diminuiu o passo e começou a andar do meu lado.

Eu: Bom menino.

Sempre diga "bom menino" quando ele fizer alguma coisa boa, porque daí ele passa a fazer só coisas boas. Os cães sabem que são bonzinhos quando dizemos para eles. Se não dissermos sempre, eles se esquecem. Terry Maloqueiro me ensinou a segurar a guia. Tem que ser perto da gente, para o cachorro não ter muito para onde ir. Daí ele é obrigado a andar com você. Quando damos uma folga grande na guia, o cão até esquece que está preso e tenta fugir. No fim, eu estava controlando Asbo. Ele parou de tentar fugir. Quando tomava uma direção, Asbo me acompanhava. Quando parava, ele parava também. Juro, foi irado. Parecia que eu era o dono dele. Parecia que ele era meu.

Eu: Asbo, procure o mal! Vá farejar, garoto! Vamos! Encontre o cheiro do mal!

Asbo olhava para todos os lados como se estivesse numa missão. Farejou a perna de um homem que passou perto. Olhei bem para Asbo. Suas orelhas não se mexeram e ele não arregalou os olhos. Não tinha nenhum mal ali. Quando chegamos ao matagal, soltamos Asbo. Ele saiu correndo, mas voltou rapidinho. Basicamente ficou correndo em círculos. Ele se amarra em correr, até mais do que eu. Então passamos a brincar com ele.

Terry Maloqueiro: Sentado.

Asbo se sentou e ficou olhando para a gente, esperando outro comando.

Terry Maloqueiro: Deitado.

Asbo se deitou na grama, de barriga para cima. O rabo ainda abanava. Vi todos os seus mamilos e o saco. Ele se amarrava naquela parada. Era tudo uma brincadeira.

Terry Maloqueiro: Dá a pata.

Essa foi a melhor. Asbo me deu a pata. Apertamos as mãos. Foi hilário. Ele obedeceu até mesmo aos meus comandos. Ele adorou. Quando o mandei sentar, ele se sentou. Quando pedi a pata, ele me deu. Foi muito maneiro, cara. Pena que ele não é meu. Juro, foi a coisa mais hilária que já vi.

JULHO

As digitais servem para sentirmos o toque e para nos ajudar a segurar coisas molhadas. Na verdade não querem dizer muita coisa. Se não tivéssemos digitais, poderíamos ser quem quiséssemos. As sobrancelhas servem para impedir que o suor entre nos olhos. Sempre achei que não tivessem nenhuma utilidade, mas têm sim, afastam o suor e a água da chuva. Se não estivessem ali na testa, o suor e a chuva iriam direto nos olhos e a gente ficaria cego. É a mesma coisa com os cílios. Servem para impedir que pó entre nos olhos. Pó e insetos. Tudo que a gente acha que é inútil existe para nos ajudar ou para nos proteger de alguma coisa. O cabelo na cabeça impede que o cérebro esquente demais quando está muito calor e esfrie demais quando está fazendo muito frio. Nosso cabelo é muito mais inteligente do que achamos. Todo mundo tem as mesmas defesas. Todos têm sobrancelhas, unhas e cílios. O cabelo está sempre no mesmo lugar. Assim, todos têm as mesmas chances de sobrevivência. É o que torna as coisas justas. Senão seria muita sacanagem.

Connor Green: Então por que os homens têm mamilos?

Professor Tomlin: Porque ficariam esquisitos se não tivessem. Próxima pergunta.

O professor Tomlin não caiu na cilada de Connor Green, que ficou pau da vida. Ele sempre tenta pegar o professor, mas o professor Tomlin é muito esperto.

Connor Green: Quando estamos na banheira, por que a água não entra pelo furico e nos afoga de dentro pra fora?

Professor Tomlin: Porque os esfíncteres anais se contraem involuntariamente para fechar o canal anal. Mais alguma pergunta?

Connor Green: Você usou a palavra anal. Não pode dizer essas coisas pra gente. É abuso sexual.
Professor Tomlin: Já chega, Connor. Mais alguém?
Dean: Depois que a gente morre, o cabelo continua a crescer? Meu tio disse que sim. E as unhas também. É verdade, professor?
Professor Tomlin: Não, é uma falácia.
Connor Green: O senhor tem dado, professor?
Professor Tomlin: Agora chega, retire-se da sala. Connor? Retire-se agora, por favor.
Connor Green: Mas, professor, só perguntei se o senhor tem dado.
Professor Tomlin: **Retire-se!**
Connor teve que sair da sala. Ficou com a cara vermelha feito um caranguejo. Eu até que gostei do professor Tomlin ter gritado com ele. Às vezes ele enche muito o saco. Às vezes quero que ele cale a matraca para que o professor nos ajude. A gente aprende muita coisa interessante na aula de ciências.

O professor Tomlin diz que a estação espacial existe mesmo. No início parecia apenas uma estrela brilhante, mas, olhando direito, dá para vê-la se mexer. Só vi uma vez, porque o céu nunca está totalmente escuro; todas as luzes das ruas e das casas atrapalham. Na estação espacial os caras têm de fazer cocô num tubo especial que despeja o troço no espaço. É por isso que o ônibus espacial tem limpador de para-brisa. Não há quem discorde.

O chão do lado de fora de meu apartamento é perfeito para dirigir meu carrinho. É bem lustroso. Ele corre super-rápido. Parece até que você também está correndo, mesmo estando ali parado. Só não pode se esquecer de piscar para não ficar tonto.

Fiquei olhando para a porta de Jordan, esperando que se abrisse. Dei uma batidinha e fingi ter sido sem querer. A porta se abriu. Logo de cara Jordan não disse nada, só ficou olhando. Olhou por um tempão. Bati com o carrinho várias vezes por causa dele ali me olhando. Eu queria que ele pedisse logo.

Jordan: Deixa eu brincar.

Era parte do plano, mas eu tinha que deixá-lo esperando mais um pouco.

Eu: Espera um minutinho.

Continuei dirigindo. Deixei ele achando que brincaria. Eu queria que ele se arrependesse. Daí eu seria o vencedor pela última vez. Senti que ele estava de olho. Continuei dirigindo. Fiz de conta que ele nem estava lá. Jordan foi perdendo a paciência. Foi muito maneiro. Eu queria que aquilo durasse para sempre.

Jordan: Pô, cara, deixa eu brincar. Você já tá aí há um tempão.

Eu: Você vai quebrar.

Jordan: Claro que não. Eu dirijo bem pra cacete. Nunca bato.

Eu: A gente nem amigo é mais.

Jordan: Quem disse? Pô, deixa aí, cara.

Eu: Só mais dois minutos.

Jordan: Um minuto. Eu mostro como se dá cavalo de pau. É muito irado.

Eu só estava esperando isso mesmo. Tinha que deixá-lo doidinho para brincar, até ele implorar. Assim, quando eu tirasse a parada, iria magoar mais ainda. Eu queria castigá-lo. Era meu dever.

Ficou tudo escuro e baixou o maior silêncio. Eu sentia meu coração acelerado enquanto esperava o momento certo. Sabia que seria muito sinistro. Eu estava perto da minha porta. Perfeito. Tive que morder os lábios para segurar o riso.

Eu: Pô, aí, agora não vai dar. Tenho que jantar.

Peguei o carro, entrei e fechei a porta. Genial! Foi bem rapidinho. Ele nem teve tempo de desconfiar. Nem passava pela cabeça dele que isso aconteceria. Foi perfeito. Agora sou o vencedor para sempre.

Poppy não precisa se maquiar porque já é naturalmente linda. Miquita, Chanelle e todas as outras só precisam se maquiar porque por baixo são feiosas. Miquita está sempre com sombra verde, que a deixa com cara de sapo.

Fica parecendo uma piriguete idiota, mas eu não disse nada para ela. Não estou nem aí.
Miquita estava passando o batom de cereja. Meu coração disparou. Não dava mais para desistir.
Miquita: Está pronto pra mim? Escovou os dentes? Brincadeirinha. Sei que você é limpinho. É um garoto muito fofo.
Miquita vai me ensinar a beijar. Miquita já deu chupão em uns cem garotos, e conhece todas as manhas do negócio. Se eu souber beijar direito, Poppy nunca vai me trocar por outro. Não quero que Poppy me deixe. Quero que ela seja minha para sempre. É bom demais, cara. A melhor parte é quando consigo protegê-la das coisas ruins, tipo quando afasto as vespas. Poppy fica toda agradecida. Quando sorri para mim, sinto um calorzinho na barriga, é muito maneiro.
O troço era muito doido, mas eu tinha que ficar parado. Precisava esquecer o ódio que sentia por Miquita e me lembrar daquela bunda grande, dos peitões saltitantes e de seus lábios experientes. O negócio ali era usá-la como treino para a coisa real. Lydia não parava de rir. Estava se amarrando naquilo.
Lydia: *Preciso de um amante,*
Não de um Casanova.
Eu: Ah, cai fora!
Lydia: *Vamos amar todos os dias.*
Você será minha amante.
Eu: Cala essa boca antes que eu te meta a mão!
Miquita: Fica quietinho, fofinho. Relaxa.
Eu estava espremido no sofá. Miquita se sentou em meu colo. Não dava para fugir nem se eu quisesse, porque ela pesa uma tonelada. Ela lambia os lábios que nem um peixe louco. Fechei os olhos para ir mais depressa.
Miquita: Abre mais um pouquinho a boca. Isso. Relaxa, cara. Você vai gostar, prometo.
As coisas ficaram todas lentas. Senti Miquita se aproximar. Ouvi sua respiração quente em meu rosto. Logo depois senti seus peitões tocando meu braço. Então ela me beijou nos lábios. Foi bem suave. Até que não foi tão ruim, só que aí comecei a sentir sua língua entrando.

Eu: Nnnannann, cenanfalonadaobringuas!
Miquita parou. Recuperei o fôlego.
Miquita: Oi? O que foi?
Eu: Você não falou nada sobre línguas!
Miquita: Ué, gente, mas todo mundo gosta da língua. Você tem que aprender o melhor jeito, senão não adianta nada. Relaxa.
Lydia: Eles só estão no sexto ano. Não precisam aprender o lance da língua.
Miquita: Cala a boca, mulher. Por acaso você entende alguma coisa? Me deixa trabalhar sossegada. Quer que seu irmão seja um palerma?
Ela enfiou a língua de novo. Estava toda quente e viscosa. Juro, deu o maior nojo. Eu me contorci para me livrar, mas ela me prendeu bem firme. Miquita estava soltando um gemido muito sinistro, que nem um zumbi apaixonado. Não parava de sugar com os lábios. Fazia voltas com a língua dentro de minha boca, que nem uma cobra do mal. Pensei na Poppy. Deixei que seu cabelo amarelo me inundasse como o sol. Então senti alguém agarrar minha mão. Antes que eu ficasse sem mão, me enfiei ainda mais no sofá.
Lydia: Miquita.
Miquita: Relaxa, cara. Chega mais.
Ela beliscou minha mão para eu ceder, depois a pegou e a colocou dentro de sua calcinha. Senti cabelos nos dedos. Eram crespos. Faziam cócegas. Foi quando baixou a doideira. Juro por Deus, senti um enjoo. Ela separou meus dedos e enfiou um deles em sua xoxota. Parecia uma borracha e estava molhada. Ela pegou outro dedo, e mais outro, e moveu minha mão para cima e para baixo. Seus lábios não paravam de sugar, sua respiração quente continuava a bater em meu nariz. Nem tive como pará-la. Nem curto cereja. Senti um troço na barriga que parecia até o mar.
Eu: Parrr! Lyda, miajud! Tireladecimadmim!
Lydia: Já chega. Ele está prendendo a respiração o tempo todo.
Miquita: Eu sei quando devo parar. O que você vai fazer, Clamídia? Para de se contorcer, cara. Pensei que você estivesse a fim de aprender.

Eu: Mudei de ideia. Sai de cima de mim!
Juntei toda a força que tinha e a afastei. Miquita estava com os olhos assim meio fechados, parecia uma idiota. Respirava bem depressa, parecia até que estava brigando. O jeans dela estava aberto e continuava a segurar minha mão dentro da calcinha. Aproveitei a chance e a puxei para fora bem depressa. Meu corpo estava todo arrepiado e meus dedos, todos brilhando por causa da xoxota. Cara, que vontade de morrer!
Miquita: Nada mal para um iniciante. Só não lamba meus dentes. As garotas não gostam disso. Quer tentar de novo?
Eu: Sai fora! Pra mim chega! Some daqui!
Saí batido antes que ela me pegasse de novo. Lavei a boca e as mãos. Quando fui mijar, a parada saiu toda esquisita. Acho que ela quebrou alguma coisa. Lydia deveria ter dado um basta. Eu não deveria ter aberto as trancas da porta. Foi uma péssima ideia. Nem sei como aconteceu. Se Poppy descobrir que dei um chupão em outra garota, com certeza vai terminar comigo.
Eu: Garota idiota! Nem tem graça!
Miquita estava na porta do banheiro. Sorria que nem uma sapa gorda idiota.
Miquita: Ainda não terminamos. Essa foi só a primeira lição. Deixei seu pau duro? Sentiu alguma coisa estranha aí embaixo?
Eu: Não.
Lydia: Não diga isso, ele é muito novinho. Deixa o menino em paz.
Miquita: Quem é você? Mãe dele? Acha que todo mundo tem que ser virgem só porque você é? Credo, que pessoa mais esquisita!
Lydia: Pelo menos meu namorado não é assassino.
Tudo parou. Lydia se calou imediatamente, mas era tarde demais. As palavras já tinham saído e não havia como retirá-las. Miquita ficou toda séria.
Miquita: O que você disse?
Achei que Lydia fosse chorar. Ficou imóvel, em choque. Nós três ficamos assim. Nunca que eu imaginaria uma coisa

dessas! Era muito grave para deixar escapar. Aquele silêncio ali não fazia sentido, alguém precisava quebrá-lo. Mamãe nunca está presente quando precisamos dela.

Eu: Você não deveria deixar os caras te queimarem.

Miquita: Oi?

Lydia sentiu a queimadura do ferro no rosto onde já estava quase sumindo. Ela captou minha mensagem e a coragem que mandei para ela. Lydia então acordou.

Lydia: Você precisa pedir para ele parar. Olha só para as suas mãos. Como pode deixar alguém fazer isso contigo? É muita fraqueza.

Miquita abotoou o jeans. Não dava para ver suas mãos, que se mexiam muito depressa. Nem dava mais para odiar suas mãos gordas e queimadas. Não era justo.

Miquita: Quem você está chamando de fraca aqui? Você viu o que eu fiz com Chanelle.

Eu: Ela não é Chanelle, é Lydia. E se tocar nela de novo, te enfio a faca de serra. Mando Julius te meter o sarrafo. Ele é gângster de verdade.

Lydia: Não precisa disso. Vá pra casa, Miquita. Não queremos mais você aqui.

Miquita: Tá achando que eu ligo? Você não passa de uma vadiazinha idiota.

Fiquei esperando um terremoto, mas não rolou. Miquita não sabia o que fazer. Foi embora bem quietinha. Fechei as trancas da porta e peguei o pacote de Oreo na gaveta secreta de mamãe. Estava novinho. Deixei Lydia abrir. O primeiro é sempre o mais gostoso.

Eu estava cuidando da minha vida, comendo as sementes de gergelim jogadas pela senhora do carro-cadeira. Ela gosta de ficar lá na janela de sua cozinha, observando-nos fazer um lanchinho. Ela sonha em nadar nua em águas mornas enquanto cavalos-marinhos beliscam-lhe suavemente os dedos dos pés, agitando a cauda em seus mamilos macios. Cada um sabe de si e, de fato, a vida é muito curta para pensarmos que nossos sonhos são algo além de inocentes e de boa-fé.
Apareceram tão de repente que não tive tempo de me preparar. Eram quatro. Primeiro sinto um baque atrás de mim, um bater de asas rápido e rasteiro. Antes que eu consiga me virar, ele está trepado em mim, o macho grandão, que se inclina sobre meu ombro e enfia o bico preto em minha face. Vejo seus olhos perolados brilhando, cheios de más intenções. Ele e seu bando querem que eu pague por alguma coisinha, talvez por não gostarem da forma como ando, mas agora estou preso ao chão, e seus três cúmplices formam um triângulo ao meu redor para impedir minha fuga. Chuto e bico, ergo-me, mas dois pontos do triângulo se fecham e sinto então três lâminas nas costelas, três pares de garras ciscando sobre mim como se eu fosse chão de terra. Sinto-me desmembrado, minha pele de pombo soltando-se de sua estrutura. Preparo uma bomba, mas as muralhas do mundo estão se fechando e talvez, quem sabe, eu seja mesmo mortal. Se eu não estiver aqui, quem toma conta do garoto?

Eu: **Nãaaaaaaaao! Caiam fora, seus miseráveis!**

Corro, dou um pulo e enxoto todos eles. Meu pombo ficou paradinho na grama, todo assustado e triste. Deu vontade de chorar, mas não vi sangue nem fratura nenhuma.

Eu: Tá tudo bem?

Pombo: ' '

Tentei pegá-lo, mas saiu batido, voando acima do telhado dos prédios dos mongoloides. Ainda estava funcionando, então tudo bem. Juro, foi um baita alívio!

Eu: Cuidado, pombinho, eles ainda podem ir atrás de você. Fique atento. Venho te ver quando voltar da escola, tá?

Pombo: Tá. Você é um garoto bacana, Harri. Obrigado por me salvar. (Ele só disse isso dentro da minha cabeça.)

Garotas adoram receber presente da gente. É sinal de que estamos levando o namoro a sério. Elas sempre esperam que a gente seja sério, senão ficam muito boladas e daí perde a graça. Dei um anel de jujuba. Era minha forma de, secretamente, pedir desculpas por beijar Miquita. Ela o colocou no dedo. Eu nem pedi nem nada, mas mesmo assim ela colocou.

Poppy: Obrigada!
Eu: De nada!
Então ela o comeu.
Nem quero beijar Poppy. Não quero mais beijar ninguém depois que Miquita quase quebrou meu pinto. Só vou beijar Poppy se ela pedir. Se eu vencer no Dia do Esporte, acho que ela vai querer me beijar. Só vou beijar se não tiver saída, e, mesmo assim, não vai ser na boca.

Clipz: E aí, otário! Já comeu a gata? Quer que eu te ensine?
Passamos direto. Eu nem quis olhar para ele. Não estou a fim de me sentar nas escadas de cima, não tem nada de especial ali. Prefiro as escadas do prédio de ciências, de onde dá para ver praticamente a mesma coisa, e, além disso, Poppy está lá. As escadas de cima nem valem a pena.

Quatrocentos metros é uma volta inteira na pista de corrida. Parece muito chão. Toquei a minha pista para dar sorte. Vi Brett Shawcross fazer o mesmo. Eu e Brett Shawcross éramos os favoritos. Ninguém sabia qual dos dois ganharia; estava difícil de decidir. Queriam que os dois ganhassem, mas é impossível. Só um pode ser vencedor.

Brett Shawcross: Você pode ficar com a prata, que o ouro é meu.
Eu: Boa sorte.
Brett Shawcross: Não preciso de sorte. Vou te dar uma surra.
Não tem medalha, só um certificado. Só preciso vencer para provar que sou o melhor corredor e porque eu disse para meu pai que ganharia.

Lincoln Garwood estava na primeira pista. Ele nos disse que trapacearia. Sabe que nunca vai ganhar porque o chapéu que ele usa para segurar os *dreadlocks* é muito pesado. Só vai servir para atrapalhá-lo e para deixá-lo com cara de gay. Foi ele mesmo quem disse.

Lincoln Garwood: Sou muito lento, cara. Não quero ficar com cara de gay.

Ele não queria chegar em último lugar, então bolou um plano: ia cair de propósito e fingir que torceu o pé. Todos nós prometemos não contar nada.

Esperamos o apito. Cara, que tensão! Meu coração batia desesperadamente. Tinha um monte de gente assistindo, tanto os amigos quanto os pais.

Menos minha mãe, que estava trabalhando de novo. Disse que rezaria para eu ganhar, mas não sei se ela vai se lembrar.

Eu não queria decepcioná-los. Queria que essa fosse a melhor corrida do mundo.

Todos os corredores estavam ali de pé. Alguns assustados. Kyle Barnes mascava chiclete. Saleem Khan tirava meleca do nariz. Brett Shawcross se achava um corredor de verdade e balançava as pernas que nem um corredor profissional antes de uma corrida. Estava bem sério, como se tivesse que ganhar. Juro, foi muito hilário.

Professor Kenny: Em seus lugares!

Tínhamos que tomar nossas posições. O cara se apoia num joelho e estica os dois braços na frente. Eu me senti todo importante. Ninguém queria estragar tudo. Ficamos todos calados.

Professor Kenny: Preparar!

Isso aí é para se preparar mesmo, só que é sinal de que vai começar logo. Você tem que segurar bem firme. Alguém soltou um pum. Todos riram.

Professor Kenny: Valendo!

O professor Kenny soprou o apito e começamos todos a correr. Lincoln Garwood caiu logo de cara. Vi quando ele tropeçou. Pareceu até real. Ele rolou no chão, segurando o pé. Escutei o grito lá atrás. Continuei a correr.

Eu e Brett Shawcross estávamos liderando. Eu estava na pista 4 e Brett Shawcross, na 6. Eu não sabia qual dos dois tinha mais sorte. Era um páreo duro. Nós estávamos nos esforçando bastante. Foi muito sinistro. Brett Shawcross usa tênis da Nike. Eu só tenho o Diadora, mas estava na frente. Só olhei para a frente. Eu queria vencer mais do que qualquer outra coisa. Kyle Barnes desistiu. Perdeu o fôlego e caiu. O resto da galera estava muito atrás.

Tudo ficou muito tranquilo. Parecia que eu estava em câmera lenta, mesmo sabendo que corria a todo vapor. As pernas ardiam e aquilo ali não parecia mais uma corrida; eu corria para salvar minha vida. Se eles me pegassem, fariam picadinho de mim. Eu precisava fugir. Se eu não ganhasse, era meu fim.

Quando dobrei a última curva, pensei que fosse cair. Tive que reduzir um pouco para continuar na pista. Quando chegasse à última reta, daria para acelerar de novo, mas eu estava perdendo o fôlego. Comecei a ficar tonto. Lembrei do espírito em meus tênis. Fiz uma oração mental rapidinha:

Eu: Espírito, me dê força! Me dê sua rapidez! Não me deixe morrer!

Avistei a linha de chegada. Eu estava quase chegando. Poppy me aguardava, aplaudindo. Foi a maior energia de todas. Senti o espírito entrar em meus pulmões. Aumentei a elevação das pernas e a rapidez do movimento dos braços. Eu era Usain Bolt, eu era o Super-Homem. Eu ainda estava vivo e eles nunca me pegariam. Expirei pela última vez e caprichei para chegar à linha. Brett Shawcross se chocou contra mim e nós dois caímos. Fechei os olhos e esperei o apito.

Professor Kenny: Em primeiro lugar, Opoku! Em segundo, Shawcross!

Ganhei! Juro, nem acreditei! Senti vontade de gritar "Caramba!", mas estava sem fôlego. Eu me deitei de barriga para cima. O céu girava, as nuvens corriam que era uma loucura. Senti a maior coceira na cabeça. Só queria ficar ali olhando o céu e dormir. Só queria correr de novo.

Brett Shawcross: Parabéns! Bela corrida.

Senti um sorrisão se abrindo na minha cara, como se Deus o tivesse pintado ali com um pincel, fazendo cócegas. Foi o enjoo mais maneiro que já senti. Sou o mais rápido do sexto ano. Agora é oficial. Estou louco para contar a meu pai. Quando me levantei, todos queriam apertar minha mão, até mesmo Brett Shawcross e o professor Kenny. Poppy me apertou por mais tempo. Juro, parecia que eu era um rei. Todos me admiravam e ninguém esperava por mim na saída, pois sabem que não podem tocar um dedo em mim até que o encanto se desfaça. Juro, eu gostaria que todos os dias fossem assim!

Tia Sonia vai ter de se esconder no barco. Se a descobrirem, vão jogá-la aos tubarões. É assim que acontece: primeiro eles dão um corte na pessoa para os tubarões sentirem o cheiro de sangue; daí eles a jogam no mar para virar comida. Farra gastronômica é quando os tubarões se juntam e brigam para ver quem come mais. Depois que terminam, ficam só os ossos e uma mancha de sangue.

Mamãe: Imagina, você não precisa ir a lugar nenhum. Pode ficar aqui até encontrar outro canto.

Tia Sonia: E trazer Julius pra infernizar a vida de todo mundo aqui? Não quero que você se envolva nem mais um pouco.

Mamãe: Agora é tarde. Desde o dia em que aceitei dinheiro dele é tarde.

Tia Sonia: Eu não deveria ter te contado dele.

Mamãe: Se não tivesse sido assim, como eu poderia ter chegado aqui? Plantando uma árvore que desse passagens de avião? Eu ainda estaria lá, pondo moedas numa latinha, dez centavos aqui, cinquenta ali. A escolha foi minha, ninguém me obrigou a nada. Fiz por mim e pelas crianças. Enquanto eu puder pagar o que devo, elas estão sãs e salvas. Vão ser gente e conseguirão mais do que eu pude dar a elas. Estou aqui agora. Deixa eu te ajudar. Só me fala do que você precisa.

Tia Sonia: Do seu fogão. Sinto que meu eu antigo tá voltando.

Mamãe: Já não era sem tempo. Senti falta do seu eu antigo.

Tia Sonia esfregou os dedos bem devagar, toda tristonha. Esperei para ver a pele preta e brilhosa cair feito tinta velha e os velhos padrões voltarem de novo. Li em meu livro sobre répteis que, quando se corta o rabo de uma lagartixa, ele cresce de novo. Que sorte da lagartixa!

Mamãe: Você não pode fugir pra sempre, criatura.

Tia Sonia: Eu sei, mas poderia voltar para onde comecei e tentar de novo. Dessa vez, vou pagar os cinquenta dólares a mais para pegar um barco com alguém que saiba distinguir um pescador de um homem da guarda costeira. Olha, vou te dizer uma coisa: nem queira saber como fede uma prisão líbia. Nossa, até hoje sonho com aquele cheiro. Misericórdia, estou com uma coceira louca nas pernas! Me passa essa caneta aí.

Tia Sonia está com o pé engessado até o joelho. Acho que foi coisa do Tira-teima, mas Lydia acha que Julius a atropelou com o carro. Quem estiver certo ganha cem pontos. Tia Sonia não quer contar. Só diz que foi culpa dela porque não saiu do caminho. Ela me deixou fazer um desenho no gesso. Tentei desenhar meu pombinho para dar sorte, mas saiu parecendo mais um pato.

Tia Sonia: E também tem o seguinte: sei muito bem que ele não me deixaria ir embora. Eu deveria valorizar as bênçãos que recebo. Pelo menos posso comprar um analgésico decente. Estou tomando paracetamol que nem M&M's. Parece até que estou novamente nos Estados Unidos. É ótimo, menina. Pode me devolver agora, doutor? Muito obrigada!

Tive de devolver as muletas. Já estavam me deixando tonto mesmo. Abri a porta para tia Sonia e vi se tinham inimigos no corredor. A barra estava limpa.

Tia Sonia: Vocês já viram o que fizeram na porta?

Todos nós olhamos na mesma direção que tia Sonia. Estava escrito com letras grandes, marcadas na porta:

MORTO

As letras eram bem legíveis e fininhas onde foram escritas com uma faca no lugar de uma caneta. De imediato senti o maior frio na barriga.

Tia Sonia: Gente, quem fez isso?

Eu: Vai ver foi um drogado. É o que não falta por aqui.

Passei o dedo na marcação, procurando uma pista. Só de fingimento mesmo, porque eu já sabia quem tinha sido e para quem era o recado. Jordan sempre escreve avisos com a faca de guerra dele, para mostrar ao inimigo que não está de brincadeira e para assustar o cara. Bom, eu pelo menos não tenho medo dos fiapos da banana. Eu como tudo. Jordan sempre os retira. São só fiozinhos de banana, não fazem mal a ninguém. Jordan não é tão durão assim. Quando passei o dedo no T, uma farpa entrou no meu dedo, mas nem doeu.

Lydia: Vocês precisam ver o que escreveram nas escadas. Eu f* Deus no rabo. (Ela só sussurrou para que mamãe não batesse na gente.)

Tia Sonia: Lydia!

Lydia: Só tô dizendo.

Eu: Quem vai cuidar de sua árvore se você for embora?

Tia Sonia: Posso levá-la comigo, é de plástico.

Juro, cheguei a me sentir mal. Como eu saberia que era de plástico? Pensei que fosse de verdade. Pô, maior sacanagem!

Eu: Pra que fazem árvores de plástico? Que doideira.

Tia Sonia: São mais fáceis de cuidar. As de verdade precisam de comida e do tipo certo de clima. As de plástico podem ser levadas pra qualquer canto e não morrem se a gente se esquece de alimentá-las. São ótimas para pessoas incapazes de cuidar das de verdade.

Mamãe: Não diga isso.

Tia Sonia: Ué, gente, você sabe que é verdade.

Pensando bem, até que é uma boa ideia. É mais segura do que uma árvore de verdade. A de plástico só é de mentira se ela se fingir de real. Quando se sabe que ela é de plástico, não é mentira.

Alguns super-heróis já nasceram assim. O Super-Homem veio de um planeta onde todo mundo tinha poderes. Tempestade, Ciclope e o Homem de Gelo sempre tiveram o gene X.

Altaf: A parada está nas veias desde quando eles nascem. Começaram a mostrar os poderes ainda bebês.

Eu: Irado!
Altaf: Prefiro os que nasceram normais, tipo o Homem-Aranha. Ele era normal até ser picado por uma aranha. Ele nem queria ser especial nem nada. Só queria viver a vida dele. Só que aí, quando recebeu os poderes, ele percebeu que sempre precisou deles.
Eu: Como?
Altaf: Ele precisava ser forte para quando os crimes começassem a acontecer. Ele nem sabia que rolariam, mas Deus sempre soube. Deus enviou a aranha para prepará-lo. Pena que não é sempre assim. Se fosse, eu poderia ter salvado meu pai.
Eu: Por quê? O que tem seu pai?
Altaf: Ele morreu na guerra.
Eu: Você viu? Os helicópteros tinham armas?
Altaf: Não sei, não vi. A gente fugiu antes da chegada dos etíopes. Mas ouvi os tanques. Fizeram um barulho danado, parecendo até um terremoto. Meu pai acompanharia a gente quando a luta acabasse, mas foi atingido por um projétil. Não miraram nele, mas ele estava no caminho. Virou fumaça. Se eu tivesse meus poderes, pegaria o projétil, mas ainda não era minha hora. Eu nem sabia nada sobre super-heróis na época. Só fui descobrir quando cheguei aqui.
Altaf voltou a desenhar. Parecia metade homem, metade leão. Aposto como ele o chama de Homem-Leão. Altaf com certeza é o melhor desenhista que conheço.
Eu: Por que você não dá a ele visão noturna? Os leões enxergam no escuro.
Altaf: Vou dar.
Eu: Saca só. O Homem-Cobra existe, eu vi.
Altaf: Onde?
Eu: No YouTube. Cara, eu o vi nascendo. É só digitar "cobra come garoto" que você vai ver. Não se preocupe que ela cospe o menino de volta. Vai ser a coisa mais irada que você já viu. Sabia que era real.
Altaf: Irado!

Prefiro quando eles nascem normais e depois viram super-heróis, porque daí é sinal de que pode rolar com qualquer pessoa, até comigo. Só preciso encontrar uma aranha radioativa ou tomar o veneno certo. Eu ia querer ser invisível, poder voar, ler pensamentos e ser superforte. São os melhores poderes para vencer as guerras e para pegar assassinos. Só não vou ter uma roupa especial, para não chamar atenção. As roupas são muito gays.

Tomara que não passem dever de casa para as férias. Seria um saco. Todos concordam.
Connor Green: Vai ser uma droga se passarem.
Kyle Barnes: Com certeza.
Eu: Pode crer. Vai ser uma bosta.
Em inglês, quando uma coisa é muito ruim, a gente diz que é *um saco*. Não tem coisa pior. A expressão vem lá dos Estados Unidos. Fizemos uma simpatia. Eu, Dean, Connor Green e Kyle Barnes.
Dean: Se a gente não pisar em nenhuma rachadura até o final do semestre, vai fazer sol todos os dias nas férias e não vão dar nenhum dever de casa pra gente. Fechado?
Todos nós: Fechado!
O primeiro a pisar numa rachadura vai acabar com a cabeça na privada e levar uma descarga. Basta andar em passos de pinguim para não pisar em rachadura nenhuma. É mais seguro assim. As férias vão ser maneiríssimas. Primeiro vamos ao zoológico. Papai, Agnes e vovó Ama vão estar aqui. Às vezes dá até para alimentar os pinguins. Agnes vai rachar de rir, pois nunca viu nenhum. Agnes dá os melhores abraços, mesmo quando põe o dedo em nosso nariz.
Depois vou dar uma supervolta de bicicleta. Só eu e Dean. Vamos usar as bicicletas que comprarmos com a recompensa. Vamos sair de manhã cedinho e só voltaremos quando estiver bem escuro. Vamos dar uma volta em toda a cidade de Londres. Vamos passar pela roda-gigante, pelo palácio e pelo museu do dinossauro.
Dean: A gente pode se esconder embaixo da carcaça do T-Rex, daí a gente sai de lá quando fecharem à noite e ficaremos sozinhos no museu. Vai ser irado!
Eu: Vai mesmo, ainda mais se todas as paradas ganharem vida.

Dean: É, mas tomara que o T-Rex não ganhe vida, porque ele pode comer a gente inteirinho.
Eu: Com certeza!
Pegamos o telefone de Lydia emprestado. Só não contei para ela por se tratar de um assunto sigiloso, coisa de polícia. Fiquei encarregado de filmar. Apontei a câmera para Dean e me preparei para começar a filmar quando o espírito do garoto defunto voltasse. A gente estava inspecionando a quadra de basquete porque era onde o garoto curtia passar o tempo. Tive essa ideia de tentar capturar o espírito dele com a câmera. Uma parte do espírito de quem morreu sempre fica nos locais que a pessoa conhecia, mesmo quando a alma já foi para o céu. Pode até ser apenas uma partezinha, mas, às vezes, se a gente se esforçar um pouco, dá para sentir.
Eu: É que nem quando a gente pisa numa poça e depois deixa a pegada no chão seco. O tempo que leva pra pegada secar e sumir é o mesmo que seu espírito leva. É igual a quando você morre, só que demora bem mais, porque seu corpo e todos os seus sentimentos e pensamentos estavam ali, e pesam bem mais do que uma pegada.
Dean: Entendi, entendi. Anda logo com isso.
Segurei a foto do garoto para aumentar a energia. Rezei mentalmente para que ele nos encontrasse. Se a gente conseguisse fazê-lo voltar e ficar por um tempo, e então nos contar o que rolou. Se ele pudesse nos dar o nome de quem o esfaqueou, então teríamos toda a prova necessária e ele poderia descansar em paz para sempre.
Eu: Já tá sentindo alguma coisa?
Dean: Até parece. Coisa idiota. Não tá dando certo, cara. Vamos embora.
Eu: Continua tentando. Faz de conta que você é o garoto. Imagine que você está sentindo o que ele sentiu e vendo o que ele viu. Dá mais certo quando a gente se concentra.
O garoto era fera no basquete. Uma vez ele fez uma cesta do outro lado da quadra. Juro, foi um arremesso genial. Nunca mais vamos ver um desses. Todo mundo disse que foi pura

sorte, mas o garoto sorriu como se tivesse planejado o tempo todo. Ele nem saiu se gabando e continuou a jogar. X-Fire não parava de chamá-lo de exibido, mas o garoto nem deu ouvidos. Quando X-Fire e Killa começaram a empurrá-lo, ele simplesmente revidou. Ele não tinha medo de nada.
X-Fire: Exibido de uma figa. Qualquer um faria aquela cesta.
Garoto morto: Então vai lá que eu quero ver você fazer.
X-Fire: Vai se f*, cara. Não me desafia.
Killa: Vamos te meter a porrada.
Garoto morto: Calminha, crianças. Agora vê se jogam direitinho, tá?
Eu assistia de fora. Vi tudo acontecer atrás da cerca. Primeiro X-Fire empurrou o garoto morto, depois foi Killa que o empurrou. Daí o garoto morto empurrou Killa, e então X-Fire empurrou o garoto morto de novo. Os três estavam pau da vida. O empurra-empurra ficou mais rápido. Foi muita doideira, cara. O garoto morto empurrou Killa com tanta força que ele caiu e a camiseta se torceu toda, deixando à mostra o cabo da chave de fenda na parte de trás da calça. Dava até para escutar os tapas. Nenhum deles pararia. Era como se alguém tivesse apertado o botão errado deles e os caras só fossem parar de se empurrar quando a pilha acabasse. Os outros jogadores pararam para ver a cena. A maioria eram garotos pequenos, como eu. Os caras só pararam quando um desses meninos tentou roubar a bicicleta do garoto defunto, que teve que sair correndo atrás para recuperá-la.
Killa: Era o que eu pensava, cagão!
X-Fire: Isso, fuja!
Achei que tivesse acabado, mas então o garoto morto voltou de bicicleta. Pegou a garrafa, tomou um belo gole d'água e deu uma cusparada nas costas de Killa. Pegou na camiseta e em tudo o mais.
Garoto morto: O cagão aqui é você!
Então ele se foi. Killa ficou puto, todo pingando. Um dos garotos menores jogou a bola nele.

Garoto menor: Cagão!

Foi aí que desconfiei que alguém ia acabar morrendo. Saí dali batido, antes que sobrasse para mim. Isso já faz um tempão. Foi logo quando cheguei aqui. Agora a quadra está quase sempre vazia. Alguém destruiu as redes e tentou pôr fogo nos postes. Uma cesta sem rede não é a mesma coisa.

Dean se deitou no chão embaixo da cesta. Fechou os olhos e esticou os braços para os lados, que nem um anjo.

Dean: Tô dizendo, cara. Não tô captando nada!

Eu: É porque ele não te conhecia. O espírito dele não confia em você, porque não sabe se você é bacana. Tá tudo bem, espírito, ele está comigo. Só queremos ajudar.

X-Fire: O que os dois otários estão fazendo? Andaram comendo sanduíche de retardado de novo?

X-Fire e Dizzy bloquearam o portão. Killa estava atrás da grade, com Miquita atracada a ele feito uma árvore. Tratei logo de jogar o celular de Lydia pela grade para escondê-lo no mato.

Dizzy: Não sabem que estão invadindo? Agora vão ter que pagar o imposto. Quanto vocês têm?

Dean: Nada.

Dizzy: Não me faça te meter a porrada.

Dizzy forçou Dean a esvaziar os bolsos. Ele só tinha 63 centavos e dois chicletes Black Jacks. Dizzy pegou tudo. Não pude fazer nada, pois não tinha como escapar dali.

Dizzy: E o tênis?

Dean: Que é que tem o tênis?

Dizzy: Tira logo, antes que eu te arrebente. Não tô de brincadeira, não, cara.

Dean tirou os tênis. As meias dele tinham um jogador de tênis no cano. Era tarde demais para perguntar se aquela era a estampa favorita dele. Dizzy sacudiu os tênis, mas Dean não estava escondendo nada neles.

X-Fire: E você, Gana? Tá escondendo o quê?

Eu: Nada.

Senti um frio na barriga. Fiquei segurando a carteira do garoto morto em meu bolso. Não deu tempo de pegar a foto de volta.

Dizzy: O que você tem aí?

Dizzy puxou meu braço. Tentei enfiar a carteira mais para o fundo. Segurei bem firme e juntei bem os dedos para ficar que nem cola. Vi a cara do garoto morto, ele estava sorrindo e vivo. Ninguém estragaria isso. Só precisei soltar a carteira quando Dizzy pisou no meu pé. Ele enfiou a mão no meu bolso e a tirou. Nem tive tempo de impedi-lo. A foto caiu no chão.

Dizzy: O que é isso? Tomara que tenha alguma grana aqui dentro.

Dizzy vasculhou a carteira, mas estava vazia. Ele a jogou fora feito lixo, como se jamais tivesse pertencido a alguém. Killa viu a foto do garoto no chão. Ele se aproximou e a pegou. Baixou o maior silêncio. Killa ficou todo sério. Ficou olhando para a foto como se tentasse fazê-la desaparecer.

Killa: Onde você conseguiu isso?

Dean: A gente achou.

Miquita: Não tem problema, gente. É só uma foto. Não quer dizer nada.

Killa: Fica na sua que você tá por fora, vadia.

Miquita: Só falei por falar, pessoal.

Killa: Desgruda de mim!

Killa empurrou Miquita. Ela se chocou contra a grade. Culpada era ela por amá-lo tanto. Dean calçou os tênis de novo. O ar estava pesado e cheio de pensamentos assassinos. Parecia que eu estava afundando num mar negro. Killa continuou olhando para a foto do garoto morto. Achei que a parada fosse pegar fogo nas mãos dele.

X-Fire: Vamos nessa, cara. Joga essa merda fora. Vamos!

Killa: E se eu não quiser? Essa merda já foi longe demais, maluco. Chega.

X-Fire: Quem diz quando termina aqui sou eu. Não vai amarelar agora, foi você quem colocou a gente nessa roubada. Agora passa a merda pra cá e vamos embora!

X-Fire tomou a foto de Killa e deu um chute no traseiro dele para forçá-lo a ir embora. Miquita foi atrás, tentando se grudar a ele de novo, mas ele a afastou. Ele estava quase chorando. Quando chegou à rua, ele começou a correr com os cotovelos para fora, feito uma garota. Deu até pena dele. O cara era mais desonesto do que eu achava. Todos que fogem correndo são desonestos.
X-Fire pegou o isqueiro e queimou a foto do garoto morto. O espírito do garoto soltou faíscas tão rápidas que ninguém conseguiria apanhá-las. A fumaça se perdeu pelo ar. Não tinha para onde ir.
X-Fire: Dizzy, fica aí no portão. Eles não vão sair daqui.
Dizzy bloqueou nossa passagem. Procurei um buraco por onde desse para fugir, mas eram todos muito estreitos. Eu e Dean ficamos juntos. X-Fire se aproximou. Já nem estava puto nem nada. Tinha tomado uma decisão. Enfiou a mão na parte de trás da calça. Eu sabia que era uma faca de guerra. Todas as janelas de todas as casas estavam vazias, ninguém nos salvaria. X-Fire cobriu a cabeça com o capuz.
Vi você saindo do sol. Por favor, pombo, ajuda a gente!
Lydia: Sai de perto dele! Já chamei a polícia!
Juro, meu coração quase saltou pela boca! Eu me virei: Lydia estava do outro lado da grade. Filmava tudo com o celular. Ela deve tê-lo encontrado no lugar onde o joguei. Deve ter sacado que eu precisava dela.
X-Fire: Pega ela!
Eu: Corre!
Dizzy correu atrás de minha irmã. Tudo que pude fazer foi rezar. Vi você fazer cocô. Passou bem pela cara de X-Fire. Ele teve que pular para não ser atingido. Foi aí que eu e Dean nos livramos dele e passamos pelo buraco que Dizzy fez na grade.
X-Fire: Vou matar vocês, desgraçados!
Não tínhamos tempo para acreditar nele, o negócio era correr dali. Avistei Lydia mais à frente e a segui. Não podia deixá-la se perder. Senti gosto de chuva na boca. Vamos lá, continue! Não pare! Se parar, vai tudo para o saco. Dei uma

olhada rápida para trás. Nem sinal de X-Fire ou de Dizzy. Continuei a correr. Só reduzimos quando chegamos às lojas.
Lydia: Pra biblioteca, rápido!
Entramos na biblioteca grandona, onde com certeza estaríamos seguros. Subimos para o andar dos computadores. Lydia nos mostrou o filme. Ela filmou tudo: Killa com cara de arrependido e X-Fire queimando a foto do garoto. Ela nos salvou bem na hora.
Dean: Por favor, não apague.
Lydia: Pode deixar. O que vocês andam aprontando?
Eu: Só estávamos cumprindo nosso dever.
Lydia: Mamãe vai te dar uma surra.
Por precaução, Lydia mandou o vídeo para o e-mail de Abena. Levou um tempão para enviar. Esperamos lá na biblioteca até sentir que a barra estava limpa. Quando chegamos em casa, tranquei todas as fechaduras e bebi um copão de água com os olhos abertos. Nem deu mais a sensação de que eu estava mijando nas nuvens. Eu sabia que eram só bolhas da água sanitária.

Eu podia ter feito mais, porém ainda estou dolorido daquela briga com os pombos. Eu poderia tê-lo salvado, mas não cabe a mim. É como o Chefe sempre diz: são apenas carne mal embrulhada numa estrela incandescente. Não nos entristece quando o embrulho é descartado, celebramos a libertação da estrela. Com as cordas que ele amarrou, nós a puxamos até seu lugar de direito e a deixamos brilhar por sobre a tinta descascada de uma vida passada, para iluminar a viagem de uma mãe desolada de volta ao seu deus.

A chuva continua a cair, o mar a se elevar, vocês a viver. Vocês são impulsionados pelo ressentimento ou por seu magnífico desafio. Continuam a viver por meio de um instinto de aço ou por um consenso de algodão. Continuam porque foram feitos assim. Vocês continuam e nós os amamos por isso.

Sentimos saudades quando vocês se vão.

Connor Green pisou numa rachadura. E não foi sem querer, foi de propósito mesmo. Agora a simpatia foi por água abaixo. As férias vão ser uma droga e é tudo culpa de Connor Green. Ele mesmo até aceitou levar um soco no braço, dado por cada um de nós. Disse que não se importava.

Kyle Barnes: Babaca! Por que você fez isso?

Connor Green: Porque deu vontade. E daí? Esse negócio de simpatia é tudo idiotice mesmo.

Kyle Barnes: Idiota é você!

Connor Green: Pois é. Eu sei uma parada que vocês não sabem. Sei quem matou aquele moleque.

Nathan Boyd: Que moleque?

Connor Green: O que levou uma facada na porta do Chicken Joe's, quem mais poderia ser? Vi quando aconteceu. Senti o maior frio na barriga. Tudo congelou ao redor, até meu sangue.

Connor Green: Sério mesmo. Eu estava passando de carro. Vi o moleque ser esfaqueado e vi Jermaine Bent fugindo. Vi a faca e tudo.

Kyle Barnes: Então por que não contou à polícia?

Connor Green: Ih, sai fora! Eu é que não quero ser esfaqueado. Eles que façam o próprio trabalho podre deles.

Nathan Boyd: Deixa de papo. De quem era o carro em que você estava?

Connor Green: Do meu irmão.

Kyle Barnes: Qual a marca?

Connor Green: BMW. Série 5.

Foi aí que desconfiamos da mentira. É ruim do irmão dele ter um BMW, hein! O cara não tem grana para isso. Connor só usa Reebok Trail Burst. Nathan Boyd começou a farejar o ar. A galera se preparou para cair na gargalhada.

Nathan Boyd: Pessoal, que fedor é esse? Estão sentindo? O que será isso? Caraca, que fedor de podre! Será que é rato morto? Não... Será que é bunda azeda?
Connor Green: Vai à merda, cara!
Nathan Boyd: Já sei. É fedor de **mentiroso**!
Não dava para acreditar, era muito louco. Fiquei pedindo a Deus que tivesse outro Jermaine Bent que não fosse Killa, pois daí não teria de ser real e eu poderia voltar ao normal. Eu queria tanto dar um jeito na situação que nem tentei acreditar. Vai ver eu não levo jeito para ser detetive. Talvez seja perigoso demais.

Você já jogou *rounders*? Cara, que joguinho chato. Odiei a parada. É muito difícil rebater a bola. O taco é muito pequeno e tem um formato estranho. Nunca consigo rebater. Pena que não tenho o Tira-teima, que pelo menos tem o tamanho certo. Todo mundo quer ser rebatedor, porque é a melhor parte. Pô, esperamos um tempão até chegar nossa vez, e, quando chega, nem conseguimos bater na bola! É de deixar qualquer um irritado. A galera toda estava torcendo por mim.
Galera: Vamos lá, Harri! Você consegue!
Eu só queria rebater a bola bem longe, como Brett Shawcross. Quem o vê jogar, pensa até que é fácil. Não consegui rebater uma vezinha sequer. Juro, fiquei muito pau da vida. Acabou que só joguei como receptor mesmo. Basta esperar a bola se aproximar: quando chegar perto, é só tentar agarrá-la. Que saco! A bola nunca chegou perto de mim durante todo o jogo. Desisti de tentar. Eu me sentei, até que o professor Kenny me obrigou a correr ao redor do campo.
Professor Kenny: Opoku, levante-se! Uma volta agora!
Ninguém sabia do meu plano. Se não fosse segredo, não daria certo. Esperei me afastar bastante até não conseguirem mais me ver e me enfiei no buraco da grade. Se eu comer aquelas maçãs silvestres, vou ganhar todos os superpoderes de que preciso. Então ficarei protegido. Foi Altaf quem me deu a ideia. Cansei de esperar uma aranha radioativa vir me picar,

então vou apelar para as frutas venenosas mágicas. Daí os bandidos não vão conseguir me vencer e ficarei seguro durante as férias inteirinhas.

Primeiro dei uma olhada na árvore para ver se não tinha nenhum sasabonsam. Chequei para ver se havia pernas dependuradas nos galhos. A barra estava limpa. As árvores eram pequenas demais para escondê-los e os galhos eram muito finos. Rolava a maior tranquilidade no bosque. Eu estava sozinho. Senti cheiro de chuva no ar. Não vi os pássaros, mas os ouvi papeando lá em cima.

Eu: Oi, pombo, é você aí? Fica de olho pra mim, falou?

Pombo: Pode deixar.

A floresta é muito menor do que pensei. Dava para ver o outro lado, a estrada e as casas atrás. Eu queria ser o primeiro a passar por ali, mas alguém passou a minha frente: havia garrafas quebradas no chão e uma porrada de papéis de bala, tudo cheio de lama e ressecado. Muito chato. Eu queria ser o primeiro. Eu me embrenhei mais. Peguei as duas maçãs mais bonitas da melhor árvore. Só que eram bem pequenas. Só são venenosas para os outros. Para mim são como meteoros. Só assim consigo meus poderes.

Eu me sentei no tronco quebrado de uma árvore. Estava tudo calmo e tranquilo, supermaneiro. Pensei em todas as coisas importantes que eu tinha que fazer e em todos os poderes de que eu precisava. Respirei bem fundo e mordi a primeira maçã.

Juro por Deus, nunca comi um troço tão ruim! Deu vontade de cuspir, mas eu precisava engolir para que o encanto funcionasse. Cobri a boca com a mão para não cuspir. Fechei os olhos e mastiguei. Deu uma sensação muito louca na barriga. Precisei de toda a minha coragem para fazer aquilo descer. Engoli tudo, menos as sementes. Abri os olhos. Estava tudo cinza e deu a maior vontade de vomitar. Respirei fundo de novo e mordi a segunda maçã. Olha, foi difícil! Precisei me concentrar e ignorar o enjoo e o gosto. Levou um tempão, mas continuei mastigando e engolindo, mastigando e engolindo. Só cuspi no final, para me livrar do gosto. Depois fiquei com a barriga muito esquisita. Não conseguia ainda me levantar. Queria fazer cocô, mas me segurei para não cagar todos os poderes. Esperei. Uma hora eu ficava quente; outra, frio. Isso deve ser os poderes penetrando no sangue. Tinha que dar certo. Eu precisava me proteger e fazê-los pagar pelo que fizeram. Soltei um baita pum de pica-pau. Pareceu molhado no finzinho, mas não escapou. Eu não era o Homem Cagão, mas sim o Homem Imbatível. Quando saí da floresta, ainda estava zonzo. Dei de cara com o professor Kenny, que me esperava.

Professor Kenny: Onde você estava?

Eu: Eu me senti mal, professor.

Nathan Boyd: Ele tava era fumando um cigarrinho pelo bosque, isso sim.

Connor Green: Tava era tocando uma.

Eu: Tava nada.

Professor Kenny: Chega.

O professor Kenny me deixou ficar sentado pelo resto do jogo. *Rounders* é um saco mesmo. Nunca rebato a bola porque o taco não tem o formato certo. Devia ser mais achatado. Não sei por que ninguém ainda pensou nisso.

A guerra estava aqui, dava para sacar. Tinha fumaça em todo canto. Uma fumaça densa, preta, que tomava conta do céu. Dava para sentir o fogo a quilômetros. Saiu todo mundo para ver o parquinho morrer.

Dean: Cara, no início pensei que um avião tivesse caído. Antes fosse, porque seria muito irado! Alguém ateou fogo nos balanços. Era de onde grande parte da fumaça vinha. O cheiro da borracha queimada dos assentos entrou no meu nariz e não dava para sentir o cheiro de mais nada. Sabe quando o cheiro é tão forte que dá até vontade de rir? Pois era assim mesmo. Só não dava para rir porque todos os adultos estavam de olho. O incêndio era um desastre e tínhamos que ficar sérios.

Mãe de Dean: Foram aquelas crianças desgraçadas. Estavam aí quando voltei da farmácia, eu vi. Estavam tentando acender o fogo.

Senhora do braço grande: Quando foi isso?

Mãe de Dean: Agora mesmo. Eu estava voltando da farmácia. Sabia que estavam aprontando alguma.

Pai de Manik: Cambada de cretinos!

O trepa-trepa também estava em chamas. O metal tinha ficado preto e a corda da rede, queimada e destruída. O fogo era muito forte. Quando me aproximei, senti a maior coceira. Foi maneiro e me deu sono. Foi o maior incêndio que já vi.

Alguns pirralhinhos brincavam de quem chegava mais próximo. Todos corriam para o incêndio e ganhava quem chegasse mais perto antes do resto começar a se afastar. Foi maneiríssimo. Fiquei com vontade de brincar, mas tinha que mostrar respeito. Quando estamos no sexto ano, precisamos dar o exemplo. Todos ficaram vendo o incêndio. Ninguém queria nem saber mais de conversar, só de olhar. Era irresistível. Estavam todos presos ali. O parquinho estava morrendo, mas ninguém tentava salvá-lo. Sabiam que não podiam fazer nada. Estava quente e lindo demais. Sabiam que o fogo sempre acabaria vencendo. Foi maneiro, triste e sinistro ao mesmo tempo.

Sempre que chegava uma pessoa, alguém tinha que contar toda a história dos moleques que atearam fogo. Daí a pessoa dizia algo como:

Pessoa: Cambada de filhos da p*!

E essa pessoa ficava por lá, olhando como os outros. Era como guardar um segredo, só que podíamos contá-lo a todo mundo. Era como guardar um segredo entre a gente. Deu uma sensação de união, como se todos se conhecessem, mesmo que nunca tivessem se falado e que não soubessem os nomes de todo mundo. Estavam todos no mesmo barco. É o melhor lado de uma guerra.

Lydia fotografou o fogo. Só consegui ver fumaça preta na foto.

Eu: Pô, nem dá pra ver o fogo! Tira outra!

Lydia: Não enche o saco! Vai derreter meu celular!

Eu: Que nada! Tire uma foto do navio pirata antes que ele afunde!

Lydia: Não, vou embora. A fumaça está acabando com meus olhos. Você vem?

Eu: Não, vou ficar. Vou voltar com Dean.

Lydia: Toma cuidado, hein! Não deixem que sigam vocês.

Eu: Pode deixar!

Eu só queria fotografar o navio pirata antes que ele afundasse para sempre. Só queria estar ali até o parquinho morrer, para que ele soubesse que eu estive ali e que o amei até o fim.

Terry Maloqueiro: Fala aí, tampinha! O que aconteceu por aqui?

Eu: Só um incêndio. Asbo! Fala, garoto! Bom menino! Bom menino, Asbo!

Asbo deu um pulo e lambeu a minha cara. Foi muito hilário, mesmo quando sua língua entrou na minha boca. Nas férias vou ensiná-lo a caçar espíritos.

Terry Maloqueiro: Quer comprar uns DVDs? Tô com uns irados. Tem um com zumbis em algum lugar.

Eu: Não, obrigado. Quando se compra um DVD pirata a grana vai para Osama bin Laden. Foi o que ensinaram pra gente na escola.

Terry Maloqueiro: Você que sabe.

Então chegaram os bombeiros. Ouvi a sirene a quilômetros. Cruzaram o gramado com o carro. O pessoal ficou chateado quando desligaram a sirene, porque a galera queria ouvi-la bem de perto.

Bombeiro: Afastem-se todos!

Mas o pessoal começou a se aproximar de novo. Era irresistível. As crianças menores eram as mais corajosas. Não davam ouvidos aos bombeiros e chegavam cada vez mais perto. Adoravam estar com os bombeiros. Queriam ajudar. Queriam ser eles.

Um dos pirralhinhos tentou levantar a mangueira, mas não conseguiu nem movê-la, porque era muito pesada. Ele então começou a chorar. Foi a parte mais engraçada.

Bombeiro: Pode deixar comigo, amigão! Da próxima vez você ajuda, está bem?

A água saiu bem depressa, que nem uma bala. Os bombeiros eram muito bons e apagaram o fogo em um minuto. Quando o fogo acabou, o parquinho ficou horrível. Estava todo preto onde queimou. Ficou com uma aparência suja e morta. Quem via aquilo se sentia morto também e até desejava que o fogo voltasse e escondesse toda aquela sujeira de novo.

Quando os bombeiros saíram, todo mundo aplaudiu. Fiquei triste quando os vi partir. Não sabíamos quando os veríamos em ação de novo.

Dean: Se eu soubesse que seriam tão rápidos, teria posto mais fogo pra eles apagarem.

Mãe de Dean: Ah, tá, e levaria um chute no traseiro pela encrenca.

Dean: Tava só brincando.

Agora que o fogo tinha acabado, consegui ver algumas coisas que não tinha visto antes. Coisas tristes e malucas que nem deviam estar ali. Vi um pedaço da corda destruída da rede. Estava todo preto e brilhoso por causa do fogo. Parecia uma cobra. Fiquei só esperando que ele se movesse e se enfiasse nas lascas de madeira. Vi um centavo morto enterrado no chão perto da joaninha. Fiz de conta que era cocô da joaninha. A joaninha estava tão assustada que se cagou. Deu pena dela, mesmo sabendo que era de plástico. Sua cabeça estava toda retorcida e derretida.

Os pirralhinhos começaram a brincar de outra coisa: o desafio agora era quem pegava os pedaços queimados de madeira. Ainda estavam bem quentes. Ninguém conseguia segurar por mais de dois segundos. Vi Killa pela fumaça. Estava sozinho. Assistiu ao incêndio como todo mundo. Pegou uma lasca de madeira, segurou firme e ficou lá parado com o troço na mão, esperando queimar os dedos. Estava até adorando a parada, nem ligava. Continuou segurando por um tempão. Não comecei a contar do início, mas cheguei a 28 quando ele soltou. O segredo é fechar o punho o mais forte possível. Depois enfiou as mãos nos bolsos e se foi, sem olhar para ninguém. Apesar de ele só usar o trepa-trepa para fumar baseado, parecia estar tão triste quanto eu.

Então a luz voltou. A fumaça começou a desaparecer e eu me lembrei de que já era dia. Perdi o sono. O pessoal começou a voltar para casa. Eu e Dean queríamos ficar, mesmo com o parquinho morto e tudo. Era tarde demais para mudar as coisas, mas aquilo era importante demais para irmos embora. Tínhamos de ver o que surgiria das cinzas, talvez superpoderes, talvez notícias importantes ou qualquer coisa morta que estivesse escondida.

Um pirralhinho ainda chorava.

Pirralhinho: Agora não posso mais brincar no escorrega!

Mãe do pirralhinho: Pode deixar que eles vão construir outro. Vai ser ainda melhor do que o antigo, você vai ver. Tomara que o novo escorrega seja o maior do mundo. Tomara que leve um tempão para escorregar até o chão. É um saco quando dura só um segundo. Ainda me lembro da época em que não era tão grande e ainda podia brincar de escorrega. Queria muito ser pequeno de novo só para dar mais uma volta.

Dei uma volta pelos destroços do parquinho. Deixei a fuligem escurecer minhas patas laranja. Minha esperança era de que as chamas pudessem trazer uma concessão, uma mudança repentina de planos. Esperava queimar as asas na brasa, mas não deu certo. Ainda estou aqui, inteiro. Ainda tenho trabalho a fazer. Não há descanso para os perversos e tudo isso.

Preferimos quando vocês dão a volta a quando passam entre nós. Gostamos de ficar sozinhos, comendo e realizando nossos rituais de acasalamento. Solicitamos os mesmos direitos que vocês: queremos apenas viver nossa vida, ter um canto nosso para defecar, outro para dormir e outro para criar nossos filhos. Não nos envenenem só por causa de nossa bagunça. Vocês também bagunçam. Há o bastante de tudo para todos se cada um se conformar com o que é seu.

Deixem-nos em paz e não haverá confusão. Sejam gentis conosco, e seremos gentis com vocês quando o momento dos favores chegar. Até lá, que a paz esteja com vocês.

Para aumentar a segurança, eu, Dean e Lydia fomos à escola juntos. Nem pareceu que a guerra começaria hoje. Era o último dia antes das férias e isso criou um indestrutível encanto mágico. Estava um dia supergostoso e quente. Todos sorriam de uma orelha à outra. Não deu para resistir e acabamos gritando como os outros:

Eu e Dean: **É o último dia! Estamos quase livres!**
Lydia: Ai, não precisa gritar no meu ouvido!
Eu: **Aaaaaaaahhh!** (Isso fui eu gritando no ouvido de Lydia.)
Na aula de geografia, o professor Carroll ligou o ventilador. Quando entramos, o bicho já estava ligado. Que surpresa maneira! A galera enlouqueceu quando viu. Foi o maior revezamento para se refrescar embaixo do ventilador. O vento frio estava uma delícia.

Teve gente até que topou o desafio de ventilar as partes íntimas, o que acabou não rolando. Só levantamos a camisa e refrescamos a barriga, isso sim. O vento frio na barriga foi o mais gostoso de tudo.

Kyle Barnes: Saca só! Os mamilos do Daniel estão ficando durinhos! Moleque tarado!
Daniel Bevan: Que durinho que nada, cara! Cala essa boca!
Brayden Campbell: Ele tá com o pau duro. Olha lá, Charmaine. Passa a mão nele, vai!
Charmaine de Freitas: Não enche o saco!

Todo mundo enrolou a gravata na cabeça, fazendo de conta que era ninja. O pessoal do último ano escreveu uma porrada de coisas em suas camisas. Os amigos escreveram os nomes e mensagens de boa sorte. Era a última vez que vestiam aquele uniforme. Nunca mais voltariam para a escola, ela acabara para sempre. É bom encher a camisa de "boa sorte" antes de embarcar na jornada para o mundo. É uma tradição. Achei muito bacana. Tomara que chegue logo a minha vez.

BOA SORTE   CONTINUE DO JEITO QUE VOCÊ É   pereba
NORTHWELL ATÉ A MORTE   TYRONE
PEGA LEVE   FIQUE RICO OU MORRA TENTANDO   naomi
QSF   FODA-SE A ESCOLA   LEWSEY HILL É TD CAGÃO
FODA-SE A POLÍCIA   LEON   SÓ BAGULHO SALVA
Damon   PROF. PERRY CHUPA PAU DE CACHORRO
FORMAÇÃO SUFICIENTE PARA   TRABALHAR   Cherise
PEITINHO CAÍDO   RUFUS   RUFUS
repita: VAI QUERER COM BATATA FRITA?
AMOR UNIVERSAL
EM VEZ DE PAGAR IMPOSTOS, VENDA DROGAS
TE VEJO NA FILA DOS DESEMPREGADOS   FASAR   OTÁRIO   Donovan
cabelo: Toni & Guy, personalidade: Ronald McDonald
MALACHI
BICHA ESCROTA   GINGER   Zaida
EU TE AMO HÁ UM TEMPÃO   AMANHÃ SERÁ O PRIMEIRO DIA
DO RESTO DE SUA VIDA — E VAI SER UMA MERDA
Relaxa e goza!   MUUMBE
NADA INTERESSANTE   E.M.+ S.T. PRA SEMPRE   Kieron
Sou o único gay da cidade   VIRGEM
Voe alto naturalmente   Todo mundo é idiota, menos eu
VIVA SEU SONHO

MARVIN P. É UM TESÃO!
SEJA GENEROSO COM QUALQUER UM
ISTO NÃO É UM UNIFORME
Prepare-se: o futuro não precisa de você!   MOTAHIR
Treinando pra ser piranha   NATASHA VICKY C. ÍNDIA
GOSTOSONA
Deus era meu copiloto, mas batemos numa
montanha e precisei comê-lo
QUE SE DANE   Jack   ARSENAL FC
EU TE AVISEI QUE VOCÊ IA FICAR CEGO   TÔ FEDENDO A PORRA
DRAGÃO   COMPRE MAIS PORCARIA   Lester
O PARAÍSO É UM RAMPA HALF PIPE   MALANDRO   MATT
somos todos feitos de estrelas   SIMONE   Corinne
FORA   Cadê as vadias?
JASON B. COMEU MINHA MÃE
NINJAS CONTRA EMO
vá tomar nas pregas!   Michael D.   PALAVRAS GRANDES
Descolado demais para a escola!
CHUPO E ENGULO EM TROCA DE BACARDI BREEZERS
vai dar tudo certo!
Menti todas as vezes que eu não disse que te amava   Nahid
ADORO BATER UMA COM O DEDO NO FURICO   VADIA

Ficou todo mundo olhando da janela. Os caras do último ano foram liberados antes da gente. Alguns jogaram o casaco nas árvores. Outros levaram metralhadoras d'água e bombas-d'água e fizeram a maior guerra. Ficaram se molhando. Foi muito maneiro! Às vezes rolava uma briga, o que deixava a parada mais engraçada ainda. Cara, não víamos a hora de liberarem a gente. Íamos sair correndo feito cachorro. Quando faltavam cinco minutos, começamos a cantar:
Galera: *Queremos liberdade! Queremos liberdade!*
Foi ideia de Kyle Barnes. Todo mundo aderiu, até os medrosos. Juro, foi muito irado! A galera toda começou a bater nas carteiras, parecia um filme maluco:
Galera: *Libera! Libera! Libera! Libera!*
No fim, o professor Carroll deu o braço a torcer. Se ele não nos liberasse, era capaz de rolar um tumulto.
Professor Carroll: Então vão! Ótimas férias para todos. Não se metam em confusão, hein!
Galera: Pode deixar!
Todo mundo se esqueceu da regra de não correr nas escadas. As pernas só queriam saber de cair fora, daí só nos restava segui-las. Foi como uma corrida para o futuro. Quem chegasse primeiro lá fora ganhava o verão.

Todo mundo enrolou a gravata na cabeça e bebeu a chuva que caía. Eu e Poppy fomos juntos para o portão, de mãos dadas e tudo, foi supersexy. Meu coração batia disparado. Poppy estava mais linda ainda. Deu até medo. Parece doideira, mas é verdade. Tipo me lembrei do quão bonita ela era e fiquei assustado. Meu estômago revirou que nem um avião.
Eu: Boas férias pra você!

Poppy: Pra você também. Vai voltar pra Gana?
Eu: Não, mas vou ao zoológico. Quer vir também?
Poppy: Não vai dar. Eu vou pra Espanha.
Eu: Pra sempre?
Poppy: Não, só por duas semanas.
Eu: Vai voltar pra essa escola?
Poppy: Claro que sim. E você?
Eu: Acho que sim.
Poppy: Que bom.
Eu queria dizer que a amava, mas não saía. Pareceu coisa séria demais. Até mesmo a palavra. Pareceu séria demais e muito boba para dizer agora. Eu tinha de segurá-la para outra hora. Tive de engolir de volta.
Poppy: Manda torpedo pra mim, tá?
Eu: Tá bem.
Poppy escreveu seu número em minha mão. Sua caneta era roxa e fazia cócegas. Foi muito maneiro, como se fosse a melhor mensagem de boa sorte do mundo. Nem contei que eu não tinha telefone. Vou pedir o celular de Lydia emprestado, ela vai ter que me deixar usar. Talvez, no lugar de pedir um Playstation, eu peça um celular de aniversário. Só falta um mês. Nem faço questão que tenha câmera nem nada. Só quero poder falar com Poppy. Não quero que ela me deixe nunca, é que...

Foi quando Poppy me beijou. Nem tive tempo de me preparar. Ela me lascou um beijo ali mesmo, bem na boca. Foi muito gostoso. Dessa vez nem me deu medo. Foi quentinho e menos molhado. Não rolou nenhuma enfiada de língua. Ela estava com hálito de Tic Tac de laranja. Até esqueci daquela história com Miquita, que não significou nada.

Fechei os olhos e segui Poppy. Seus lábios eram bem macios. Que relaxante! Deu até vontade de dormir para sempre. Apertei um pouco as pernas para controlar o danado do pinto.

Connor Green: Ih, olha lá! Agora é Harri que tá excitado! Qual é? Será que hoje é o Dia do Pau Duro? Vamos refletir, pessoal!

Connor Green cuspia bolinhas de papel na gente. Tivemos que parar. Foi como ser forçado a acordar depois de um sonho bem gostoso.

Poppy: Cai fora, Connor.

Estávamos no portão. A mãe de Poppy a esperava. Eu queria muito que o carro dela explodisse para eu poder levá-la para casa.

Poppy: Então, tchau.

Eu: Tchau.

Poppy acenou para mim pela janela. Acenei para ela. Nem pareceu gay nem nada. Foi a melhor coisa do mundo. Por isso que as pessoas trocam acenos: porque isso as une, mostrando para o mundo inteiro que estão juntas. Lambi os lábios. O gostinho do hálito de Poppy ainda estava ali. Era o único superpoder de que eu precisava.

Dean acha melhor esperar até segunda-feira para contar à polícia. Precisamos recolher todas as provas e pensar no que vamos dizer. Dean ainda precisa decidir que jogos ele vai comprar junto com o Playstation e depois teremos que falar com nossas mães. Elas terão de ir à delegacia com a gente, pois vai que os policiais não acreditem na gente, né? Dean acha que eles vão mostrar a delegacia pra gente. Tomara que nos mostrem a sala de tortura. Vão segurar a cabeça de Killa num balde d'água até ele confessar. Nas prisões inglesas, os caras têm TV e até as bolas de sinuca rolam direito. É melhor do que morrer. Só precisamos continuar vivos até segunda. Depois tudo vai se acertar.

A chuva tinha apertado. Respirei bem fundo e me preparei para correr. Eu ia contar o tempo que levava para chegar em casa. Se levar menos de sete minutos, é sinal de que Poppy não vai me esquecer. E de que solucionamos o caso.

Comecei a sacudir os braços para aquecê-los. Fui sacudindo mais depressa. Senti a força aumentar. Quando percebi que estava pronto, comecei a correr.

Eu corri bem rápido. Desci o morro a toda e cruzei o túnel. Daí gritei:

Eu: Eu te amo, Poppy!

Fez um eco do caramba. Ninguém ouviu.

Passei pela igreja de verdade. Passei pela cruz.

Passei pelo Centro Jubilee.

Passei pela câmera de segurança. Deixei que ela me filmasse para dar sorte.

Passei pelos outros pombos. Fiz de conta que eles me cumprimentaram.

Eu: Eu amo vocês, pombos!

Nem pareceu bobeira nem nada, foi superbacana. Passei batido pelo parquinho e pelo cadáver do trepa-trepa. Eu corria muito depressa. Mais depressa do que nunca. Nem dava para enxergar meus pés. Não tinha quem conseguisse me pegar, eu bateria o recorde mundial.

Passei pela senhora do carro-cadeira. Ela nem viu quando me aproximei! Passei pelas casas e pela escola da pirralhada. As pernas já estavam cansando, mas não diminuí o ritmo. Pelo contrário, aumentei. Ainda sentia uma fisgadinha no lábio, bem no ponto onde Poppy beijou. Meus poderes estavam crescendo dentro de mim. Passei por uma árvore num cercadinho.

Eu: Eu te amo, árvore!

Chutei uma lata de Coca-Cola que estava no caminho. Eu quase caí, mas não caí. Avistei os prédios. Já estava quase em casa. Estaria seguro quando chegasse às escadas. Quando eu chegasse lá, a simpatia daria certo.

Cruzei o túnel. Estava quase sem fôlego. Já não conseguia dizer mais nada, daí decidi fazer um barulho:

Eu: **Aaaaaaahhhhhhhhhhhh!**

Juro, foi o melhor eco do mundo! Não tinha mais ninguém para estragá-lo.

Passei pelos prédios e dobrei a esquina que dava direto nas escadas. O fôlego acabou. Parei. O suor causava uma coceira no rosto. Pareceu que foram menos de sete minutos, pareceu que foram só cinco. Consegui! As escadas estavam tão bacanas, tão maneiras! Só tinha agora que subi-las para chegar em casa e descansar. Eu ia beber um copão de água de uma só vez. A água na torneira da cozinha é limpa.

    Não o vi. Ele surgiu do nada. Estava me esperando. Eu devia tê-lo visto, mas não estava prestando atenção. A gente precisa ficar muito ligado.

    Ele não disse nada. Entregou tudo só no olhar: queria apenas me destruir e não tinha nada que eu pudesse fazer para impedi-lo. Eu não consegui sair do caminho, ele era muito rápido. Ele só se chocou contra mim e saiu batido. Nem vi quando a parada entrou. Pensei que ele estivesse de palhaçada, mas daí eu caí. Eu nunca tinha levado uma facada. Foi uma sensação muito doida.

    Senti o cheiro do mijo. Precisei me deitar. Só pensava numa coisa: não queria morrer. Só consegui dizer:

    Eu: Mamãe!

    Saiu como um sussurro. Não deu para ninguém escutar. Mamãe estava no trabalho. Papai estava longe demais e jamais escutaria.

    Espere aí, estou chegando. Aguente firme.

    Segurei minha barriga para não me perder de mim mesmo. Estava com as mãos molhadas. Meus pés ficaram bem em cima de uma poça de mijo, e o mijo foi subindo pela minha calça. Eu via a chuva. Todas as gotas se chocavam umas contra as outras. Caíam em câmera lenta. Eu nem tenho uma preferida, adoro todas do mesmo jeito.

    Ficou muito frio e deu a maior coceira. Agora só conseguia sentir um gosto de metal na boca. A faca nem pareceu assim tão afiada, mas me pegou de surpresa. Nem desconfiei. Só vi o cabo por um segundo, nem sei dizer se era verde ou marrom. Podia ser um sonho, só que, quando abri os olhos, tinha uma poça maior e não era mijo: era eu. Olhei para cima, você estava ali, trepado no gradil, me observando. Seus olhos cor-de-rosa não estavam mortos, mas eram tão cheios de amor quanto uma pilha é cheia de energia. Deu vontade de rir, mas doía muito.

Eu: Você veio! Eu sabia que viria!

Pombo: Não se preocupe, logo você estará em casa. Quando chegar a hora, eu te mostro o caminho.

Eu: Não posso ficar aqui?

Pombo: Não sou eu que decido. Você foi chamado para voltar para casa.

Eu: Tá doendo. Você trabalha para Deus?

Pombo: Sinto muito pela dor. Não vai demorar muito.

Eu: Gosto de seus pés. São bem legais e arranham. Gosto de todas as suas cores.

Pombo: Obrigado. Eu também gosto de você. Sempre gostei. Não há o que temer.

Eu: Conta minha história pra Agnes, aquela do cara no avião com a perna falsa. Você vai ter que esperar até ela crescer o bastante para conhecer as palavras.

Pombo: Contaremos para ela, pode deixar.

Eu: Ela vai se amarrar nessa história. Tô com sede.

Pombo: Eu sei. Relaxa. Vai ficar tudo bem.

Dava para ver o sangue. Era muito mais escuro do que se imaginava. Era muito louco, eu não conseguia ficar com os olhos abertos. Só queria me lembrar. Se eu me lembrasse, ficaria tudo bem. Os dedinhos gordinhos e o rosto de Agnes. Não conseguia mais vê-los. Todos os bebês são parecidos.

AGRADECIMENTOS

Meus mais sinceros agradecimentos a Maureen, a Mark e a Karina, por ouvirem e acreditarem. Obrigado a Julius, a Ali, a Jordan, a Kevin, a Joyce, a Lily, a Justin e a todos que ajudaram nessa caminhada, e também a Mark Linkous, pela música inspiradora.

Obrigado a David Llewelyn por fazer as coisas acontecerem. Um obrigado especial a Jo Unwin, por sua paciência e apoio, e a todos em Conville e em Walsh. Obrigado a Helen Garnons-Williams, a Erica Jarnes e a todos da Bloomsbury por sua sabedoria e dedicação. E para as crianças e suas famílias, minha mais profunda gratidão e afeto.

www.damilolataylortrust.com
www.familiesutd.com

Impressão e Acabamento:
GRÁFICA STAMPPA LTDA.
Rua João Santana, 44 - Ramos - RJ